오모리 후시노
OMORI FUJINO

일러스트 하이무라 키요타카
KIYOTAKA HAIMURA

캐릭터 원안 야스다 스즈히토
SUZUHITO YASUDA

김민채 옮김

"저, 저기, 그러면…… 옛날 아이즈 씨 이야기를, 들려주시면 안 될까요?"

그런 호소에, 리베리아는 매우 복잡한 표정을 지었으나──

던전에서 만남을 추구하면 안 되는 걸까 외전

소드
오라토리아 9
Sword Oratoria

© Kiyotaka Haimura

CONTENTS

던전에서 만남을 추구하면 안 되는 걸까 외전

소드 오라토리아 9

Sword Oratoria

오모리 후지노 지음 | 하이무라 키요타카 일러스트
야스다 스즈히토 캐릭터 원안 | 김민재 옮김

S노벨

커버 그림, 본문 일러스트 | **하이무라 키요타카**

요정의 추억

Гэта казка іншага сям'і.

© Kiyotaka Haimura

라키아 왕국이라는 나라가 있다.

대륙 서부에 위치한 군주제 국가이며 군사국가. 그 실태는 국가계 【파밀리아】이며, 주신 아레스가 권속들과 함께 만든 【아레스 파밀리아】다. 병사, 군인은 모두 『은혜』를 입은 전투원이고, 군신 아레스의 신의에 따라 아득한 옛날부터 전쟁으로 평생을 살아왔다. 수많은 타국과 도시에 침공하고 침략해 세력을 확대한 역사가 있다.

그런 라키아 왕국이 새로운 군사행동을 개시했다.

──라키아 왕국군, 오라리오로 출병.

이 군사국가의 창날이 『세계의 중심』으로 이름 높은 오라리오로 향한 것이다. 붉은 군기(軍旗)를 펄럭이며, 수많은 군화 소리가 거대 시벽으로 보호받는 도시로 육박했다.

도시 관리기관 길드는 미션을 발령해, 도시에 속한 여러 파벌에 이와 맞서 싸우도록 출진할 것을 명했다. 그 중에는 도시 최대 파벌, 【로키 파밀리아】도 있었다.

침략자와 모험자의 전쟁이 막을 올린 것이다.

『끼이야아아아아아아아아아아아아아아아아아아아아아아아아아아악?!』

그러나.

"단장님~ 예정대로 가레스 씨가 혼자 기병대를 날려버렸지 말임다~."

"그대로 계속 맞서달라고 전해줘. 가레스에게는 미안

하지만 계속 추가될 테니까."

"단장님~! 지시대로 후퇴하던 부대를 세 개 정도 작살내고 왔습니다~!"

"수고했어, 티오네. 하지만 내 지시는 전령이지, 네가 나서라는 게 아니었을 텐데."

오라리오 측의 일방적인 공격이 펼쳐지고 있었다.

도시에서 멀리 떨어진 동쪽 평원, 절규가 끊임없이 메아리치는 전장. 이곳을 한눈에 내려다볼 수 있는 지점에 진을 친【로키 파밀리아】는 라키아 군이 뿔뿔이 흩어져 도망치는 광경을 보고 있었다.

오라리오는 던전이라는 은혜 덕에 세계 최강의 모험자가 모인다. 『양보다 질』이라 불리는 이 신의 시대에서,【스테이터스】의 상한이 고작해야 Lv.3인 라키아 왕국에게 밀릴 리가 없다. 비장한 표정으로 전장에 나선 적진과는 달리 오라리오의 모험자들에게는 긴장이라곤 조금도 찾아볼 수 없었으며, 께느른한 분위기마저 감돌았다.

"이블스하고 싸우기도 바빠 죽겠는데 왜 쳐들어오고 난리람~."

"저쪽이야 우리 사정 따윈 알 바 아니겠지."

"신들이 자주 말하는, '타이밍이 안 좋다'는 거네요……."

전령 역할을 맡아, 달려 나갔던 티오나와 캣 피플 아나키티, 휴먼 나르비가 한숨과 쓴웃음을 나누며 각 파벌 사이를 바쁘게 이동했다.

적국이 쳐들어왔다고 하면 어쨌거나 비상사태이기는 하다. 도시 최대 파벌인 만큼【로키 파밀리아】에는 강제 참가 의무가 전달되었다. 군기의 역할을 하는 트릭스터 엠블럼은 적군의 사기를 뚝뚝 떨어뜨리고 있었다.

"——【퓨절레이드 팔라리카】!"

주전장에서는 헤아릴 수도 없는 불화살이 호를 그리며 작렬하는 참이었다.

지팡이를 두 손으로 든 레피야였다. 총지휘관인 핀의 책략에 고스란히 걸려들어 달려온 적의 대부대에게 광역 포격마법을 선보였다.

굉음을 자아내며 땅을 깎고 병사를 후려치고 말을 날려버린다. 겨우 한 발의 『마법』으로 적군 대부분이 괴멸에 빠졌다. 여러【파밀리아】로 이루어진 오라리오 임시 연합군을 포함해, 적과 아군의 전율 어린 눈빛이 언덕 위에 선 엘프 소녀에게 모였다.

"레피야, 화력이 과도해요. 후퇴시키는 게 목적인데 이래서는 완전히 섬멸해버리겠어요."

"죄, 죄송합니다, 아리시아 씨……. 늘 던전의 몬스터를 상대해서 그런지 힘 조절이 어려워서……."

"하는 수 없지요……. 단장님이 지시하신 대로, 다음 위치에 가도록 해요."

바로 옆에서 완벽한 발사 타이밍을 보조하던 엘프 선배, Lv.4인 아리시아가 곤란하다는 표정을 지어 레피야는 지팡이를 든 채 어깨를 늘어뜨렸다. 지나치게 강력한 탓에 도시 최강 마도사 리베리아는 후방으로 물러나고. 지금은 레피야의 포격이 전장 곳곳에 포격의 꽃을 피우고 있었다.

『양보다 질』의 구체적인 사례가 바로 이것이다.

단 한 사람의 뛰어난 마도사가── 한 발의 『마법』이, 일백의 부대를 괴멸시킨다.

그 광경은 라키아 왕국군의 입장에서는 악몽 그 자체였다.

"히이익, 부대장니이임! 또 오라리오의 핑크색 요정이 이쪽으로 오고 있습니다……! 앗…… 『병행영창』하고 있어요 오오오오오……!!"

"후퇴, 후퇴─!! 여긴 이제 글러먹었다─!"

Lv.3의 민첩한 다리를 가진 고속 이동포대. 전장을 종횡무진 누비고 막대한 『마력』을 구사하여 포격을 어디에나 퍼붓는 『핑크색 엘프』는 이 날 【아레스 파밀리아】의 병사들에게 공포의 대명사가 되었다.

"네 이노오오오옴 오라리오오──!! 맞서 싸우지 않고 『마법』이나 뿜뿜 쏘아대다니, 놈들에게는 전장의 미학이란 게 없단 말이더냐──?!"

"아레스 님…… 기습에 암습에 뭐든 다 쓰는 모험자들에게 미학이란 게 있겠습니까. 게다가 우리도 야무지게 포격부대를 마련해놓고 함정에 빠뜨릴 생각이 그득하지 않았습니까."

"마, 말투가 그게 뭐냐, 마리우스?! 목을 쳐버리겠다!"

"──보고드립니다! 【로키 파밀리아】의 괴마력, 이 아니라, 【사우전드 엘프】에 의해 전선이 와해!! 라기보다는 전멸 직전입니다악?!"

"게엑?! 마, 마리우스, 어떻게 좀 해봐라─!!"

"네, 네. 전군 후퇴하겠습니다. 이 거점도 이동하고요."

마력탄의 꽃밭은 라키아 왕국군의 본진까지도 뒤흔들고 있었다. 호화로운 막사에서 군신 아레스가 고함을 질러대고, 부관이기도 한 제1왕자는 아주 익숙하다는 투로, 혹은 지쳤다는 투로 지시를 내렸다.

도시 최강 마도사 리베리아의 후임자를 여봐란 듯이 과시하는 핀의 지휘 덕에, 【사우전드 엘프】의 존재와 명성은 새삼 널리 퍼지게 되었다. 그것은 아군인 오라리오 측의 【파밀리아】에까지 미쳤다.

『마력』 어빌리티의 성장을 촉진하겠다는 노림수는 물론, 지극히 사소한 것까지도 이용하며 【로키 파밀리아】의 지위를 반석에 올리고자 하는 두령의 의도. 이 때문에 어떤『마도대국』은 다시 한 번 엘프 소녀를 점찍게 되지만, 그것은 또 다른 이야기다.

"레피야가 아주 날리는구마~."

전장에서 멀리 떨어진 높지막한 언덕 위, 소집된 【파밀리아】의 주신들이 모인 공간에서도 적군을 무자비하게 유린하는 레피야의『마법』은 관측할 수 있었다. 눈물 콧물에 찌든 적군의 절규도 멀리서 메아리친다.

미리 마련된 의자에 앉아, 로키는 의욕 없이 축 늘어져 있었다.

"심심하네……."

"내는 할 일도 있었데이~."

소집에 응하느라 인조미궁 크노소스의 『열쇠』 수색까지도 포기해야만 했던 로키의 입장에서는 이 상황이 시간낭비 이외의 그 무엇도 아니었다. 바로 옆자리, 권속 종자를 끌고 온 미신 프레이야도 이 지루한 시간을 주체하지 못했다.

미궁도시의 쌍두라 불리는 최대 파벌의 책무. 전장에 나오지 않으면 그건 그거대로 라키아 왕국군이 기고만장해지기 때문에 전선으로 나갈 수밖에 없다. 로키는 몇 번째인지 모를 한숨을 쉬었다.

따지고 보면 라키아 왕국은 오래 전부터 오라리오에 전쟁을 걸었으며, 연전연패를 맛보았다. 이번 침공도 분명 혼이 덜 난 아레스가 오랜 울분을 풀고자 침공을 명령했기 때문이리라. 참고로 도합 여섯 번째다. 예전 신회에서도 의제로 올랐던 대로.

"아레스 그 문디도 힘의 차이를 모르니까 이래 자꾸 쳐들어와쌌는 거 아이가."

진짜 이 무신 촌극이고.

그렇게 투덜거리며 로키는 하품을 참았다.

"저 꼬맹이도 제법 쓸만해졌구만……."

"웬일이지, 베이트. 네 입에서 약자를 인정하는 발언이 나오다니."

"시꺼."

웨어울프 청년의 투덜거리는 목소리를 조그만 웃음으로 넘기며 리베리아는 수많은 마법탄이 호를 그리는 대평원을 바라보았다.

주전장에서 떨어진 삼림 부근. 아이즈와 베이트를 비롯한 소규모 단원들을 거느린 리베리아는 유격대가 되어 이곳에 잠복했던 적군의 별동대를 괴멸시킨 참이었다. 적병은 예외 없이 의식을 잃은 채 지금은 단원들에게 꽁꽁 묶였다.

베이트와 함께 레피야의 활약을 구경하던 리베리아가 문득 입을 열었다.

"하지만 아직 멀었어……. 기술적인 부분은 물론이고, 지금 레피야는 마음이 흐트러져 있군."

"……아?"

"조바심을 낸다는 뜻이다."

베이트가 간파하지 못한 레피야의 실책을, 같은 마도사이기에 지적한다.

까마득한 먼 곳에서 몇 번이나 영창을 읊고 땀을 흘리는 엘프 소녀에게 무언가를 겹쳐보듯 눈을 가늘게 뜬다.

"조바심을 내면 낼수록 자신을 몰아붙이게 되지. 또한

자신을 상처 입히고. ……그 아이가 그랬듯."

리베리아가 중얼거렸다.

"그 아이? 아이즈 얘기야?"

그 조그만 목소리를 수인의 귀는 놓치지 않았다. 베이트는 멀리 떨어진 곳에서 망을 보던 금발금안의 소녀를 흘끔 보고 추궁했다.

그 말에 리베리아는 노골적으로 화제를 돌렸다.

"그보다도 베이트. 그 후 레나 탈리와는 어떻게 됐지? 너를 아주 잘 따르는 것 같았다만——."

"——묻지 마, 묻지 말라고 할망구!!"

그 효과는 엄청나서, 베이트는 리베리아의 말을 가로막듯 고함을 질렀다. 웨어울프 청년은 진저리를 치며 도망치듯 그 자리를 떴다.

"…………."

전장의 소음이 파도처럼 울리는 가운데, 혼자 남은 리베리아는 아이즈 쪽을 보았다.

소녀는 일을 하면서도 신기하다는 듯 주위의 경치를 둘러본다. 지저귀면서 날아온 산새가 경계도 하지 않고 고개를 갸웃하는 그녀의 손가락에 앉는다. 마치 『바람』에 다가오듯, 『정령』과 놀듯.

오라리오에는 없는 자연, 오라리오에는 없는 풍경, 오라리오에는 없는 냄새. 그러한 것들이 소녀에게는 신선했다. 항구도시 멜렌 때도 포함해서, 사실은 미궁도시를 나온 적이 별로 없는 ──그 토지를 떠났던 기억이 없는── 아이즈에게는 이런 바깥세상의 광경도 『미지』일 것이다.

"아직 가르치지 않은 것이 많구나……."

──아이즈 발렌슈타인의 모든 것은 그곳, 미궁도시에 있다.

리베리아는 중얼거리며 소녀의 옆얼굴을 바라보았다.

마음속 추억의 문을 가만히 밀어 열며.

그렇다.

지금도 똑똑히 기억한다.

소녀가 『검』을 쥐었던 그때 그 순간을.

소녀는 울고 있었다.

소리를 내며, 목이 바짝 말라붙도록, 눈물을 펑펑 흘리며.

처음에는 회색 하늘을 우러르며.

다음으로는 끌려서 돌아온 방 한복판에 웅크린 채.

그 조그만 가슴을 연신 떨었다.

범람하는 감정은 혼선을 일으켜, 이제는 무엇이 슬픈지도 알 수 없었다. 연신 그녀의 이름을 부르는 사람들의 목소리도 들리지 않았다. 의미를 이루지 못하는 오열의 파편이 바닥에 떨어져 수많은 얼룩을 만들었다. 마음에 뻥 뚫린 상실감은 소녀를 어둠속으로 끌고 들어갔으며, 그것이 참을 수 없이 몸을 차갑게 만들었다.

아침이 시작되고, 밤이 찾아온다.

몇 번이고 몇 번이고 소녀를 놔둔 채 돌고 돈다.

사랑하는 이들은 그녀를 안아주지 않았다.

무엇과도 바꿀 수 없었던 행복은 돌아와주지 않았다.

그 슬픈 울음소리는 닿지 않았다.

그녀의 『영웅』은 나타나주지 않았다.

『너도 멋진 상대를 만난다면 좋겠구나.』

어머니의 말은 몽상일 뿐이었다.

『언젠가 너만의 영웅을 만난다면 좋겠구나.』

아버지의 말은 동화 속에 나오는 이야기일 뿐이었다.

소녀를 구해줄 『영웅』따위 처음부터 없었던 것이다.

그것을 머릿속 한구석으로 이해한 순간, 소녀는 자신의 마음이 얼어붙는 것을 알 수 있었다.

녹지 않는 영원한 빙벽에 싸여버리는 것을.

그리고

소리도, 목도, 눈물도 말라붙었을 무렵.

더 이상 소녀는 소녀가 아니었다.

표정은 사라지고, 인형 같은 얼굴로, 눈만을 검처럼 날카로운 빛으로 굳힌 채, 그녀는 바랐다.

"나는, 힘이 필요해."

주황색 머리카락의 여신, 파룸 용사, 드워프 대전사, 그리고 하이엘프 마도사.

자신을 슬프게 바라보는 그들에게 그렇게 부탁했다.

소녀의 조그만 손은 마음의 언덕에 박힌 한 자루의 검을 뽑았던 것이다.

그것이 【검희】가 태어난 순간.

진영
에서의
일막

Гэта казка іншага сям'і.

© Kiyotaka Haimura

"후아아아······."

레피야는 축 늘어져 있었다.

『마법』을 남발했기 때문이다. 마인드는 아직 남아돌지만 심신의 피로는 분명히 쌓여 있었다.

"수고했어, 레피야~."

"오늘 대활약했다며? 자, 밥."

"아아, 고맙습니다아······."

그런 그녀에게 티오나와 티오네가 노고를 치하하는 말을 건넨다.

달이 뜬 밤. 【로키 파밀리아】는 대평원 한곳에 야영지를 세웠다. 쳐들어온 라키아 왕국군을 정면으로 노려보는 포진이었다. 아득한 시야 저편에는 【아레스 파밀리아】의 진지, 주위에는 오라리오 측 【파밀리아】의 진지가 화톳불이며 마석등을 밝히고 있었다.

레피야는 개전하자마자 전장을 이동하며 포격을 퍼부었다. 모두 핀의 지시대로였다. 『병행영창』을 점점 완벽하게 익혀나가고 있는 그녀는 유감없이 이동포대의 역할을 다했으며, 전략병기와도 같이 적군의 전술을 문자 그대로 날려버렸다.

"그래도 진짜, 오늘 레피야의 활약은 대단했죠! 룸메이트인 저도 콧대가 높아요!"

"왜 엘피 네가 콧대가 높아져······. 넘어져도 거저 넘어지지 않는다, 는 건 아니겠지만, 단장님은 아마 이 전쟁을 이용해서 레피야의 존재를 오라리오 안팎에 선전하시려는 거 같아."

"도시 최강 마도사 리베리아 님의 후임으로 말이죠."

"오, 그렇구나. 【로키 파밀리아】의 지반은 여전히 반석! 장래의 제1급 모험자 여기 있도다! 하고 말이죠."

파벌 여성진이 모여 수다를 떠는 가운데, 룸메이트이자 같은 마도사인 엘피, 캣 피플 아나키티, 엘프 아리시아, 엘피와 같은 휴먼인 나르비가 순서대로 말을 섞었다.

푹 익힌 스튜를 소리도 내지 않고 마시던 레피야는 슬쩍 눈을 내리깔았다.

"장래의 제1급 모험자라니…… 아직 멀었는걸요. 오늘도 단장님 지시를 완벽하게 수행하지 못했고……."

"아니에요, 충분한 전과였어요, 레피야. 역할을 잘 수행했는걸요."

"그래도 『마력』제어가 흐트러져 포격의 규모가 지나치게 커진 적이 몇 번이나 있었고요…… 다른 【파밀리아】도 살짝 말려들어버렸던 것 같고……."

포대의 눈이 되어 2인 1조로 동행했던 아리시아가 미소를 지었다.

듣자하니 오라리오의 상인이나 상업계 【파밀리아】로부터 적군의 목숨을 빼앗지 말라는 이해 못할 요청이 있었다고 한다. 그야 사람을 해친 적이 없는 레피야의 입장에서는 오히려 마음이 놓이는 주문이었지만, 아무튼 포격에는 섬세한 제어가 요구되었다. 핀의 지시도 격퇴와 적의 후퇴를 촉구하는 의도에서 비롯된 것이었다.

【파밀리아】 내에서도 연장자인 엘프 아리시아가 다정한 목소리로 부드럽게 부정해주었지만, 레피야의 자기 채점은 냉엄했다. 『도시 최강 마도사의 후임』이라면 오늘의 전투에서는 과제만이 남았다.

그것은 자학이 아니라 향상심이었다.

"사소한 건 잘 모르겠지만 말야, 나도 레피야는 대단했다고 생각해! 리베리아처럼 『병행영창』도 척척 잘 하고, 적군 쪽에서 몇 번이나 비명이 들렸는걸!"

"그래, 맞아. 그렇게 요란하게 적들을 날려버렸잖아. 전열 공격수인 우린 한 방에 그런 건 못해."

"어, 가레스 씨도, 기병대 상대로 비슷한 걸 했던 것 같은데요……."

"가레스는 얘기가 다르지. 아~ 단장님한테 의지가 되다니 부럽다아~."

스튜 외에도 육포며 과일을 우걱우걱 먹던 티오나가 고개를 들고 활짝 웃고, 티오네는 어딘가 토라진 기색으로 레피야의 활약을 긍정했다.

레피야가 정면의 화려한 포격전을 담당할 동안, 티오네를 비롯한 제1급 모험자들은 양동작전이나 후방교란으로, 어떤 의미에서는 적의 진짜 작전을 분쇄하고 있었다. 절대로 라키아 왕국이 기고만장해지지 않도록 핀이 이쪽의 대책에 무게를 둔 것은 명백했지만, 사랑하는 사람에게 힘이 되고 싶다고 불타는 아마조네스에게는 상관없는 일인 듯했다.

"아하하……."

레피야가 자기도 모르게 쓴웃음을 짓고 있으려니, 티오네는 핀에게 중시되는 또 다른 인물——이라고 그녀가 생각하는——이 있는 남성진 쪽으로 시선을 돌렸다.

"베이트 씨, 밥 같이 먹어요!"

"한 잔 어때요!"

"시꺼, 저리 꺼져! 떼거리로 몰려들지 마, 잔챙이들아! 아까부터 뭐냐고, 자꾸!"

"그만 포기하게, 베이트. 로키의 함정에 빠진 시점에서 이미 끝난 게야. 자, 하급 단원들하고 같이 못 놀겠다면 내 접시에 밥이라도 덜어주게."

"이 영감은 또 왜 기어오르고 난리야!!"

레피야 일행과는 반대쪽, 남성진이 모인 곳에서는 베이트를 중심으로 떠들썩한 분위기가 형성되었다. 장난기가 동한 가레스에게 웨어울프 청년이 고함을 꽥꽥 질러댄다.

"……진짜 떠들썩하네."

"베이트 씨가 인기인이 되는 날이 오다니……."

아나키티가 어이없다는 듯 이죽거리고, 나르비가 전전긍긍하며 말했다.

얼마 전의 사건을 계기로 베이트는 다른 단원들에게 완

전히 흠모를 받게 되었다. 남녀 상관없이. 당사자는 꿋꿋하게 쌀쌀맞은 태도로 내치고 있지만, 지금 상황에서는 역효과였다.

레피야도 헛웃음을 짓고 있으려니—— 어떤 소녀가 불쑥 나타나서는 오종종 달려가 베이트의 등에 매달렸다.

"얍, 레나 님이 납셨다~! 얏호, 베이트 로가~!"

"아앙?! 왜 네가 여기 오고 앉았어?!"

"전쟁의 행군에는 늘 창부가 따르는 법! 이라면서 남자 물색하겠다는 아이샤네랑 같이 따라왔어. 여기엔【하이 노비스】한테 부탁해서 들어왔고!"

"라울?! 이 멍청아, 이 자식을 진지에 들이지 마!"

"죄송함다.『열쇠』건도 있으니까 무시할 수는 없어서……."

"아이샤네는 라키아 왕국 기사들하고 놀고 있지만 안심해! 난 베이트 로가 일편단심이니까! 전장에서 몸이 달아오르면 꼭 레나를 불러서 밤의 보필을……."

"꺼져버려어!!"

"뿌구욱?!"

레나의 어딘가 기뻐하는 듯한 비명에 레피야의 헛웃음도 끊어져버렸다.

난투 소동이 벌어진 남성진 쪽의 광경에, 모두들 그때까지 나누던 화제도 잊어버리고 일제히 어깨를 움츠린 후, 한 사람 또 한 사람 저녁식사를 마쳤다. 각자 먹었던 그릇을 정리하고자 일어난다. 마지막으로 식사를 끝낸 레피야도 그 뒤를 따랐다.

'……하지만 나에게 좀 더 힘이 있었다면…….'

담소를 나누는 티오나와 티오네의 뒤에서 걸으며, 레피야는 조금 전에 하려던 이야기를 생각했다.

'더 많은 목숨을 구했을지도 몰라……. 리네도, 여기 있었을지 몰라.'

그것은 부질없는 생각이며, 주제넘은 가정이라는 것도 이해한다.

하지만 레피야는 그런 생각을 지울 수 없었다. 아니, 다른 단원들도 분명 마찬가지일 것이다. 『약자』를 용납하지 않던 웨어울프 청년의 본심까지 알고 나서 한층 더 그런 마음을 가지지 않았을까. 우수한 그들은 라키아 왕국의 침공에 맞춰 생각을 잘 바꾸었을 뿐이겠지만.

지금도 향상심을 손에서 떼어놓지 않는 레피야는 깨닫지 못했다.

예전까지는 『리베리아의 후임』이라는 말에 과민하게 반응해 위축되고 부담을 느꼈던 자신은 이미 없다는 사실을. 이제 진남색 눈동자는 그저 높은 곳만을 바라보고 있음을.

밤이 깊어져가는 가운데, 하늘을 우러러 본다.

시야 가득 별이 펼쳐졌다. 아름답고도 먼, 아득한 천상의 광채가.

"……강해지고 싶다."

조그만 목소리로, 그렇게 중얼거렸다.

보초를 남기고 야영지는 정적에 잠겼다.

오라리오에는 없는 초원의 냄새와 차가운 바람이 감돌았으며 창연한 어둠이 가득했다.

그런 가운데, 수없이 설치된 텐트 중 하나에서 마석등 빛이 새나왔다.

"레피야…… 아직 안 자?"

옷깃 스치는 소리를 내며 룸메이트 엘피가 이쪽으로 얼굴을 돌렸다.

곁에 놓아둔 마석등 아래에 엎드려 있던 레피야는 황급히 보던 책을 덮었다.

"미, 미안해요 엘피, 다들. 저 때문에 못 잤어요?"

"아니, 난 빛이 있어도 잘 자니까 딱히 문제는 없는데……."

그녀가 펼쳐놓은 것은 『마법』에 관한 지식서였다. 장치를 조작해, 작았던 불빛을 더욱 줄이는 레피야를 보며 엘피 외에도 흄 바니 라크타 등등, 좁다랗게 몸을 맞대고 자던 소녀들은 입술을 어색한 각도로 구부려 웃었다.

굳이 이런 데서까지 기능향상을 도모할 필요는 없지 않을까.

그녀들이 그런 생각을 한다는 것을 손에 잡힐 듯이 알 수 있었다.

그 말도 옳다. 이런 데서 지식을 집어넣으려 해봤자 머리에 얼마 남지도 않는다. 그보다는 내일을 위해 일찍 자고 체력을 회복시켜야 한다.

하지만 레피야는 아무 것도 하지 않고 시간을 보내는 것이 갑갑해서 견딜 수가 없었다.

원래 같으면 【로키 파밀리아】가 이렇게 도시 밖으로 나와 타국과 전쟁이나 할 여유는 없었다. 미궁도시를 멸망시키려 하는 세력에게 대항하기 위한 수단을 강구하고, 혹은 그야말로 자신을 단련하고자 애써야 한다. 지금의 레피야에게는 강박관념에 가까운 감정이 있었다.

"잠이 잘 안 와서, 밤바람 좀 쐬고 올게요."

역시 동료들에게 폐를 끼쳤다고 생각한 레피야는 그런 거짓말도 안 되는 거짓말을 하고는 억지로 웃으며 텐트를 나갔다. 그 두꺼운 책을 들고.

엇갈려 지나간 보초 단원에게 "수고하십니다" 하고 인사하며 야영지 끄트머리, 앉기에 딱 좋은 나무 그루터기에 앉았다. 가장 가까운 보초도 이 위치와는 거리가 있으므로, 금방 들켜 야단을 맞을 일은 없을 것이다.

오다가 슬쩍한 휴대용 마석등을 밝히고, 다시 책에 의식을 집중했다.

한동안 시간이 지나, 바람이 불었을 때였다.

긴 머리카락을 붙잡은 레피야가 바람 부는 방향을 문득 보니, 시야 저 멀리 금발금안의 소녀가 있었다.

"어…… 아이즈 씨."

오늘은 거의 일을 하지 않았다며 스스로 자청해 보초를 서고 있는 아이즈였다. 파벌 간부에게 그런 일을 시킬 수는 없다고 Lv.1이나 2 단원들이 당황했지만, 제1급 모험자의 간청에 마음이 꺾였다. 그녀도 평소의 미궁탐색에 비해 하급단원들이 무의식중에 긴장한 것을 간파했으리라. 핀도 허가해주었다.

"…………."

아이즈는 탁 트인 대평원 저 멀리 라키아 왕국군의 진영 방향을 보고 있었다.

하지만 그녀가 보고 있는 것이 눈앞의 적이 아님을 레피야는 알았다. 아니, 오래 전부터 레피야는 먼 곳을 보고 있었다.

지금의 레피야는 그 마음에 공감할 수 있었다.

평소 같으면 말을 걸었겠지만, 레피야는 눈을 내리깔고 다시 지식 흡수에 몰두하려 했다.

"뭘 하는 거냐, 레피야."

"흐악?!"

그러나 뒤에서 들려온 목소리에 어깨를 흠칫 떨었다.

다가오는 것도 알아차리지 못한 채 황급히 돌아보니, 그곳에 있던 것은 비취색 장발을 어둠 속에 빛내는 리베리아였다.

"리, 리베리아 님?! 여긴 어쩐 일로……."

"조금 전 엘피가 나에게 왔다. 네가 공부벌레가 됐다고."

"아우……."

한쪽 눈을 감은 채 나무라는 리베리아에게 레피야는 잘

못을 들킨 어린아이처럼 몸을 움츠렸다. 동시에 동료들에게 쓸데없는 걱정을 끼쳐버린 데 미안한 마음을 느꼈다.

"쉬어라. 오늘은 네가 누구보다도 많은 일을 했다. 내일 마인드가 충분히 회복되지 않는다면 어떻게 하겠나."

"죄, 죄송합니다…… 하지만."

"하지만, 뭐지?"

"이대로는, 안 된다고…… 좀 더 마도사로서 힘을 길러야 한다고, 또 무언가를 잃을 거라고, 자꾸 그런 생각이 들어서……."

"…………."

"도저히, 가만있을 수가 없어요."

레피야는 솔직하게 속내를 털어놓았다.

그 모습에 리베리아가 입을 다물고 있으려니,

"──레피야는 진짜 성실하구마아~. 가슴은 이래 괘씸한데~."

"히으윽?!"

누군가가 등 뒤에서 느닷없이 레피야의 가슴을 움켜쥐었다.

로키였다. 으헤헤 콧김을 씩씩거리며 손을 이리저리 놀린다. 오랜만의 성희롱에 기습당한 레피야는 가차 없이 반격했다. ──업어치기로.

"꾸게엑?!"

짓밟힌 개구리 같은 비명이 터졌다. 아이즈를 포함해 보초들이 반응했지만, 로키의 목소리임을 알자 아무 일도 없었다는 양 계속 보초를 보았다.

"후, 후후후후…… 레피야, 니 진짜 성장했데이. 내 가슴 바인드에서 1초 만에 탈출하다니……."

"갑자기 뭐 하는 거예요!"

"로키, 갑자기 끼어들어서 이상한 짓 하지 마라. 보기 흉하다."

땅바닥에 패대기쳐진 꼴로, 로키는 레피야와 리베리아의 시선에도 반성의 빛을 보이지 않고 벌레처럼 굼실굼실 팔다리를 움직였다.

"그치만 내 심심하다 안하나~. 니들 가슴이라도 만져야 쓰겠데이~."

레피야가 가슴을 가리며 얼굴을 새빨갛게 물들인 가운데, 엽 기합성과 함께 일어난 여신은 업어치기 때 땅에 떨어졌던 책을 들었다.

"이런 데까정 와서 공부가……. 하하, 어째 옛날 아이쭈 생각난데이."

"네……?"

"이제까정 레피야 니도 열심히 했다는 거 아는데, 니 그런 고집스런 모습 처음 봤구마. 그기 옛날 아이즈랑 닮은 기라. 안 그러나, 리베리아?"

"……음, 정말 그런 것 같군."

의외의 말을 들은 레피야는 굳어버리고 말았다.

동경하는 존재와 닮았다는 생각지도 못한 지적에 심장이 콩닥콩닥 뛰었다.

"네가 보기에는 잘 모를 수도 있겠다만…… 아이즈는 저래 보여도 상당히 교정된 거다. 옛날에는 정말로 말을 듣지 않았지. 우리가 하는 말에 귀를 기울이지도 않고, 막무가내만 저지르고……."

레피야는 귀를 의심할 지경이었다. 그야 아이즈는 이따금 고집스러운 일면을 보이기도 하고, 단독으로 움직이는 경우도 있지만, 보통 리베리아나 로키 같은 이들의 지시에는 고분고분 따른다. 명령 무시를 되풀이하던 아이즈라니, 상상도 가지 않았다.

시야 저 멀리 있는 늠름한 자태의 금발금안 여검사를 자기도 모르게 흘끔 보았다.

"니도 한참 애 먹었제~ 리베리아 엄마?"

얼굴을 밑에서 들여다보며 느물거리는 로키의 웃음에 낯을 찡그리고, 리베리아가 말했다.

"관둬라, 로키. 놀리지 마라. ……아무튼 저 아이도 지금의 너처럼, 무언가를 서두르다 눈 뜨고 못 봐줄 만한 실수를 저질렀지. 그러니 조바심을 내지 마라, 레피야. 노력하는 것은 좋다만, 두 가지를 착각해서는 안 된다."

한동안 허둥대던 레피야는, 결심하고 몸을 내밀었다.

"저, 저기, 그러면…… 옛날 아이즈 씨 이야기를, 들려주시면 안 될까요?"

"?"

"그러니까, 아이즈 씨의 옛날 이야기를 들으면, 저에게도 교훈이 되지 않을까 해서! 겨, 결코 흥미 본위로 이러는 게 아니고요! 아니 호기심도 있기야 있지만, 그러니까……!"

갈팡질팡하며 말을 잇는다.

레피야는 자신들이 아는 지금의 아이즈와, 자신들이 모르는 옛날 아이즈를 연결짓고 싶어졌다. 동경하는 존재에 대해 알고 싶다는 선망이 다분히 섞였다는 점은 부정할 수 없었지만, 【검희】의 시작을 알면 무언가 돌아오는 것이 있지 않을까 생각했기 때문이기도 했다.

그런 호소에, 리베리아는 매우 복잡한 표정을 지었으나.

"마, 들려줘도 되지 않겠노. 자장가 대신으루다. 대신 이거 들음 가서 자야 한데이, 레피야."

"어, 네!"

로키가 거들고 나서주었다.

하이엘프 부단장은 조금 전의 나무 그루터기에 앉아 웃음을 짓는 주신을 보며 탄식했다.

"나는 요점만 들려주겠다. 아이즈 본인도 적나라한 옛날 이야기를 남이 알기를 바라지 않을 테니. 아울러 말할 수 없는 부분도 있다. 그래도 좋다면 들려주마."

"부, 부탁드려요!"

어쩌다 굴러들어온, 동경의 대상에 대해 알 기회. 레피야는 이를 놓칠세라 덥석 매달렸다.

"장소를 바꾸자. 저 아이에게 들켰다가는 칼부림이 날 거다."

보초를 서고 있는 아이즈를 흘끔 본 리베리아는 농담인지 진담인지 알 수 없는 소리를 하며 이동을 시작했다. 로키와 나란히 서서 그녀의 뒤를 따라갔다.

그녀가 데려간 곳은 부단장 전용 천막.

일찌감치 드러누운 로키에게는 눈길도 주지 않고, 마석등 빛을 받으며 리베리아가 말을 시작했다. 레피야는 긴장한 낯빛으로 귀를 기울였다.

"우리가 처음 만난 것은 9년 전…… 여러 가지 사정이 있어서, 아이즈를 보호하게 되었던 겨울철이었다."

© Kiyotaka Haimura

추억
1장

소녀의
시작

Гэта казка іншага сям і.

"니 정말 괜찮겠나?"

여신이 묻는다.

그 조그만 등에 대고.

피부는 놀랄 정도고 가녀리며 희다.

거친 일과는 무관했으며, 어쩌면 싸움과는 정 반대의 위치에 있었을 것 같은 모습.

"이거 새기믄 이젠 몬 돌아간데이?"

옷을 벗고 등을 드러낸 소녀에게 다시 한 번 묻는다.

주황색 머리카락을 찰랑이고, 베어낸 손가락에서 피를 맺은 채, 마지막 통고를 하듯.

"신의 권속이 댄다 카는 건 그런 거라."

소녀의 대답은 하나였다.

"빨리 해줘."

일말의 흔들림도 없는 목소리에는 검과도 같은 의지가 있었다.

그것은 각오라고도 한다. 정면을 바라보는 금색 두 눈도 마찬가지로, 칼집에서 빠져나온 칼날처럼 싸늘한 빛을 감추고 있었다. 열 살도 안 된 소녀가 짊어지기에는 너무나도 날카로워, 여신의 눈에는 위태로움 이외의 그 무엇도 비치지 않았다.

여신은 잠시 눈을 감고, 가만히 손가락을 등에 가져다 댔다.

천천히 이어지는 피의 궤적이 신의 문자를 그린다.

비문과도 같은 문자열, 황혼을 방불케 하는 붉은색의 【히에로글리프】.

신과 소녀의 진명을 새겨 완성된 『은혜』는, 또 새로이 신의 권속이 태어났음을 세상에 알렸다.

"【로키 파밀리아】에 잘 왔데이. 이제 니도 내 권속인기라."

"로즈."

께느른하게 창구에서 대기 중이던 웨어울프 접수원은 이름을 불려 고개를 들었다.

시선 너머에 있던 것은 절세의 미모를 가진 하이엘프였다.

길드의 창구를 맡을 정도이므로 접수원도 남들보다 용모가 수려했지만 그녀에게는 당하지 못한다. 여신에게 질투를 사는 바람에 사건에 말려든 적도 있는 아름다운 하이엘프라면 이 미궁도시에서는 꽤 유명한 이야기다. 어깻죽지에서 가지런히 자른 머리카락도 보석처럼 아름다운 비취색이었으며, 고위 마도사의 의상과도 맞물려 신성한 분위기마저 풍긴다.

그만한 용모를 앞에 두고 넋이 나가는 일도 없고 질투도 하지 않는 묘령의 접수원은 께느른한 자태를 고치려고도 하지 않은 채 ──싫어한다기보다는 귀찮아하며── 입을 열었다.

"잘 오셨습니다. 【로키 파밀리아】부단장 리베리아 리요스 알브 님. 오늘은 무슨 일이신지요."

"딱딱한 인사는 관둬라, 로즈. 게다가 말과 행동이 일치하지 않는군."

"대형 파벌에는 그렇게 해주라고 매뉴얼에 적혀 있으니 어쩔 수 없잖아? 시키는 대로 안 하면 우린 감봉이라고, 감봉."

기품 있게 눈살을 찡그리는 리베리아에게 웨어울프 로즈는 붉은색 긴 머리를 한손으로 만지작거리며 무책임하게 대답했다.

도시 북서쪽에 위치한 『길드 본부』. 왕이나 영주가 없는 오라리오를 사실상 관리하는 핵심 기관. 옛날도 지금도, 그리고 미래에도 변하지 않을 미궁도시의 중추다.

"5년 전 처음으로 이 창구에서 만났을 때는 그렇게 앳된 모습이었거늘, 변했군. 분명 그때는 열네 살이었던가? 호승심 강한 성격은 변함이 없지만."

"막 취직했을 때잖아. 그런 옛날 옛적 얘기는 좀 꺼내지 말아주겠어?"

"엘프인 내가 보기에는 한 달 전 일과 별로 차이도 없다."

햇살이 스며드는 로비를 오가는 모험자와 직원의 소음에 휩싸인 채, 지급된 까만색 제복을 맵시 있게 입은 로즈는 언짢다는 듯 팔짱을 끼었다. 유일하게 리베리아를 능가

하는 두 개의 융기를 받쳐 올리며, 다 안다는 양 물었다.

"그래서? 수다나 떨러 온 건 아니겠지? 귀찮은 일이라면 빨리 끝내줘. 댁들이나 【프레이야 파밀리아】를 상대할 때는 일일이 신경을 써야 하니까."

마치 그 말을 긍정하듯, 길드 직원들이 창구 저쪽에서 이쪽의 눈치를 살피고 있었다.

한순간 입을 다물었던 리베리아는 고개를 끄덕이며 대답했다.

"그래…… 모험자 등록 때문에 왔다. 수속을 해다오."

그녀의 그 말에 로즈는 의아한 표정을 지었다.

"모험자 등록이라니…… 당사자는 어디 있고? 미리 말해두지만 본인이 아니면 등록은 인정해줄 수 없어."

"여기 있다."

"아?"

"새로운 모험자는, 여기 있다."

아래를 향하는 리베리아의 시선을 따라 로즈는 창구에서 몸을 내밀었다.

그 말대로, 그곳에는 정말로 사람이 서 있었다.

카운터에도 미치지 않는 키를 가진, 아직 작고 어린 휴먼.

간소한 옷을 입은 금발금안의 소녀였다.

로즈는 눈을 크게 떴다. 어리다 한들 리베리아 못지않은 용모도 용모였지만, 무엇보다 눈길을 끄는 것은 금색 눈동자였다.

외견과는 별로 어울리지 않는 의지의 빛. 어린아이가 가져서는 안 될, 결연한 눈빛이었다.

"이 아이의 모험자 등록을 마치고 싶다."

"……네 네, 알겠습니다."

로즈는 아무렇게나 대꾸했다. 마치 하고 싶은 말을 삼키고 비난하는 시선을 억누르듯, 새침한 표정을 짓고는 사무적인 태도로 수속 준비를 마친다.

"글씨는 쓸 수 있나?"

"…………."

리베리아가 묻자 소녀는 고개를 끄덕였다.

파룸 모험자용 발판 위에 서서, 건네받은 깃털 펜을 조그만 손으로 쥐고, 로즈가 내민 양피지에 글씨를 써나간다.

"……잠깐, 그건 【히에로글리프】잖나! 코이네 공통어로 써라!"

"?!"

기입을 지켜보던 로즈를 놀라게 할 만한 장면은 있었지만, 리베리아의 손을 빌려 소녀는 등록지에 필요사항을 다 적었다.

'이름은…… 아이즈 발렌슈타인. 나이는 7살, 이라. 그 외의 정보는 전혀 없고.'

출신지는 공란, 신원도 공란, 그 이외의 사항 또한 공란, 공란, 공란…… 아무 것도 말하지 않는 공백투성이였다. 나이 이외에 제대로 된 정보는 기재되지 않았다.

로즈는 얼굴을 찡그렸으나 불만을 제기하지는 않았다.

이곳은 미궁도시 오라리오. 던전에서 일확천금을 추구하는 무법자며 사연 있는 자들이 모여드는 일은 얼마든지 있다. 그리고『길드』도 미궁을 공략할 수 있는 그들을 환영한다. 과거나 경력을 밝히지 않는 자들을 따지고 들었다간 한이 없다.

다른 나라나 도시의 밀정이나 첩자 등 특별한 경우를 제외하면 누구나 모험자가 될 수 있다. 그것이 미궁도시의 규칙. 로즈는 익숙한 태도로 양피지에 접수 인장을 찍었다.

"어드바이저는…… 어차피 필요 없겠네. 댁들 같은 대형 파벌의 입장에서 보면 우리의 서포트 같은 거야."

"그래. 교육은 우리가 한다."

길드에서는 주로 발족 직후의【파밀리아】나 신출내기 모험자를 대상으로 전임 어드바이저를 붙여주는 제도를 제공하는데, 오라리오 최대 파벌로 명성이 자자한【로키 파밀리아】에는 쓸데없는 참견이다.

로즈의 확인에 리베리아가 대답할 동안, 금발금안의 소녀, 아이즈 발렌슈타인은 하이엘프의 얼굴을 올려다보았다.

"이제, 끝?"

"……그래. 수속은 마쳤다."

"그럼, 갈래."

단적인 그 말의 행선지가 던전임을, 소녀와 이제 막 만난 로즈도 알 수 있었다.

　날카롭게 눈을 뜬 소녀는 발판에서 뛰어내려 달려가려 했다.

　그러나 그 전에 리베리아의 손이 그녀의 뒷덜미를 붙들었다.

　"거기 서라, 이 바보놈. 그 꼬락서니로 던전에 가겠다는 거냐."

　꾸액, 하고 귀여운 목소리를 낸 소녀는 콜록콜록 기침을 하더니 부모의 원수라도 되는 양 리베리아를 노려보았으나, 제1급 모험자가 여기에 겁을 먹을 리는 없었다.

　"준비도 않고 던전에 가다니 자살행위다. 애초에 무기도 없이 어쩌겠다는 거냐."

　"우……."

　"우선 장비부터다. 너의 무기와 방어구를 갖추겠다."

　정론으로 금세 논파당했다.

　부끄러움으로 뺨을 물들이며 리베리아를 노려보던 아이즈는, 마지못해 따랐다.

　"……길드 지급품이라도 쓰겠어?"

　"그래, 부탁한다. 신출내기에 세간 물정 모르는 놈에게는 딱 좋지."

　"모험자 입문용 무기를 【로키 파밀리아】에 제공할 날이 오다니, 오래 살고 볼일이네. 얘, 너. 치수 재야 하니까 담당자 따라가렴."

옆에서 지켜보던 로즈가 끼어들어, 창구 안쪽에서 불러온 여성 직원에게 아이즈를 맡겼다. 휴먼 직원이 손을 내밀었지만 소녀는 손을 잡지 않은 채 인형처럼 잠자코 뒤를 따라갈 뿐이었다.

"【히에로글리프】를 쓸 수 있다니, 뭐야? 어느 왕국에서 납치해 온 거야? 아니면 『학구』 같은 교육기관?"

"캐묻지 마라. 그 말만 하겠다."

"흐응…… 뭐, 딱히 상관은 없지만. 우리는 신인 모험자보다도 이블스를 어떻게 좀 해줬으면 하는 상황이라."

"귀가 아프군."

서로 눈도 마주치지 않고 말을 나눈다. 그녀들의 시선은 조금도 웃지 않는 소녀만을 향했다. 멀어져가는 뒷모습을 리베리아와 함께 바라보던 로즈는 여기서 목소리의 성질을 바꾸었다.

"그래서? 【로키 파밀리아】는 저런 애한테도 검을 들려주고 던전에서 죽게 만들려고?"

"…………."

"그렇게까지 해서 파벌 세력을 확대시키고 싶어? 그렇다면 진짜 실망했어."

"…………."

"설령 본인이 원한다고 해도 말리는 게 어른 아냐?"

"…………."

둘만 남은 순간 로즈는 감추어두었던 불평을 모두 집어 던졌다. 그것은 수많은 모험자의 죽음을 접해온 길드 직원이 하는 비난이자 본심이었다.

　리베리아는 아무 대답도 하지 않았다. 감정을 드러내지 않고자 하는 그 옆얼굴을 흘끔 본 후, 로즈는 잠시 규탄의 칼날을 거두었다.

　그녀도 저 소녀와 이제 막 만난 참이다.

　로즈의 눈에는 리베리아도 아직 소녀와의 거리를 재지 못하고 있는 것처럼 비쳤다.

　"저 아이, 제 명에 못 죽을걸."

　마지막으로 로즈는 길드 직원으로서의 직감을 전했다.

　"죽을 둥 살 둥, 정도로는 말이 부족해. 온갖 모험자를 다 만나봤지만, 저런 눈은 처음이야. 눈을 뗐다간 저거, 그 사이에 죽어."

　그런 로즈의 말에 리베리아는 또박또박 대답했다.

　"그렇게는 놔두지 않겠다."

　그렇게 단언했다.

　"그러기 위해 우리가 있으니."

　이 분위기는 알고 있다.

　더 어렸을 때, 길을 잃고 들어온 적이 있다.

아이즈는 그 영역에 발을 들인 순간 그 감각을 떠올렸다.

어딘가 싸늘한 공기를 느끼며, 눈의 움직임만으로 시선을 주위에 돌렸다.

지하임에도 주위를 비추는 인광. 은은한 푸른색 벽면과 천장은 이곳이 지하미궁의 첫 계층이라는 사실을 가르쳐 주고 있었다.

던전『상층』, 제1계층.

바벨 지하의『구멍』과 나선계단, 그리고『시작길』이라 불리는 넓은 대형 통로를 거쳐 아이즈와 리베리아는 미궁 한 구석에 있었다. 아무런 특이할 것도 없는 통로 중 하나였다.

하지만 선두에서 걷는 아이즈의 얼굴은 더할 나위 없이 딱딱했다. 과도하게 긴장했다고 해도 좋을 것이다. 날카로워진 두 눈이 연신 괴물의 그림자를 찾았다.

"어깨에서 힘을 빼라. 호흡이 가쁘다. 벌써부터 긴장해서 어떡하나."

몇 걸음 뒤에서 지켜보는 리베리아의 말도 아이즈의 귀에는 들리지 않았다. 두 손으로 쥔 검의 손잡이를 힘껏 움켜쥐었다.

그 조그만 손이 장비한 것은『길드』의 지급품인 직검《리틀 블레이드》. 원래 파룸을 위한 무기지만 신장 120C도 안 되는 아이즈에게는 딱 맞았다. 방어구는 마찬가지로 지급품인《리틀 레더》. 이것 또한 파룸을 위한 가죽갑옷이다.

가죽 부츠 굽을 울리며 아이즈는 한 걸음 한 걸음 던전을 나아갔다.

시야가 좁아지는 것을 느꼈다. 숨이 갑갑해진 후에야 겨우 호흡을 제대로 하지 않았음을 깨달았다. 온몸에 힘이 지나치게 들어간 탓에 공연히 움직이기 힘들었다.

'강해질 거야.'

이것이 긴장인지 고양감인지, 혹은 또 다른 감정인지 아이즈는 알 수 없었다.

'강해져야만 해.'

하지만 자신이 지금 『시작 지점』에 서 있다는 것만은 이해했다.

'비원(悲願)을 위해서라도.'

아무 것도 모르는 소녀로 있을 시간은 끝을 맞았다.

이제 아이즈를 지켜주는 자는 아무도 없다. 적어도 아이즈는 그렇게 믿어 의심치 않는다.

그렇게나 무서워했던 무기를 손에 들고, 묵직하게 전해지는 무게를 받아들이며 이 칼날을 휘둘러야만 한다.

'그러니까 난—— 몬스터를 쓰러뜨릴 거야.'

아이즈는 힘을 원했다.

아이즈는 강해져야만 한다고 호소했다.

여기에 그들은, 【로키 파밀리아】는 응해주었다.

던전에 가면 된다고.

『은혜』를 몸에 받고, 미궁을 탐색해, 몬스터를 쓰러뜨리면, 아이즈가 원하는 힘은 얻을 수 있다고. 그렇게 말해주었다.

입을 다문 리베리아가 준엄한 시선을 보내는 것도 모르는 채, 『시작지점』의 경계선을 나아간다.

그리고.

아이즈가 고대하던 그 순간이 겨우 찾아왔다.

『그으으…….』

"!"

짧은 팔다리에 짜리몽땅한 몸. 피부는 녹색.

던전의 첫 계층에 출현하는 『고블린』. 개의 머리에 인간 몸을 가진 『코볼트』와 함께 모험자가 처음으로 상대하는 저급 몬스터다.

직선통로 너머에서 『고블린』은 짧은 송곳니를 드러낸 채 으르렁거리고 있었다.

아이즈의 가슴 속에서 심장이 한층 크게 뛰었다.

『은혜』를 받은 등이 시커먼 불꽃을 맺은 것처럼 열기를 뿜어냈다.

"함부로 뛰어들지 마라. 일격에 해치우려 하지 말고 우선——."

싸우는 방법을 가르치려 하는 리베리아의 말은 중간에 가로막혔다.

말을 듣지 않은 채 아이즈가 그 자리에서 뛰쳐나갔던 것이다.

"웃, 이 바보놈!"

엘프의 질타에 등을 얻어맞으며 소녀의 그림자가 검을 쳐들고 돌진한다.

고함을 지르면서도 리베리아는 아이즈를 도와주려고 하진 않았다.『고블린』상대로 무슨 반격을 받더라도 치명상은 되지 않는다고 결론을 내렸기 때문이다. 혼이 나보고 반성과 교훈을 얻어야 한다고 생각했다.

그러나 그녀의 예상은 배신당했다.

미궁에 나부끼는 금색 머리카락이.

조그만 몸을 한껏 써서 날린 혼신의 참격이.

몬스터를 **폭쇄해버린** 것이다.

"_____ ."

『끼이이이이이이아아아아아아아아아아아아아악?!』

사방으로 튀는 살점, 흩뿌려지는 핏방울, 솟아나는 단말마의 절규.

팔다리가 산산이 터져나가고, 추악한 괴물이 추악한 고기조각으로 변했다.

《리틀 블레이드》가 만들어낸 궤적이 몬스터에 꽂힌, 겨우 한순간 사이에 일어난 일이었다.

참격으로는 생각할 수 없는, 그야말로 파쇄추를 꽂은 것 같은 광경에 리베리아는 할 말을 잃었다.

일격.

그것만으로『고블린』을 없앴다.

이제 막【스테이터스】를 받은, Lv.1 모험자의 퍼스트 어택에는 어울리지 않는 위력.

있을 수 없는 결과—— 과잉살육이었다.

그것이『모험자 아이즈 발렌슈타인』의 데뷔전이자 첫 승리였다.

"……이제."

검기라고도 할 수 없는 멋없는 참격을 날린 아이즈는 피를 고스란히 뒤집어쓴 상체를 천천히 일으켰다.

소녀의 조그만 입술은 의식에서 떠나 그 말을 중얼거리고 있었다.

"이제, 겨우 한 마리……."

기념할 만한 첫 사냥감.

소녀가 내디딘『첫』한걸음.

그러나 아이즈의 마음에는 아무런 감회도 일지 않았다.

달성감은 물론, 흥분도 무엇도 없이, 피에 물든 얼굴로 그저 담담히 성과를 받아들였다.

강함을 추구하는 소녀의 여정에서 종착점은 너무나도 멀어, 이런 소소한 한 걸음은 없는 것이나 마찬가지였다.

그러므로 아이즈는 달려 나갔다.

더 큰 전의를 불러일으키기 위해, 가슴을 떨고 목소리를 높이며.

소녀의 고함과 동족의 피 냄새에 이끌려 몬스터의 무리

가 미로 저편에서 모여들었다.

　제정신을 차린 리베리아의 제지를 뿌리치고, 아이즈는 미궁 안쪽, 지저분한 포효를 지르는 괴물들을 향해 검을 들고 달려갔다.

　검이 둔중한 소리를 울리며 수많은 궤적을 새겼다.

　괴물들의 절규를 수반하며.

　"이럴 수가…… 믿을 수 없어."

　시야에 펼쳐진 광경에, 리베리아는 그렇게 중얼거리는 것이 고작이었다.

　『끄가아악?!』

　『━━━━━━━━━━━아아?!』

　소녀가 힘에 몸을 맡기고 일격을 휘두를 때마다 몬스터가 터져나간다.

　처음에 만났던 『고블린』과 마찬가지로, 수많은 살점이 되어 산산이 흩어지는 것이다.

　"으아아아아아아아!!"

　리베리아가 보기에는 지독히도 서툰 일격일 뿐이었다. 조그만 파룸용 검에 모든 무게중심을 기울이고, 몸을 거의 앞으로 넘어뜨리다시피 휘두르는, 자세도 뭣도 없는 참격. 그런데도 검에 담긴 위력은 『고블린』이나 『코볼트』를 확실하게 죽음으로 몰아넣었다. 위협성은 이내 절규로 바뀌었다. 소녀의 거듭되는 『힘』 행사로 검조차 비명을 질러댔다.

주위에 굴러다니는 괴물들의 팔다리, 벽에 튄 것은 도료로 바뀐 선혈.

기이한 광경이었다. 전투는 고사하고 제대로 검을 쥔 적도 없을 소녀가 만들어낼 수 있는 모습이 아니었다. 지금도 맹렬히 몬스터에게 달려드는 소녀의 얼굴은 리베리아마저 소름이 끼칠 정도였다.

"흐읍!!"

『꾸게엑?!』

리베리아가 전율하는 가운데, 아이즈는 남아있던 마지막 몬스터에게 공격을 퍼부었다.

한껏 이를 악물고 힘을 담은 참격이 『코볼트』의 몸 한복판에 꽂혔다.

『마석』과 함께 부서져나간 몬스터의 온몸이 재로 변했다.

"허억, 허억, 허억……."

이제 던전에 울려 퍼지는 것은 소녀의 흐트러진 호흡뿐이었다.

"……아이즈, 오늘은 그만 끝내겠다. 돌아가자."

"아직…… 더 싸울 수 있어."

소녀의 상태를 우려해 귀환의 뜻을 알리는 리베리아.

다가가는 그녀의 손에서 도망쳐, 아이즈는 아직 쇠하지 않은 전의를 드러냈다.

그러나 그때──

투욱.

아이즈의 입에서 무언가가 떨어졌다.

"아……."

"……?"

무언가를 깨닫고 넋이 나간 소녀를 두고 리베리아는 의아한 표정을 지었다.

몸을 숙이고, 아이즈의 입에서 떨어진『그것』을 주웠다.

"이건……."

리베리아의 손바닥에 얹힌 물체.

하얗게 빛나는 그것은『마석』도, 하물며『드롭 아이템』도 아닌── 어린이의 젖니였다.

"푸캬캬캬캬캬캬캭────?!"

그 귀여운 젖니를 손가락으로 집어들고 로키는 가가대소했다.

"너무 힘줘가꼬 이가 빠졌다캤나?! 진짜 웃긴데이! 캐도마, 그렇겠네! 그기 맞네! 아이쭈 이제 겨우 일곱 살 아이가!"

"그렇게까지 이를 악물고 싸웠다니……."

배를 붙잡으며 버릇없이 책상 위에서 두 다리를 버둥거리는 로키를 내버려둔 채 집무용 책상에 앉아서 쓴웃음을 지은 것은 핀이었다.

장소는 【로키 파밀리아】 홈의 집무실. 던전에서 돌아온 아이즈와 리베리아를 제외하면, 동석한 것은 로키와 핀, 가레스 셋이었다. 등록에서 시작된 아이즈의 모험자 데뷔를 보고하기 위해 리베리아와 아이즈는 우선 이곳으로 왔다.

던전에서 있었던 일과 회수한 아이즈의 젖니에 대해 전한 순간, 이처럼 신의 대폭소가 시작되었던 것이다.

큰 웃음을 주고 만 당사자 아이즈는 어떤가 하면, 얼굴을 새빨갛게 물들인 채 고개를 돌리고 있었다.

절대 듣지 않겠다고 입술을 꾹 다문 채.

"아나, 아이쭈. 이~ 해본나, 이~! 이 빠진 그 귀여운 페이스 좀 보여도!"

"싫어."

느물느물 웃으며 아저씨 같은 얼굴로 접근하는 로키에게 등을 돌리고 아이즈는 방문으로 향했다.

"갈래."

"──어데! 가레스!!"

지체하지 않고 딱 울리는 손가락 소리. 한숨을 쉰 드워프는 다가가서 아이즈의 몸을 가볍게 훌쩍 들어올렸다.

"우?! 이, 이거 놔."

"흐히히히~! 여그서는 내가 말 그대로 신인기라~!"

겨드랑이 아래에 손이 들어오자 조그만 다리를 바동거리는 소녀에게 로키는 지체하지 않고 공격을 개시했다. 까

닥까닥, 변태 같은 손놀림이 되지 않도록 계산된 간지럼이었다.

"~~~~~~~~~?!"

"어데어데, 입 벌려본나~!"

허리를 간질이는 열 개의 손가락에 눈을 크게 뜨는 어린 소녀.

필사적인 저항도 쓸데없는 발버둥으로 끝나, 이내 웃음을 터뜨리고 말았다.

"안돼, 크힉, 그만—— 아, 아하하하하하하하하하?!"

이마에 오른손을 가져다대고 눈을 감는 리베리아, 여전히 쓴웃음을 짓는 핀 앞에서 얼굴을 새빨갛게 물들인 아이즈가 눈꼬리에 눈물을 머금은 채 입을 크게 벌렸다.

로키가 들여다보니 송곳니 옆, 위쪽 어금니가 빠진 잇몸 자국이 있었다.

"아하하~! 귀엽구마~! 이제 이 빠진 아이쭈의 얼굴은 마이 메모리에 영구보존됐데이! 이 젖니는 소중히 간직해 둬야제~!"

한껏 깔깔 웃어젖힌 로키는 젖니를 스카프로 소중히 둘둘 말았다. 그 직후.

웃음의 발작이 가신 아이즈가 비실비실 일어나더니, 금색 눈을 짐승처럼 빛내고.

무시무시한 기세로 로키에게 육박해서는, 조그만 발을 휘둘렀다.

"흐읍!"

"끄기야아아아아아아아아아아아아아아아아아악?!"

소녀의 로우킥, 그것도 『은혜』를 얻어 몬스터마저 걷어 차 죽일 수 있는 강화 킥이 정강이에 직격해 로키의 절규 가 터져 나왔다.

한쪽 다리를 붙들고 데굴데굴 구르는 주신에게 간부들 은 한층 두통을 참는 표정을 지었다.

귀까지 새빨갛게 물들이며 화를 내는 아이즈는 무참한 로키에게는 눈길도 주지 않은 채 이번에야말로 집무실을 나가버렸다.

한동안 신의 지저분한 비명이 방에 울려 퍼졌다.

"……그래, 어땠노, 리베리아? 아이쭈는."

소녀의 기척이 집무실에서 멀어진 후.

비명을 지르던 로키는 이제까지의 반응이 거짓말이었던 것처럼 벌떡 일어나 리베리아에게 물었다. 표정도 조금 전 의 장난스럽던 것과는 달리 진지한 얼굴로 바뀌었다.

그녀를 돌아본 리베리아는 속내를 털어놓았다.

"거의 예상했던 대로다. 자신의 위험을 돌아보지 않아. 목적이 너무나도 확고한 나머지 힘에 지나치게 집착한다."

"『힘을 원한다』는 거군……. 남의 말을 할 처지는 아니지 만, 저 아이의 욕구는 너무나도 직선적이라 위험해. 보고 있으면 가슴이 아픈걸."

등받이를 눕힌 의자에 체중을 실은 핀은 애타는 표정으

로 눈썹을 늘어뜨렸다.

그러다 문득 생각이 났다는 듯 질문을 건넸다.

"그건 그렇고 리베리아. 용케도 저 아이가 던전에서 고 분고분 돌아왔는걸. 힘이 다할 때까지 싸울 것 같다는 징조는 있었는데. 그 귀여운 젖니가 빠진 게 원인이었어?"

"아니, 당사자가 힘이 다 빠지기 전에…… 무기가 부서지고 말았다. 그렇기에 얌전히 따라왔을 뿐."

생각났다는 듯 리베리아는 허리에 찬 단검, 아이즈에게 맡아두었던 《리틀 블레이드》를 꺼냈다. 칼집에서 드러난 것은 검신이 보기 좋게 사라진 직검이었다. 이를 받아든 가레스는 빤히 바라보며 경악을 드러냈다.

"놀랍구먼. 길드 지급품이라고는 하지만 병아리 모험자가 한나절 사이에 무기를 소모시켰다니……."

"몬스터를 일격에…… 그야말로 비유가 아니라 **산산조각으로 터뜨려버렸다**. 도저히 Lv.1 모험자가 할 수 있는 일이 아니었다."

"혹시…… 그『스킬』때문인가?"

"그것 말고 어떤 요소를 생각할 수 있겠나."

슬쩍 한쪽 눈을 뜬 로키에게 리베리아는 고개를 끄덕여 대답했다.

"무시무시한『스킬』이었다……. 동시에 그 아이를 죽음의 늪으로 끌어들일『사슬』이기도 하고."

몬스터를 지나치게 쓰러뜨린 나머지 더 많은 적을 끌어

들여 사지로 몰아넣는다. 상처 입은 몸을 돌아보려고도 하지 않는다.

던전에서의 광경을 눈꺼풀 속에 떠올린 리베리아는 그렇게 말했다.

그녀의 비취색 두 눈을 보고 로키와 동료들은 우려가 담긴 한숨을 쉬었다.

"이기,『마법』에 대해선 말도 몬 꺼내겠구마……."

로키는 소녀의 【스테이터스】에 발현한 『마법』의 존재를 전해주지 않았다. 그 강대한 힘을 안 순간 소녀가 무리해서 싸우고 또 싸울 것이 명백했기 때문이다. 망가진 단검을 내려다본 가레스는 그 부러진 검신에 무언가를 겹쳐보듯 긍정했다.

"옳은 말일세. 강력한『무기』를 들려준다 한들 사용자가 미숙해서는 죽음에 다가갈 뿐이지."

"우선『스킬』을 제어할 방법…… 감정을 다스리는『마음』을 익혀야 한다. 지금 그 아이에게 필요한 것은 육체가 아니라 정신의 단련이다."

당면과제를 단언하는 리베리아에게 핀과 가레스, 그리고 로키도 고개를 끄덕였다.

"음, 급선무겠구마. 모험자의 마음가짐……이라기보단 싸우는 방법이라든가 지식 전반이 아이겠나? 그리고 검사검사『교양』이라카는 것도. 누군가가 가르쳐야 쓰겠데이."

"교육 담당이라. 하지만 누가……."

"…………."

"…………."

"…………."

집무실이 조용해진 가운데, 리베리아 이외의 시선이 그녀에게 집중되었다.

말없는 눈빛을 느끼고 고개를 든 마도사는 눈에 띄게 당황했다.

"잠깐…… 나라고?"

"안됐지만 단장의 입장에서 한 단원에게만 달라붙어 있을 수도 없거든. 이블스 대책도 세워야 하고. 물론 시간을 내 살펴보러 가기는 하겠지만."

"나도 직함은 부단장이다! 그렇다면 가레스는 어떻게 되는 건가!"

"나도 한동안은 귀찮은 미션이 이어질 게야. 게다가 솔직히 말해 그 나이 또래 계집애를 어떻게 다뤄야 할지도 모르겠구먼. 같은 여자가 붙어주는 편이 아이즈도 편하지 않겠나?"

"무책임하기는……!"

"게다가 리베리아, 오늘 아이쭈는 내가 돌볼란다~ 카면서 젤 먼저 손들었던 건 니였데이. 모성이 팍팍 자극받았던 거 아이가~?"

핀과 가레스가 어깨를 움츠리고 로키가 느물느물 놀리듯 웃음을 지었다.

"근거도 없는 소리 하지 마라, 로키!"

"마침 좋은 기회 아이가. 리베리아도 엄마가 될 때가 온 기라~."

"나는 아직 미혼이다!"

"안다 안다. 하이엘프 나이로 퉁치고 있음시로 단디 혼기 놓쳐버렸다 카는 거."

"흐읍!!"

"으꺄아악~?!"

아이즈보다도 처절하고 날카롭게 날아든 지팡이가 로키의 정강이에 직격해 다시 지저분한 절규가 터졌다.

바닥을 데굴데굴 구르는 주신을 새빨개진 얼굴로 노려보는 리베리아. 그런 두 사람의 모습에 핀과 가레스가 쓴 웃음을 지었다.

"농담은 둘째 치고. 나도 네가 적임자라고 생각해, 리베리아."

"핀…… 그건 과대평가다. 나는 종족도 다른 아이를 돌봐줄 자신은……."

"그럼 이렇게 말할게. 단장 명령이야."

마지막 말에는 어딘가 장난기를 내비치며 핀이 말했다.

"이제 아이즈는 우리 【파밀리아】의 일원이 됐어. 한번 받아들인 이 상 우리 어른이 책임과 친애의 정을 가지고 대해줘야겠지. 후자에 한해서는, 그 아이의 진짜 가족에도 뒤지지 않을 정도로."

"…………."

"물론 고생할 거라고는 생각하지만, 그 점에는 우리도 힘을 보태줄게. 너에게 전부 떠넘기거나 하진 않아."

"쉽게 말해, 전부 한데 묶어 동료, 【파밀리아】란 소리일세."

부드러운 웃음을 짓는 핀의 곁에서 가레스도 호쾌하게 웃어젖혔다.

마지막으로 아야야 다리를 문지르며 눈물을 머금은 로키가 일어났다.

"리베리아 니한테도 말이제, 필요한 일일기라. 앞으로도 계속 젊은 얼라들이 늘어날 우리 【파밀리아】를 위해서라도, 엄마 기분을 알아둬야 쓰지 않겠나."

리베리아는 한껏 복잡한 표정을 지은 후, 어깨에서 힘을 쭉 뺐다.

체념한 표정으로, 그러나 마지막으로 저항하듯, 뺨을 붉히고 세 사람의 웃음으로부터 얼굴을 돌렸다.

"누가 엄마라는 거냐……."

🔥

쿠우웅!

몇 권이나 되는 책이 소리를 내며 테이블 위에 놓였다.

"……뭐야, 이거."

눈앞에 쌓인 책무더기에 아이즈는 한없이 의아하다는 표정을 지었다.

첫 던전 탐색이 있었던 다음날. 아이즈는 아침을 먹은 후 리베리아의 방에 반 강제로 연행되었다.

다른 종족에게 별로 관심이 없는 지금의 아이즈도 이 장소가 엘프의 방이라는 것을 알 수 있었다. 그도 그럴 것이 목제 물건이 많았다. 천장의 것은 조금 다르지만 소박한 침대의 옆판이나 파벌 관련 서류로 여겨지는 양피지 다발이 놓인 책장에는 꽃이며 나무열매를 본뜬 마석등이 있었다.

은백색 긴 지팡이가 세워진 책장 옆에는 청초한 순백색 꽃이 담긴 꽃병, 큼지막한 병 안에서 자라나는 떡잎과 나뭇가지가 보였다. 모두 엘프의 향토에서 유래된 것일까. 다른 선반에도 매직 포션을 비롯해 아름다운 보석——예비 마보석——이 질서정연하게 늘어서 있었다. 서적이나 책장이 많기는 했지만 기품이 느껴지는 것은 주인의 성격 때문이리라.

자꾸만 눈이 돌아갈 것 같은 넓은 방 한복판에서 의자에 앉은 아이즈는 옆에 선 리베리아를 올려다보았다.

"오늘부터 너의 기초지식을 함양하겠다. 쉽게 말해, 공부다."

"공, 부……?"

"그래. 미궁의 지식은 물론『스킬』이나『마법』, 모험자로서의 마음가짐을 가르칠 것이다."

"……그딴 거, 필요 없어. 싸울래."

"이 바보놈. 싸움 그 자체를 알지 못하고 강해져서 뭘 하겠다는 거냐. 힘을 추구한다면 너는 우선 수많은『미지』를 이해하고 양식으로 삼아야만 한다."

째릿 노려보는 아이즈의 요청을 리베리아는 단칼에 잘라버렸다.

아이즈는 이 하이엘프를 싫어했다. 아니, 막 입단한【로키 파밀리아】그 자체에 아직도 적응하지 못하고 서먹서먹한 감정이 있지만, 그 중에서도 그녀는 특별했다.

만난 지 얼마 되지도 않았는데 공연히 고압적이며 잔소리가 많다. 아이즈가 아는 엘프 중에도 비슷한 여성은 있었지만, 이 리베리아라는 인물은 그녀보다도 한층 꼬장꼬장했다. 그 엘프에게 설교를 들어 눈물을 펑펑 흘렸던 아이즈의 어린 시절 ——그래봤자 2, 3년 전이지만—— 흑역사가 되살아났다.

불만스러운 표정을 감추지 못하고 있으려니.

"아하하, 우리 아이쭈는 공부가 싫나~?"

아이즈 이외에 또 한 사람, 이 방에 쳐들어와 있었던 로키가 맞은편 테이블에서 재주도 좋게 카드로 탑을 만들며 웃음을 지었다. 교육 첫날이므로 리베리아가 어떻게 하는지 보러 온 것이지만 아이즈가 그런 사실을 알 리는 없다.

아이즈는 윽 소리가 나오려는 것을 꼴깍 삼켰다.

그야말로 정곡이었으나, 부루퉁한 표정으로 아무 대답도 하지 않았다.

"아이즈, 우리 마도사가 갖추어야 할 『거목의 마음』이 너에게도 반드시 필요하다. 무슨 일에도 흔들림이 없는 정신을 길러라. 어제와 같이 『스킬』에 의존한 전법으로는 언젠가 자멸하게 된다."

리베리아는 아름다운 목소리로 흐트러짐 없이 타일렀다.

──그러나 아이즈에게는 엘프의 방울 같은 목소리도 지금은 잡음으로밖에 들리지 않았다.

뭐라는 거람.

뭐라는 거야.

뭐라는 건지 하나도 모르겠어.

공부는 싫다고 했잖아. 빨리 새 무기를 얻어서 싸울래. 그게 강해지는 가장 빠른 지름길이잖아, 당연히. 그런데 왜 이 엘프는 이렇게 잘난 척을 하는 거야.

부글부글 쌓이는 불만은 점점 커져 더 큰 짜증을 불렀다.

아이즈는 쌓여만 가는 언짢은 기분을 억누르지 못한 채 이리저리 몸을 흔들며 고개를 숙여버렸다.

"속는 셈 치고 함 해보나, 아이쭈. 게다가 이래 이쁜 엘프가 1대 1로 지도해주다니 기쁘지 않나? 으헤헤, 귀여운 여자애랑 미인 가정교사…… 이 조합도 직이는구마~. 아나, 리베리아. 니 안경 안 껴볼라나?"

"무슨 소리를 하는 거냐, 너는."

제멋대로 떠들어대는 로키와 리베리아의 곁에서 움찔 반응했던 아이즈는, 마침내 짜증이 한계에 달하고 말았다.

"……가, 훨씬 예뻤어."

그리고 가느다란 목소리로 중얼거렸다.

리베리아와 로키가 눈을 돌리자, 고개를 홱 쳐든 아이즈는 눈썹을 곤두세우며 내뱉었다.

"이 **아줌마!**"

리베리아를 향해, 큰 목소리로.

"…………………………………………………."

"힉."

순식간에 표정이 사라져버린 하이엘프의 옆얼굴을 보고 로키가 진심으로 비명을 질렀다.

리베리아의 눈이 스윽 가늘어졌다.

그녀의 분위기가 표변한 것도 알아차리지 못한 채 아이즈가 반항적인 눈으로 노려보고 있으려니—— 시인할 수도 없는 속도로 주먹이 내리꽂히고.

뻐억!!

"?! ?! ?!"

꿀밤이 아이즈의 정수리에서 작열했다. 너무나도 아파

말도 나오지 않았다. 어마어마한 충격이 의자에 앉은 조그만 엉덩이에까지 미쳤다.

온 세상이, 아니, 머릿속이 어질어질 흔들리는 감각을 한참 맛보았다.

"우선…… 연장자에 대한 경의를 가르칠 필요가 있겠구나."

머리를 두 손으로 붙들고 고통에 신음하던 아이즈는 바로 옆에서 들려온 싸늘한 목소리에 부르르 몸을 떨었다. 로키도 평소처럼 농담을 하지 못할 정도로 겁을 먹었다.

"히익!"

쭈뼛쭈뼛 고개를 든 소녀는, 형형히 안광을 빛내는 하이엘프를 보고 진심으로 전율하며 비명을 흘렸다.

"미리 말해두마. **도가 지나친 언동**에는 제재를 가하겠다. 기억해라."

얼어붙은 표정과 극한의 눈빛으로 내려다보는 하이엘프에게 아이즈는 처음으로 맹렬한 공포를 느꼈다. 동시에 그녀와 자신의 전투력 차이를 깨달았다.

이쪽이 어제 퍽퍽 쓰러뜨렸던 『고블린』이라면, 상대는 아버지 같은 사람들도 『겁나 세다』고 했던 『몬스터렉스』……!

"시작하겠다. 펜을 들어라. 지금부터 하는 말을 모두 노트와 마음에 새겨 넣어라."

"……우?!"

아이코······.

얼굴을 손으로 가리는 로키의 눈앞에서.

아이즈는 부들부들 떨며, 하이엘프의 가르침에 얌전히 따랐다.

　 ♦

그리고 이튿날.

아이즈는 둘째 날부터 일찌감치 리베리아의 강의를 빼먹고 도망쳤다.

"어디 있나, 아이즈!! 당장 나와!"

홈의 다른 탑에서 들려오는 무시무시한 하이엘프의 목소리로부터 벗어나, 몸을 숨기며 거리를 벌렸다. 다행히 복도나 계단에서 단원들과 마주치지는 않았으므로 밀고를 당할 우려는 없었다.

『황혼관』에는 거의 단원이 없었다. 아이즈는 자세한 사정을 알 수 없었지만, 당시 오라리오는 치안이 좋지 못해 퀘스트나 미션 요청에 따라 단원들이 차출되었기 때문이다.

이미 아이즈의 마음속에서 리베리아는 공포의 대왕이었다.

정말 그 엘프 뭐라는 건지 모르겠어.

공부를 원래 싫어하던 아이즈가 봐도 그녀가 부과하는

할당량은 어마어마했다. 뭐야. 무슨 책이 그렇게 많아. 그걸 어떻게 다 외워. 어제의 엄격한 가르침 탓에 지금도 두통이 느껴질 정도다.

늘 표포하던 로키도 뻣뻣하게 웃으며,

"아나아나, 리베리아~ 첫날이니께 살살 해주그라…….'

그렇게 설득을 시도했을 정도였다.

'이제, 공부 같은 거, 싫어……. 공부 싫어…….'

탑과 탑 사이를 잇는 구름다리를 엉금엉금 기어 이동하며 아이즈는 속으로 불만을 토로했다. 두꺼운 사전은 완전히 거부반응을 일으키는 물건이 되었다. 악마 선생님의 행동을 떠올리면, 얼굴은 싫어하는 음식을 먹을 때와 같은 표정이 되고 몸까지 부들부들 떨렸다.

'공부 같은 거, 무슨 의미가 있어. 그런 거 할 시간, 없어!'

동시에 불만과 비슷할 정도의 초조함을 느꼈다.

해야만 하는 일은 달리 있다. 원하는 것은 따로 있다.

비원을 이루기 위한 힘을. 몬스터를 죽일 수 있는 무기를. 아이즈가 원하는 것은 전장에만 존재했다.

사람이 없는 서고에 침입해, 방구석과 서재 사이에 있는 조그만 틈새에 앉은 아이즈는 끌어안은 무릎에 이마를 갖다 붙였다.

'난, 강해져야, 하는데…….'

그 조그만 가슴에는 어울리지 않는, 지나치게 강한 선망을 주체하지 못하면서 아이즈는 질끈 눈을 감았다.

"······?"

문득 아이즈는 위화감을 느꼈다.

그것은 신출내기라고는 하지만 던전에 내려가 몬스터와 싸워 몸에 익혔던 모험자의 감각이 가르쳐준 것이었다.

무언가의 기척을 느끼고 무릎에서 고개를 들자,

"여어."

바로 눈앞에서 파룸 소년이 웃음을 짓고 있었다.

"후엑?!"

"어이쿠, 괜찮아?"

놀라 후퇴하려 했지만 벽에 뒷머리를 호되게 부딪히고 말았다.

시야에 별이 뱅글뱅글 도는 가운데, 몸을 숙인 상대는 그녀를 걱정했다.

어떻게 여기를 알아냈을까. 아니, 그게 아니다. 대체 어느 새 나타났을까. 접근하는 줄 전혀 몰랐다.

지금도 웃음을 짓는 파룸 두령, 핀을 보고, 아이즈는 눈을 껌뻑거렸다.

"여길, 어떻게······."

"음— 넌 리베리아에게서 도망치느라 필사적이었던 것 같았으니까. 다른 집무실에 있던 나는 포착하기 쉬웠어."

싱글싱글 웃으며 대답하는 핀에게, 설마 이미 그 하이엘프에게도 밀고한 건 아닐까 아이즈는 위기감을 느꼈지만.

"리베리아에게는 말 안 했어."

마치 마음속을 꿰뚫어본 것처럼 말했다.

"리베리아는 너무 성실하니까 언젠가 탈주하지 않을까 생각은 했는데…… 설마 이틀도 못 갈 줄이야."

쓴웃음을 짓는 핀을 앞에 두고, 도망칠 수 없는 곳이기도 해서 아이즈는 매우 불안한 기분을 느꼈다.

아이즈는 이 핀이라는 파룸을 아직 잘 알 수 없었다.

조직의 우두머리라는 설명을 들어도 실감은 없었으며, 늘 온화한 웃음을 짓는 것 같다. 엘프 리베리아보다는 대하기 쉬울 것 같다는 생각은 없지 않았지만.

아이즈와 거의 다를 바 없는 키를 가진 파룸은 눈을 마주하며 물었다.

"리베리아의 강의가 힘들었어? 벌써 지겨워진 걸까?"

언뜻 소년 같지만 어른스러운 목소리에 위화감을 느끼면서, 아이즈는 눈꼬리를 치켜세웠다. 【파밀리아】의 단장이라면 그도 또한 이번 건에 한 몫 가담했다는 뜻일 테니까.

"난, 강해져야 해. 싸울래. 공부 같은 거, 할 시간 없어!"

아이즈는 가슴에 담아놓았던 불만을, 생각하는 것을 있는 그대로 쏟아냈다."

"공부 같은 거, 의미 없어!"

소녀의 목소리가 서고에 울려 퍼졌다.

잠자코 아이즈의 호소를 받아들이던 핀은 갑자기 일어났다.

"흠. 그럼 밖에 갈까?"

"어?"

"싸우고 싶지? 그럼 내가 상대해줄게."

어안이 벙벙해진 아이즈에게, 핀은 처음과 마찬가지로 웃음을 지었다.

"실전형식으로 가보자."

그가 데려간 곳은 여러 개의 탑에 에워싸인 홈의 안뜰이었다.

저택 어디서도 내려다볼 수 있기에 리베리아에게 들킬지도 모른다고 조마조마해진 아이즈는 연신 주위를 두리번거렸으나,

"리베리아가 와도 내가 설득할 거야. 약속할게."

핀은 그렇게 말해주었다.

지금부터 할 일은 모의전.

핀을 가상의 적으로 두고 싸우자는 것이었다.

지금 아이즈의 손에 들린 것은 훈련용 단검이다. 날은 모두 빼놓았지만 금속으로 이루어졌으므로 둔기로 사용해도 충분한 위력을 발휘한다. 맞았다간 나름 부상을 입을 것이다.

반면 핀은 청소용 브러시에서 뽑아낸, 평범한 나무 막대.

균형을 살피듯 가볍게 몇 차례 휘둘러보던 핀은 됐다면서 아이즈와 마주 섰다.

"저기……."

"응? 왜?"

"그거…… 괜찮아?"

"아, 무기 말이야? 쓸데없는 걱정은 안 해도 돼."

대담할 정도로 자신감을 내비치는 핀의 말에 아이즈는 울컥했다.

지금이야 성격이 바뀌었지만, 원래 그녀는 말괄량이에 호승심이 강했다.

"자, 해볼까? 언제든 덤벼봐."

말할 필요도 없다.

검을 들고 임전태세에 들어간 아이즈는, 기회를 가늠해 달려들었다.

"정면돌격이라. 음~ 알기 쉽네."

"?!"

눈앞에 있어야 할 핀이 사라져, 참격이 불발로 끝난 아이즈는 헛발을 디뎠다.

황급히 뒤를 돌아보니, 상대는 아무 것도 하지 않은 채 새침한 표정으로 서 있었다. 전혀 변함없는 미소를 지은 채.

발끈한 아이즈는 다시 검을 치켜들고 접근했다.

"전환이 빠른 것도 그렇고 칼놀림이 날카로운 것도 그렇고, 재능은 있는 것 같은데."

"큭!"

"하지만 전법을 전혀 익히지 못했어."

허튼소리를 할 정도의 여유를 내비치면서 핀은 아이즈의 난타를 흘려냈다.

일곱 살 난 소녀라고는 하지만 【스테이터스】를 받았으니, 그녀가 퍼붓는 참격에는 위력도 속도도 있다. 그러나 몬스터에게는 통했던 공격이 눈앞의 모험자에게는 전혀 통하지 않았다.

핀은 딱히 특별한 것을 하지 않았다. 반격도 하지 않고, 훌쩍훌쩍 피하기만 할 뿐이다.

빠르게 움직이는 것도 아니며, 화려한 창놀림을 보이는 것도 아니었다.

그저 아이즈의 주위에서 원을 그리며 담담히 돌 뿐.

"우……?!"

맞질 않는다. 전혀 맞질 않는다. 스치지도 않는다.

정신이 들고 보니 아이즈는 이를 악문 채 혼신의 힘을 다해 단검을 휘두르고 있었다.

"나에게 그 『스킬』은 발동하지 않아."

하지만 그 공격도, 핀은 너무나 쉽게 피해버렸다.

몸 전체를 써서 강렬한 공격을 시도해도 요란하게 공기를 가르는 소리가 울려 퍼질 뿐. 이를 하나 거듭할 때마다 아이즈의 얼굴에서는 땀이 솟고 입에서는 거친 호흡이 새 나왔다.

공격을 실패하기를 50회. 스쳐 지나가면서 핀의 다리에 발이 걸려 안뜰의 잔디 위에 넘어져버렸다.

"끝났니?"

"큭…… 으아아아아아!"

벌떡 일어난 아이즈는 소리를 지르며 정신없이 검을 휘둘러댔다.

달리 자신들을 지켜보는 시선이 있다는 것도 깨닫지 못할 정도로 집중해 핀에게 달려들었다가는, 몇 번이나 걸려 넘어졌다.

이윽고 핀은 반격을 시작했다.

나무막대 끝을 들이대고, 아이즈의 악수를 지적하듯 허리며 팔을 쿡쿡 찌른다. 크게 힘도 들어가지 않았지만 아이즈의 몸은 그것만으로도 엉덩방아를 찧고 말았다.

"응. **약하네.**"

"우욱——?!"

그리고 한층 강한 충격이 아이즈의 몸을 엄습했다.

뒤로 튕겨져 날아가, 등부터 잔디에 나자빠졌다. 훈련용 검이 둔중한 소리를 내며 곁으로 굴러왔다.

마침내 움직일 수 없게 된 아이즈는 멍하니 푸른 하늘을 올려다보았다.

황금색 머리카락을 출렁이는 파룸은 그녀의 곁에 다가오더니, 느긋하게 내려다보았다.

"네 전법은【스테이터스】……『스킬』의 힘에만 의존한 거야. 도금이 떨어져나가면 이렇게 되지."

"……!"

아이즈의 뺨이 새빨갛게 물들었다.

눈앞의 상대에 대한 분함과, 꼴사나운 자신에 대한 수치가 뒤섞인 감정에서 나온 표정이었다.

어떻게든 몸을 일으킨 그녀에게, 핀은 말을 이었다.

"우리 제1급 모험자는 흔히 이런 말을 해. 모험자 중에는【스테이터스】에 휘둘리는 사람이 많다고."

"아……."

"많은 자들이 『은혜』에 지나치게 기대고 있어. 능력과 기술은 서로 다른 건데도."

지금의 너도 마찬가지라고, 그렇게 타이르는 목소리가 아이즈의 귓전을 두드렸다.

"너에게 부족한 건 기술과 허허실실. 그리고 지식도 압도적으로 모자라."

"!"

"간격을 재는 법은 물론, 무기의 특성도 제대로 알지 못하는 너는 정말로 그냥 어린아이일 뿐이야. 이대로 던전에 가봤자 언젠가 허망하게 죽어버릴걸. 단언할 수 있어."

크게 뜬 금색 눈을 보며 핀은 부드러운 웃음을 지었다.

"아이즈. 우리도 처음부터 강했던 건 아니야. 수많은 단련과 모험, 그리고 공부를 거듭했지. ──안 그래, 리베리아?"

"……그래."

아이즈가 흠칫 돌아보니, 탑으로 통하는 안뜰 출입구에

© Kiyotaka Haimura

는 리베리아가 서 있었다.

핀과 아이즈의 모의전을 계속 지켜보았던 그녀는 잔디밭으로 발을 들이고 이쪽까지 다가왔다.

"배워야 하는 것이 너무나도 많았다. 익혀야 할 것도 산더미처럼 많았다. 자신이 모르는 세계를 접할 때마다 온갖 것들을 알려 했다……."

"…………."

"나 자신의 의지를 이루기 위해."

한순간 망설인 후, 리베리아는 손을 내밀었다.

그녀의 얼굴과 손을 보던 아이즈 또한 망설였으나, 쭈뼛쭈뼛, 그 손을 잡았다.

서늘하고 조금 차가운 가녀린 손은, 아이즈를 가만히 일으켜주었다.

"아이즈, 네 비원은…… 우리의 야망이나 목적보다도 더 어려운 거야. 그걸 이루겠다면 우리가 해왔던 걸 우리보다도 더 열심히 해야만 해. 알겠어?"

핀의 그 물음에.

시선을 떨구고 있던 아이즈는…… 천천히 고개를 끄덕였다.

모의전을 통해 그들과 자신의 거리를 실감하고 만 지금, 핀의 말에 실린 무게를 이해할 수 있었다.

얼마나 자신이 막무가내였고, 무모했고, 시야가 좁았는지를.

세계가 얼마나 넓은지를.

그것을 잘 알았다.

"던전 탐색은 한동안 허가할 수 없지만, 오늘 같은 체술 대련은 나나 가레스가 시간이 있을 때마다 함께 해줄게."

"!"

"네가 바라는 대로 싸우는 법을 가르쳐줄게. 그러니까 리베리아의 강의와 병행해서 몸도 마음도 강해졌으면 좋겠어."

아이즈에게 웃음을 지어준 후, 핀은 곁에 있던 리베리아를 올려다보았다.

"자, 그러면 리베리아. 아랫사람에게 존경을 받는 입장의 연장자로서 뭔가 해줄 말이 있을까?"

"…………."

리베리아도 계속 생각하던 것이 있었는지, 한동안 침묵한 후, 아이즈를 향해 입을 열었다.

"아이즈…… 나도 지나치게 열을 냈던 것 같다. 부족한 몸이라 미안하다."

그 말에 아이즈는 놀라움을 드러냈다.

그녀의 눈빛과 말에는 진지한 사죄의 뜻과, 익숙하지 않은 일을 하고 있음을 나타내는 당혹감, 그리고 부모가 자식에게 보이는 것과 같은 배려가 있었으므로.

아주 잠깐, 정말로 아주 잠깐 가슴이 옥죄어드는 느낌을 받은 아이즈는, 살짝 고개를 가로젓는 것이 고작이었다.

"나도, 미안해…….."

어째서인지 그녀의 얼굴을 올려다볼 수가 없어 잔디로 시선을 떨군 채 말했다."

"나한테…… 공부, 가르쳐주세요."

꾸벅 고개를 숙였다.

그 모습에 리베리아는 눈을 크게 뜬 후, 미소를 머금었다.

"그래, 함께 열심히 하자꾸나."

아직 해가 뜨지 않은 이른 시각.

아이즈는 검을 들고 안뜰에 서 있었다.

여명에 휩싸인 저택은 고요했다. 쌀쌀한 공기를 피부로 느끼며, 아직도 검푸른 하늘을 올려다보았다.

아이즈는 리베리아와 핀이 왜 강한지, 그 비밀을 조금이나마 알 것 같았다.

그들은 거듭 쌓아왔던 것이다. 정말로 수많은 것들을.

그들만이 아니다.

분명 이제까지 자신을 지켜주었던, 아버지와 같은 그 용감한 사람들도.

"…………."

가슴 한구석에 적막감을 품은 다음 순간, 눈을 강하게 부릅떴다.

핀에게 받은 한 자루의 검을 칼집에서 뽑는다.

『우직하게, 건실하게, 착실하게 힘을 길러라.』

리베리아에게 그런 말을 들었을 때, 아이즈는 결심했다.

바람을 이루기 위해서 그들 이상으로 노력하기로, 그들 이상으로 결의하기로.

강한 의지를 가슴에 품고, 소녀는 홀로 검을 휘두르는 연습을 시작했다.

먼 미래에 이르기까지 끊일 줄 모르는, 부단한 노력을.

2장

찰나의
고요

Гэта казка іншага сям°і.

© Kiyotaka Haimura

"도시로 귀환하겠어. 준비를 갖추도록 해."

개전으로부터 5일.

아직도 라키아 왕국군과의 전투가 이어지는 가운데, 핀은 그런 지시를 내렸다.

"무턱대고 피해를 내면서도 공세로 나서지 않는 라키아 왕국은 아무래도 이 전쟁을 오래 끌려는 속셈인 것 같아. 오라리오의 전력을 밖에 묶어두기 위해서."

그가 말하길, 적의 노림수는 **오라리오 안**에 있다는 것이다.

총명한 단장의 결정에 아무도 이의를 제기하지는 않았다. 라키아 왕국의 의도대로 사태가 진행되는 것을 막기 위해서라도 일부 【파밀리아】는 도시로 돌아갈 필요가 있다── 핀이 읽어낸 수를 들으면 길드도 귀환 이유에는 수긍할 것이다. 지체하지 않고 일부의 전력도 다시 불러들일 터. 대의명분은 생겼다.

전황도 이미 첫날에 결판을 내놓았고, 【프레이야 파밀리아】와 【가네샤 파밀리아】가 있으면 구멍은 충분하고도 남을 정도로 메워진다. 로키의 꿍꿍이에 따라 성가신 일은 견원지간인 프레이야 일파에게 떠넘기게 되었다.

철수한다는 사실을 들키지 않도록 단기만 남겨놓고, 【로키 파밀리아】는 재빨리 대초원을 떠났다.

그리고 그날 저녁에는 오라리오에 도착했다.

"전쟁 중에 이블스를 신경 쓸 수는 없어. 만약 그쪽과 병행해서 라키아 왕국에게 대처하게 된다면 비참한 꼴을 겪을걸."

꼭두서니색으로 물든 거대 시벽을 지나, 시민들에게 놀라움과 의문을 사며 도시문 앞의 광장에 도착한 핀은【파밀리아】전체에 앞으로의 방침을 전달했다.

"라키아 왕국이 도시에 보냈을 밀정은 나와 리베리아가 대응하겠어. 다른 사람들은 정보수집과『열쇠』탐색을 계속해주고…… 그 외에는 적당히 휴식을 취하도록 해. 익숙하지 않은 전쟁 때문에 계속 긴장했을 테고, 보름 전부터 거의 쉬지도 못했으니까. 라울, 휴식 신청은 모아서 올려줘. 일정은 이쪽에서 조절할 테니까."

"알겠슴다!"

그날부터【로키 파밀리아】단원들은 각자 행동하는 한편 짧은 휴식에 들어갔다.

전장에서 이탈해 오라리오로 귀환하기 직전.

가레스와 몇몇 일행은 핀의 본대와 떨어져 도시 주변을 철저히 조사했다.

"찾았구먼."

"지, 진짜 있었어……."

오라리오 정남향, 4K 이상 떨어진 바위밭.

해안선이 보이는 장소에 오도카니 뚫린 동굴 안으로 발을 들인 모험자들은 천연 암반에서 인공 석재로 바뀌는 통로를 발견했다.

　"멜렌으로 식인꽃을 운반했다는 말을 들었을 때부터 혹시나 싶었지. 상회나 【이슈타르 파밀리아】의 협조가 있었다 해도 소형이나 중형이라면 모를까, 대형은 도시문을 경유하면 누구나 수상쩍게 생각했을 테니."

　가레스 일행은 라키아 왕국과의 전쟁에서 해방되자마자 즉시 별동대가 되어 움직이고 있었다. 【로키 파밀리아】의 현재 가장 큰 목표인 인조미궁 크노소스의 정보수집을 위해서였다.

　한번 오라리오로 들어가버리면 도시 밖으로 나갈 때는 번잡한 수속이 필요하다. 시간낭비를 싫어하는 가레스는 전쟁을 구실로 이 기회를 놓칠세라 도시 밖으로 통하는 지하통로를 색출할 생각이었다.

　"크노소스의 식인꽃이 여기를 통해 밖으로……."

　"식량이나, 그 외에는 미궁을 만들기 위한 막대한 물자도 여기를 드나들었겠지."

　"도시의 검문을 무시할 수 있는 또 다른 출구란 거군요."

　"그렇다네, 어쩌면 핀이 의심하는 라키아의 밀정이란 것들도 이곳을 썼을지 모르겠구먼."

　아연실색한 시앙스로프 크루스나 남성 단원들의 말에 가레스는 맞장구를 쳤다. 과거 이블스가 자금줄로 삼아 막대한 통행료를 거두고, 이를 이용해 무법자들이 도시에 침입했을 가능성도 고려하면서.

마석등을 들고, Lv.4인 크루스는 인조 통로를 빤히 바라보았다.

"그건 그렇다 쳐도 용케 발견했네요, 우리……. 도시 주변을 빈틈없이 찾으라는 말을 들었을 때는 솔직히 아찔했는데."

"되는 대로 적당히 뒤졌던 건 아니라네. 흙을 다루는 건 우리 드워프의 주특기 아닌가. 뭐든 다 경험인 게야, 경험."

오라리오에 오기 전, 좀 더 자세히 말하자면 로키나 핀을 만나 입단한 것보다도 더 옛날. 가레스는 고향의 탄광이나 광산에서 오랫동안 광부 일을 했다. 위험한 화산으로 출장을 나가기도 하고, 수많은 은맥을 찾아낸 적도 있다. 그리고 지하 터널 구축에 관여한 적도. 크노소스의 추정 규모와 오라리오의 넓이, 아울러 사람의 눈에 뜨이지 않는다는 조건을 통해 이 장소를 짚어냈던 것이다.

"이곳은 막아버리겠네. 폭파『마법』을 쓸 수 있는 사람은 다 모였겠지?"

"아, 네!"

"화끈하게 묻어버리게나. 이러면 주요 보급경로는 차단할 수 있겠지. 크노소스가 도시와 던전을 잇고 있는 이상 타격이 크지는 않겠지만……. 이곳이 끝나면 다른 경로는 없는지 찾아봐야지. 오라리오의 동서남북 인근을 이 잡듯 뒤지는 게야."

"으헤엑…… 알겠습니다."

【로키 파밀리아】에서는 소수파인 남성 단원들이 영창을 개시하는 한편. 가레스의 지시에 신음한 크루스는 각오를 다졌다. 미궁도시만 해도 광대한데 주변이 되면 그 규모는 헤아릴 수도 없다.

그들의 휴식은 당분간 멀었다.

"미안해, 베이트 로가. 역시 없어~."

"쳇…… 헛걸음했군."

밤의 장막이 드리워진 오라리오. 달빛을 받는 도시의 남동쪽 구역, 환락가 복구 구역을 돌아다니는 자들이 있었다. 베이트를 비롯한 【로키 파밀리아】와, 【이슈타르 파밀리아】 출신인 레나였다.

도시로 귀환한 그날 밤. 전장에서 억지로 레나를 끌고 온 베이트는 약속대로 『열쇠』가 있을법한 곳으로 안내를 시켰다. 이슈타르의 주거였던 『벨리트 바빌리』였다.

"우리보다 먼저 이블스 놈들이 왔……을 가능성은 없겠지. 그 자식들 냄새가 안 나니."

"응. 뒤진 흔적도 없고. 역시 이슈타르 님이나, 사정을 아는 단원이 가지고 나간 거 아닐까?"

베이트 일행이 있는 곳은 이슈타르의 신실 안쪽 비밀문 너머였다. 선반이며 옷걸이에는 황금 왕관이니 별모래를 뿌려놓은 것처럼 아름다운 외투가 방치되어 있었으나, 베이트 일행이 찾는 크노소스의 『열쇠』——『다이달로스 오브』는 보이지 않았다. 레나가 보았다는 책상 위의 조그만 상자는 보기 좋게 텅 비어 있었다.

레나에게 투덜대면서도 비밀방을 난폭하게 물색하던 베이트는 가증스럽다는 듯 안을 둘러보았다.

"베이트으~ 데가 가르쳐줬던 탐무즈라는 단원의 방도 뒤져봤는데 아무 것도 없었어. 이게 무슨 헉수고야~."

"헛수고겠지, 멍청아. 건성으로 뒤져본 건 아니겠지, 바보조네스들."

"누가 그랬다고—!"

"아키랑 수인 애들도 도와줬어. 비밀방 같은 건 없고 천장까지 다 뒤져봤으니까."

티오나와 티오네, 그 외의 단원들이 신실까지 들어와 합류했다.

그런 보고를 들은 베이트는 마지막 희망도 헛되이 사라졌다는 데 혀를 찼다.

"이제 또 원점으로 돌아갔네. 가능성이 있다면 바레타인지 하던 놈이 가지고 있던 『열쇠』겠지만……."

"베이트가 전부 작살내버렸지?"

"……왜. 뗘냐."

작살을 낸 정도가 아니라 모조리 불태워버렸지만, 베이트는 티오네와 티오나에게서 언짢은 듯 고개를 돌려버

렸다. 지상에 올라온 적 간부의 『열쇠』를 찾으려 해도 단서
는 없는 것이 지금의 상황이었다.

한 다리 건너 전해들은 이야기라도 당시 베이트의 분노
에 대해 아는 만큼, 티오나와 티오네는 바레타 그레데 일
당으로부터 『열쇠』의 소재지를 캐내지 않았던 책임을 추궁
하는, 그런 멋없는 짓은 하지 않았지만……

"그만해! 베이트 로가를 책망하지 마! 전부 내 잘못인걸!"

어째서인지 뺨을 붉힌 레나가 신이 나선 베이트를 감
쌌다.

"내가 죽은 줄 안 베이트 로가는 꼭 원수를 갚겠다고 맹
세하고…… 으헤헤헤헤…… 이건 사랑이지, 사랑?! 베이
트 로가가 나를 너무너무 좋아한다는 증거!!"

"그 입 막아버린다, 꼬마조네스?!"

"뭐?! 내 입을, 베이트 로가의 입으로?! 꺅, 사람이 이렇
게 많은데 대담해! 하지만 당신이 원한다면── 우웁~"

눈을 감고 입술을 내미는 레나의 이마에 베이트의 철권
이 작렬했다.

"끼냐아아아아아아아아아아아아아아아앙?!"

"진짜 숨통 끊어버린다, 망할 망상녀……!"

"거기 염장질 좀 그만 할래? 진짜 눈에 거슬려선…… 확
죽여버릴까보다."

"티오네는 왜 질투하고 있어?!"

이마를 부여잡고 바닥에 나뒹구는 레나, 핏대를 세우는

베이트, 동포의 러브러브(일방적이지만)를 보다 못해 웨어울프 이상으로 살의에 가득 찬 티오네, 주먹을 부르쥐는 언니를 열심히 뜯어말리는 티오나.

눈 깜짝할 사이에 혼돈에 빠진 방 안의 참상에 캣 피플 아나키티와 다른 단원들은 한숨을 쉬었다.

"레피야…… 여기였어?"

"네, 아이즈 씨……."

던전 제18계층. 세이프티 포인트 동쪽 끝, 대삼림을 빠져나간 공간에 아이즈와 레피야, 나르비를 비롯한 몇몇 단원들이 있었다.

스톤 서클을 방불케 하는 청수정의 숲은 레피야의 기억을 자극했다. 약 한 달 반 전, 이곳에서 이블스의 잔당을 추적하다 우연히 맞닥뜨린 소년 벨과 함께 트랩 몬스터와 전투했다. 그때는 결국 잔당을 생포하지도, 정보를 얻지도 못했지만 크노소스의 존재를 안 지금 【로키 파밀리아】는 다시 조사에 나섰다.

숲의 경계에 서 있던 레피야 일행 앞에는 계층의 끄트머리, 거대한 바위벽이 우뚝 솟아 있었다. 아이즈를 중심으로 단원들은 그 일대를 조사하기 시작했다.

"…………."

"아이즈 씨?"

"여기…… 위장하기는 했지만, 다른 장소보다, 지면이

단단해. 발길이 많았던 것처럼."

조사를 개시하고 한동안 지나. 제1급 모험자는 거벽에 한쪽 손을 짚으며 중얼거렸다.

"파볼까……."

그 짧은 한 마디에 다른 단원들과 함께 긴장한 레피야는 앞으로 나서 포격주문【아르크스 레이】를 터뜨렸다.

암벽 표면은 순식간에 박살이 나고 내부의 공동이 드러났다. 그 너머로 이어지는 거대한 금속문의 존재도.

"오리할콘 문……!"

"응, 찾았네……."

단원들이 술렁이고, 아이즈가 금색 눈으로 이를 노려보았다.

추측만 했던 던전과 크노소스 사이의 연결통로를 마침내 발견한 것이다. 한층 긴박감을 띤【로키 파밀리아】단원들은 신중하게 벽 내부의 통로와 그 너머의 통로를 가로막은 『문』을 조사하기 시작했다. 적의 습격도 경계하면서.

"이블스의 잔당은 이곳을 통해 식인꽃을 지상으로 운반했던 걸까요……?"

"글쎄. 이곳 말고도, 던전하고 이어지는 『문』이 있을지 몰라……."

레피야에게 아이즈는 크노소스와 던전의 연결로가 여럿 있을 가능성을 제시했다.

하지만 이제 최소한 크노소스가 제18계층──『중층』의

심도에까지 이른다는 사실은 확실해졌다. 핀의 예상이 확증을 얻은 순간이었다. 새삼 인지의 범위를 뛰어넘는 인조 미궁의 무서움을 실감했다.

"아이즈 씨, 역시 『열쇠』는 찾지 못하겠어요. 어떡할까요? 보초를 세워서 출입을 감시할까요?"

"……아니야, 관두자. 아마 저쪽도, 우리가 온 걸, 알아차렸을걸……."

『문』을 빈틈없이 조사하고 돌아온 나르비의 보고에 아이즈는 고개를 살짝 가로저었다.

그녀가 바라본 곳에는 문의 좌우 옆, 악마와도 같은 형상의 조각상이 있었다. 그 돌의 눈에는 청백색 광채가 숨겨져 있었다. 크노소스에 발을 들였던 【로키 파밀리아】를 분단시킬 때『문』의 원격조작에 사용했던 감시의 『눈』과 아마도 같은 기술일 것이다. 적도 아이즈 일행의 동향을 알아차렸다고 봐야 한다.

감시는 헛수고로 끝나고, 어정쩡한 인원을 남겨두면 반대로 대량의 자객에게 목숨을 잃을지도 모른다고, 행간으로 그렇게 말하는 아이즈에게 단원들은 낯을 찡그리며 문 앞에서 거리를 벌렸다. 재생이 빠른 계층의 암벽에서 나오자 벽은 눈 깜짝할 사이에 막혀버렸다.

"핀에게, 보고하자. 그 외에는 조금만, 주변을……."

"네, 뭔가 없을지 조사한단 말이죠."

파벌 간부 치고는 치명적일 정도로 말재간이 없는 아이

즈의 지시를 레피야와 단원들은 금방 알아차리고 실행으로 옮겼다. 금발금안의 소녀가 미안하다는 표정으로 눈썹을 늘어뜨리고 살짝 얼굴을 붉히는 가운데, 단원들은 그런 그녀를 사랑스럽게 바라보며 웃었다.

아무튼 또 한 가지 성과를 올렸다. 문자 그대로 미궁 공략을 위한 『열쇠』는 찾지 못했으나, 【로키 파밀리아】는 착실하게 크노소스를 포위하고 있었다.

"레피야…… 그때, 벨도 말려들었다고, 했지?"

"아, 네, 아이즈 씨. 그리고…… 저희를 도와주었던 복면 모험자도 있었고……."

"복면 모험자……."

아이즈와 함께 행동하던 레피야는 땀을 닦으며 걸음을 멈추었다.

차폐물이 많은 숲이나 스톤 서클 사이로 단원들이 흩어진 가운데, 수목의 틈새로 계층 천장의 백수정 빛이 내려왔다. 던전 특유의 광경에 눈을 가늘게 뜨며 레피야는 주위를 둘러보는 아이즈를 몰래 훔쳐보았다.

'리베리아 님에게 아이즈 씨의 옛날이야기를 듣기는 했지만…… 우웅~ 지금도 믿을 수가 없어……. 고집쟁이 어린아이 같은 아이즈 씨라니…….'

야영지에서 밤을 보내며, 리베리아에게 들었던 이야기를 레피야는 곱씹어보고 있었다.

말괄량이에, 지금보다도 표정이 잘 드러나고, 보기에 위태롭고……. 시선 너머의 늠름한 자태를 뽐내는 아름다운 검사에게서는 도저히 상상할 수 없는 이야기다. 몇 번이나 귀를 의심해버렸을 정도였다.

'아아 하지만 이가 빠진 귀여운 아이즈 씨(7세)는 보고 싶기도……! 어라, 하지만, 로키한테 부탁하면 아이즈 씨의 젖니를 볼 수 있지 않을까…………아니뭘흥분하고있는건 가요나는뼈뼈뼈뼈뼈뼈변태가아니에요……!!'

망상을 폭발시키며 황홀해졌다가 진지해졌다가 머리를 쥐어뜯기도 하는 엘프의 모습을 다른 사람이 알아차리지 못할 리가 없었다.

"레피야, 왜 그래……?"

"에악?!"

돌아본 아이즈가 말을 거는 바람에 레피야는 당황하여 ──아이즈 본인에게 망상을 들킨 거라 착각하고── 생각했던 것을 감추고자 얼버무리는 말을 늘어놓았다.

"어, 그게, 그러니까, 리, 리베리아 님에게 옛날 아이즈 씨랑 제가 닮았다는 말을 들어서, 아이즈 씨를 가만히 보고 있었달까…… 아, 아하하하하하하하!"

필사적으로 헛웃음을 짓는 레피야를 보며 아이즈는 살짝 눈을 크게 떴다.

어? 하고 레피야가 의아해할 정도로 금발금안의 소녀는 이쪽을 빤히 응시했다.

그대로 눈앞까지 다가온다.

"어, 저기요……?"

"…………."

당황하는 엘프의 얼굴을 바라보며, 가만히 잡은 왼손을 내려다보고는, 매끄러운 선황색 머리카락도 쓰다듬듯 손가락을 넣는다. "에엑?"거리고 "하윽"거리며 아이즈에게 촉진 비슷한 것을 당하며 조그만 비명을 지르던 레피야는 경악과 수치로 몸을 뒤틀었다.

복장과 지팡이 등 장비에 이르기까지 일일이 확인하던 아이즈는 손을 내리더니, 고개를 끄덕였다.

"응…… 괜찮아."

"괘, 괜찮다고요……?"

"레피야는, 나보다도…… 훨씬 야무져."

"네?"

"옛날 나 같은 거하고, 안 닮았어."

그리고 아이즈는 살짝 웃었다.

레피야가 놀라버릴 만큼—— 본 적도 없는 어린 시절 아이즈의 웃음을 떠올리고 말 정도의, 그런 웃음이었다.

레피야는 말문이 막혀버렸다.

딱히 그 웃음은 자학도 무엇도 아니었으며, 그저 있는 그대로를 말하는 것 같았다. 다만 아이즈가 어째서 그런 말을 하는지를 알 수 없어 당황했다.

결국 레피야는 아무 말도 하지 않은 채, 돌아온 단원들과 함께 제18계층을 떠났다.

권속들이 분주히 뛰어다니는 가운데, 주신 또한 움직이고 있었다.

　"아레스 그 문디도 힘의 차이를 모르니까 요래 자꾸 쳐들어오는기라."

　하품을 참은 로키는 갑자기 께느른한 분위기를 싹 거두었다.

　앉아있던 신좌의 팔걸이에 팔을 얹고, 바로 옆에 있던 미신에게 슬쩍 몸을 내민다.

　"근데 바라, 프레이야. 이건 딴 얘긴데."

　"뭔데, 새삼스레?"

　"——니 탐무즈란 얼라 아나?"

　전장의 비명이 메아리치는 가운데, 로키의 날카로워진 목소리가 프레이야의 품에 파고들었다.

　전방을 바라보던 은발의 여신은 한순간의 침묵을 띤 후, 은색 눈을 로키에게 돌렸다.

　"……그 아이가 왜?"

　"질문에 질문으로 대답하는 기 아이다. 아나 모르나, 그것만 말해라."

　"네가 무슨 말을 하려는 건지 모르겠어, 로키. 네 신의를 파악할 수 없다면 나도 『모른다』고할 수밖에."

갑자기 형성된 여신들의 험악한 분위기에, 호위하던 단원들도 단숨에 긴장상태에 들어갔다. 자신의 주신을 해치려 하는 적대 파벌에게 권속들이 시선으로 서로를 견제하는 가운데, 로키는 프레이야의 대답을 반쯤 예상했던 것처럼 말을 이었다.

"니가 이슈타르 상대로 저지른 민폐 짓거리 항쟁 말이다. 그때 그 여자네 부단장이 행방불명됐다 안하나. 어데 있는지 내 알고 싶데이."

"왜 그걸 나한테 물을까?"

"그넘아가 사라진 그 날 환락가에서 설친 기 니하고 니얼라들 아이가. 봤을지, 해치웠을지, 아니면 **숨겨뒀을지** 그런 가능성을 캐는 기 당연하제."

"그 아이를 쫓는 이유는 뭔데?"

"찾는 기 있데이. 이상한 기호가 새겨진 징그러븐 매직 아이템."

"…………."

"이슈타르 물건인데, 본인이 천계로 송환돼삔 마당에 그 여자 오른팔이 가지고 있진 않을까…… 내 그래 보고 있다."

【이슈타르 파밀리아】부단장 탐무즈 베릴리의 소재. 나아가서는 크노소스의 『열쇠』의 소재.

이를 밝혀내기 위해 로키는 라키아 왕국과의 전쟁을 이

용해 이곳까지 왔던 것이다. 접촉을 꾀하려 해도 좀처럼 이루어지지 않았던 변덕쟁이 미신과 만나기 위해.

라키아 왕국과의 전쟁은 **덤**이고, 자신과 만나기 위해 일부러 여기까지 온 것을 프레이야도 깨달았다.

"얘, 로키. 예를 들어서 말이야."

그러고도 초연한 표정을 한시도 무너뜨리지 않은 채 말했다.

"예를 들어서, 네가 말하는 그 아이가 **내 눈에 들었다 치고**…… 예를 들어서, 이유는 모르겠지만, **누군가에게 표적이 되었다고 치고**……."

"…………."

"그런 아이가 어디 있는지, 내가 함부로 말해줄까?"

프레이야가 관장하는 사상은 『아름다움』과 『사랑』.

자신이 총애를 기울이는 아이는 무슨 일이 있어도 지키고, 무슨 일이 있어도 남에게 빼앗기지 않는다.

입을 다문 로키에게, 프레이야는 미소와 함께 행간으로 그렇게 말했다.

다시 말해 그런 뜻이다.

"하지만, 그래. 뭔가 알아내면 너에게 알려줄……지도 모르지."

완벽하게 내친 것은 아니고, 지위도 전력도 동등한 신의 체면을 세워준 프레이야는 이야기가 모두 끝났다는 양 시선을 돌렸다.

로키는 발을 높이 들고 일어났다.

"마, 이쯤 해야 쓰겠구마. 제일 귀찮은 여자가 델꼬 있다는 걸 알았다는 것만도 수확이니께."

"후후, 무슨 말일까?"

"근데 내 말해두겠는데, 평소처럼 여왕님 행세 해쌌다간 큰 코 다칠기라."

"어머, 그건 협박이야?"

"사실이제. 정신 들고 보니 니 성이랑 같이 **날아가고 있을지도** 모른데이……. 혹시 그렇게 되면 내는 니 깔깔 비웃어줄기라."

로키는 마음에 들지 않는다는 듯 콧방귀를 뀌고는, 호위하는 단원들과 함께 그 자리를 떴다.

입을 다문 프레이야의 시선을 받으며, 광대 신은 냉큼 멀어져갔다.

그것이 개전 첫째 날에 있었던 일.

"로키네도 탐무즈의 행방을 쫓고 있단 말이지……."

도시 밖의 대평원, 【프레이야 파밀리아】의 진지. 주신용 거대 천막 속에서 며칠 전의 일을 회상한 프레이야는 그곳에 마련된 신좌에 앉은 채 눈앞의 인물에게 입을 열었다.

"**탐무즈**, 다시 한 번만 가르쳐주련? 이슈타르가 무슨 꿍꿍이를 꾸미고 있었는지."

"아, 네, 프레이야 님! 이슈타르 님은 당신을 치기 위해

【칼리 파밀리아】 외에도 이블스의 잔당과 결탁했습니다! 크노소스로 유인하여 『데미 스피리트』로 【맹자】와 그 외의 단원까지도 해치우고자……!"

무릎을 꿇은 갈색 피부 흑발의 청년은 뺨을 붉게 물들이며 미신에게 모든 사실을 대답했다.

프레이야는 이를 들으며 오른손에 들린 『D』 기호가 새겨진 금속 구체——『다이달로스 오브』를 만지작거렸다.

환락가가 파괴된 그 날, 프레이야는 탐무즈를 『매료』시켰다. 다른 이도 아닌 이슈타르의 눈앞에서, 빼앗은 것이다. 로키의 예상대로 중대인물을 숨겨놓았던 것은 【프레이야 파밀리아】였다.

처음에는 단순한 흥미였다. 이슈타르가 어떤 방법으로 프레이야 일파를 타도하려 했는지를 캐내기 위해 홈으로 끌고 왔을 뿐이었다. 하지만 그로부터 며칠 후, **누군가가 탐무즈를 해치려 했다.** 수수께끼의 자객이 프레이야의 거성에 침입하여 암살을 시도했다.

강하고, 수려하며, 충성심이 강한 탐무즈는 이미 프레이야의 눈에 들어 총애를 받았다. 그런 자신의 자식을 『미의 신』이 놓아줄 리가 없었다. 그를 지키기 위해 암살자는 오탈을 비롯한 단원들에게 해치우게 했다. 정보가 이 이상 새나가지 않도록, 철저하게.

자신의 권속을 지키고자 로키에게도 사실을 밝히지 않았지만…… 왜 탐무즈가 그렇게까지 표적이 되고 있는지,

확실하게 이해했다.

모든 것은 【이슈타르 파밀리아】 괴멸 때 가지고 나왔던 이『열쇠』탓이었다.

"이블스의 잔당, 크노소스,『데미 스피리트』……."

마석등 빛을 반사하는『열쇠』에 눈을 가늘게 뜨며 프레이야는 탐무즈가 가져온 정보를 싱그러운 입술 위에서 굴려보았다.

"아무래도 내가 모르는 곳에서 재미난 일이 벌어지고 있나봐."

"어떻게 하시겠습니까, 프레이야 님."

신좌 옆에 서 있던 보어즈 무인 오탈이 조용히 주신의 명령을 기다렸다.

키워드를 입수하고는 있지만 탐무즈의 정보만으로는 전체를 선으로 이을 수 없었던 프레이야는 살짝 침묵을 지킨 후 입을 열었다.

"지금 오라리오에서 무슨 일이 일어나는지 파악해두고 싶은걸."

"【로키 파밀리아】와 접촉하시겠다는 말씀입니까?"

"아니. 로키는 정보와 맞바꿔 반드시 이『열쇠』를 요구하겠지."

오탈에게 대답한 프레이야는 그를 올려다보며 요염하게 웃었다.

"이『열쇠』, 아직은 가지고 있는 편이 좋을 것 같아……

감이지만."

『신의 감』을 대화에 꺼낸 프레이야는 신좌에서 일어났다.

"아렌을 불러줘. 도시에 보내야겠어."

"보수는 마련하겠어. 그 매직 아이템을 찾아."

어떤【파밀리아】의 본거지를 찾아온 로키는 입을 열자마자 눈앞의 신물에게 그렇게 말했다.

"뜬금없기는. 우린 동맹을 맺었잖아? 이게 뭔지나 좀 가르쳐줘."

핀에게 그리게 한『다이달로스 오브』의 정확한 스케치를 손가락 사이에 끼고 팔랑팔랑 흔들며 헤르메스는 여리여리한 미소를 지었다.

【헤르메스 파밀리아】의 홈, 『여인숙』. 아직도 도시 밖에서는 전쟁이 이어지는 가운데, 오라리오로 돌아온 로키는 호위도 대동하지 않고 홀로 이곳에 찾아와, 아스피나 루루네 같은 헤르메스의 권속들에게서 이목을 모으고 있었다.

"게다가『다이달로스 거리』에 대해서는 안 가르쳐주고? 의논한 대로 거길 조사했을 거 아냐? 디오니소스에게 물어봐도 아무 소리 안 하고 말이야."

"그 디오니소스가 니를 조심하라 카더라."

"이봐이봐, 난 헤르메스인데? 켕기는 짓은 전혀 한 적이 없어."

"프레이야 부추기가꼬 이슈타르 없애삔 거 니 짓거리 아이가."

"…………."

너스레를 무시하고 로키가 말하자 헤르메스는 긍정도 부정도 않고 항복했다는 양 두 손을 들며 웃음을 지었다.

"마, 니가 수상한 거야 새삼스러븐 일이데이. 근데 디오니오스가 한 말은 둘째 치더라도, 내한테도 생각이 있다. ──우라노스는 멀 숨기고 멀 꾸미고 앉았노?"

"글쎄? 모르겠는데. 길드가 우리한테 곧잘 의뢰를 주기는 하지만…… 전폭적인 신뢰를 기울이는 건 아니거든. 우라노스가 나한테 전부 이야기해주진 않아."

전부는 말이제.

로키는 신실의 책상을 끼고 대면한 남신의 턱에 주먹을 꽂아버리고 싶어졌다.

──나 원, 이놈이고 저놈이고 속셈은 안 털어놓는 너구리뿐이데이.

자신은 뒷전으로 제쳐놓은 채 로키는 신이라는 존재에 진저리를 쳤다.

"니가 시치미를 떼는 동안에는 우리가 발견한 『수확』은 암것도 얘기 안할라칸다."

"아, 난처한걸. 진짜 아무 것도 모르는데."

"맘대로 떠들어라, 문디야. 다만── 만약 그 매직 아이템을 찾아내 내한테 갖고오믄, 정보는 공유해줄기라."

교환조건이데이.

로키는 헤르메스에게 그렇게 선고했다.

【헤르메스 파밀리아】는 던전 탐색계 【파밀리아】를 표방하지만, 정보수집이나 교섭 등 그야말로 다채로운 분야에서 활약한다. 중립을 내세우는 만큼 민첩하다. 무언가를 찾게 한다면 그들만한 적임자는 없다.

우라노스의 속셈, 혹은 『열쇠』의 행방. 어느 한 쪽을 내놓으라고 로키는 그에게 들이댄 것이다.

헤르메스는 다시금 양피지의 스케치를 보았다.

"의뢰라고 한다면야 받겠지만…… 뭔가 단서는?"

"읎다. 이 도시 안 어딘가다."

"이봐이봐, 아무리 그래도 그건 너무 막무가내 아냐?"

"아, 한개는 프레이야네 있을지도 모른데이. 아나 단서. 몰래 가서 갖고온나."

"이, 이봐이봐, 아무리 그래도 그건 나더러 죽으라고 하는 거 아냐……?"

되는 대로 마지막 한 마디를 덧붙이자 헤르메스의 웃음은 진심으로 굳어버렸다. 땀을 삐질삐질 흘리는 그를 보며 로키는 될 대로 되라는 양 혀를 내밀었다.

"신용을 원하믄 그 정도는 해야제? 아, 내 깜빡했는데 그 매직 아이템은 여러 개 있데이. 그럼 부탁한데이."

전할 말을 전한 로키는 잽싸게 물러나버렸다.

워타이거며 파룸 소녀 등등, 낭패한 단원들의 시선을 모으며 저택을 떠났다.

　로키가 떠나간 후, 헤르메스는 살짝 한숨을 쉬며 등 뒤에 서 있던 권속들을 돌아보았다.

　"나 원…… 양쪽에서 낀 입장은 참 힘드네."

　무슨 새삼스러운 소릴.

　아스피와 루루네 같은 단원들은 여리여리한 남신에게 콧방귀를 뀔 뿐이었다.

😾

　하루하루가 지나간다.

　크노소스의 포위망은 착착 완성되고, 【로키 파밀리아】는 농성을 결심한 괴인들과 이블스의 잔당을 물가까지 몰아넣었다는 실감을 얻었다. 그러나 돌파구가 열리지 않은 채 시간은 무자비하게 흘러간다. 그 시간의 경과는 적에게 유리함을, 나아가서는 오라리오 붕괴를 가져다줄 것이다. 레피야 일행은 이를 답답하게 생각했다. 『한 수』가 부족하다. 이 국면에 파문을 일으킬 『한 수』가. 【로키 파밀리아】에는 그것이 절실했다.

　한편으로는 라키아 왕국 사태가 수습을 맞으려 했다. 핀이 손을 쓴 덕에 【아레스 파밀리아】의 밀정이 체포되었다는 소식이 들어온 것이다. 정보를 공유하고 협력을 요청했던 【헤파이스토스 파밀리아】의 공적이었다지만, 【로키 파밀리아】단원들은 티오네를 필두로 "역시 단장님!"이라면서 박수갈채를 보냈다.

"하지만 도시 주민들은 그런 것도 전혀 모르겠죠."

푸른 하늘이 펼쳐진 오전. 시내를 걸으며 레피야는 중얼거렸다.

쓸데없는 혼란을 바라지 않는 길드 때문에 도시에 숨어들었던 밀정의 존재는 공표되지 않았다. 듣자하니 상당히 많은 수가 침입했으며, 게다가 그 유명한 전설의 무구『크로조의 마검』또한 실려 왔다고 한다. 뭔가가 잘못됐으면 도시 구역 일부가 불바다로 변했을지도 모르지만, 여느 때와 다를 바 없이 도시는 평화 그 자체였다.

라키아 왕국에게 더 이상의 계책은 없었으며, 도시 밖에서 벌어진 전쟁도 곧 수습된다. 그렇게 믿었던 레피야 일행은 겨우 이블스 대책에 전념할 수 있게 되었다.

지금은 정보수집도 겸해【파밀리아】내에서 필요한 물건들을 사러 나온 참이었다.

『이봐, 들었어?【리틀 루키】가…… 계층 터주? 아무튼 엄청난 몬스터를 잡았대!』

『워 게임에서 보여줬던 게 역시 운이 아니었구먼.』

『정말, 대단한 모험가가 또 나타난 걸지도 모르겠어.』

"으, 으으으……."

라키아 왕국의 밀정 소식이 전해지지 않는 대신 들려온 것은【리틀 루키】에 관한 성망이었다. 가게 앞이며 지나가는 사람들, 노점상끼리 나누는 대화 등 시내 곳곳에서 싫어도 귀에 들려오는 소년의 정보에 레피야는 복잡한 감정이 담긴 목소리를 내고 말았다.

아직도 약 1개월 전에 치러졌던 워 게임의 열기가 식지 않았다. 일약 유명인이 된 초대형 신인을 모두가 칭송했으며, 기대하는 목소리를 모았다.

'우리는 열심히 뛰어다니고 있는데, 여봐란 듯이 폴짝폴짝……!'

그런 소년의 명성은 강해지고 싶다고 시행착오를 거치는 레피야를 부추기는 것 같았다. 딱히 당사자에게 악의가 있는 것은 아니겠지만, 헐떡거리며 언덕길을 오르는 자신의 옆을 토끼가 순식간에 추월해버리는 듯한, 그런 광경을 보는 기분이었다.

끄으으으응.

분함이며 질투로 레피야는 끙끙거렸다.

'……하지만 이해할 것 같아.'

그러나 천천히 이해의 빛을 표정에 담았다.

아이즈가 왜 소년의 단련을 맡아주었는지.

분명 무시무시한 속도로 강해져가는 소년의 『성장』 비결을 알려는 것이다.

성실하고 마음 착한 그녀는 이를 단련을 위한 대가라 여기지 않고 타산이라 생각해 진지하게 소년의 사사에 응해주었으리라.

당시 아이즈의 마음을 레피야는 이해할 것 같았다.

옛날의 그녀와 비슷하다고 지적을 받은, 지금의 레피야라면.

"아니꼽지만…… 저엉말정말 아니꼽지만…… 나도, 물어보러 갈까."

그런 소리를 문득 중얼거리고 있으려니,

"아."

"아."

길모퉁이에서, 당사자와 딱 맞닥뜨리고 말았다.

하얀 머리카락에 붉은 눈의 소년, 벨 크라넬과.

"레피야 씨?"

"어, 어어어어, 어째서 당신이 여기에?!"

"어, 그냥 지나가던 중, 이라고밖에는……."

갑작스러운 사태에 당황해버렸지만, 그 말대로 같은 도시에 사는 이상 지나가다 만나는 일도 있으리라.

으으윽 말문이 막혔으나 벨은 아랑곳 않고 질문을 했다.

"저기…… 헤스티아 님 혹시 못 보셨어요?"

"헤스티아 님이라면…… 당신의 주신님?"

"네. 홈을 나가셔서…… 찾고 있었거든요."

벨을 눈엣가시로 생각하는 레피야에게 물어볼 정도니 무언가 있었으리라. 살짝 땀이 맺힌 이마를 봐도 온 시내를 뒤지고 다니는 중임을 쉽게 예상할 수 있었다.

신 헤스티아. 직접 교류가 있었던 것은 아니지만 레피야도 알고는 있다. 주신인 로키가 곧잘 그녀의 험담을 하기 때문이다. 노점에서 『감자돌이』를 파는 모습을 본 적도 있다.

"저는 보지 못했지만…… 무슨 일 있었나요?"

"어, 아뇨, 그게…… 싸움, 비슷한 걸 해버리는 바람에."

궁금해진 레피야가 자기도 모르게 물어보자 벨은 민망한 듯 시선을 좌우로 돌리며 대답했다.

레피야는 그 태도에 눈을 껌뻑거렸다.

"의외네요…… 당신, 여성에게는 약하달까, 흐물흐물해서 고개를 들지 못하는 사람인 줄 알았는데요."

"윽……?!"

정곡을 찔렸는지 벨은 휘청 몸을 젖히며 한심한 표정을 보였다.

처음 만났을 때를 떠올려보았다. 길에서 부딪쳐버렸을 때에도 벨은 레피야가 엘프라는 사실을 알자 갈팡질팡했으며, 얼굴이 붉어져서는 침착하지 못한 모습을 보였다.

지금이야 아이즈 때문에 여러 모로 원한을 품고 있으나, 당시에는 저자세에 순박해 보인다고 생각했다. 그런 소년이 미목수려한 여신과 싸웠다니 의외도 이만저만이 아니다.

그런 생각을 하던 레피야는 문득 깨달았다.

그의 루벨라이트색 눈동자가 흐려졌음을. 마치 무언가 생각에 잠긴 것처럼 낯빛이 좋지 못했다.

"……정말, 단순한 싸움인가요?"

"왜, 왜 그런 걸 물어보세요?"

왜냐니, 그야…….

말문이 막힌 벨에게 레피야는 한쪽 눈썹을 찡그렸다. 지금의 벨을 보면 무언가 고민한다는 것쯤은 누구나 알 수 있으리라. 그만큼 눈앞의 소년은 알아보기 쉬웠다.

살짝 한숨을 쉰 레피야는 입을 열었다.

"헤스티아 님을 보면 당신에게 말해줄게요."

"네?"

"힘들어하고 있잖아요? 그러니까 도와주겠다고요."

"그, 그렇게까지 해주시면, 미안한데요. 게다가 레피야 씨는, 어, 저를, 그러니까……."

"당신은 저를 뭐라고 생각하는 건가요. 그야 저는 당신을 싫어하지만, 어려움에 처한 사람에게 도움을 주는 정도의 마음은 있어요! 게다가 대가가 확실하게 받을 테니까요!"

그렇다. 이것은 아이즈와 마찬가지다.

단순한 선의가 아닌 타산. 만약 헤스티아를 발견해서 가르쳐주게 된다면 성장의 비결을 물어봐야지. 레피야는 억지로 명분을 만들어 벨을 도와주기로 했다.

"고, 고맙습니다!"

"……뭐, 별로 대단한 일도 아닌걸요."

고개를 숙이는 벨에게서 눈을 돌렸다. 올곧은 감사에 뺨으로 열기가 몰려드는 것을 느끼면서.

소년은 몇 번이나 꾸벅꾸벅 인사를 하고는 도시 서쪽으로 향했다. 레피야는『열쇠』의 정보를 찾을 겸 어린 여신의 행방을 추적해보았다.

광대한 미궁도시에서 매직 아이템 하나를 찾는 것도, 한 명의 신을 찾아내는 것도 어려운 일이다. 다만 후자는 이목을 끌 가능성이 있다. 레피야는 사람이 많이 다니는 메인 스트리트로 범위를 좁혀 탐문을 해보았다.

'두꺼운 구름이네……. 이렇게 맑은데, 어쩌면 비가 한바탕 올지도.'

높은 시벽 너머, 북쪽 방향에는 회색 구름 덩어리가 보였다. 저 멀리 드리워진 암운에 자연스레 길을 가는 발이 빨라졌다.

그리고 소년과 만나고 얼마 지나, 겨우 어린 여신이 도시 북쪽에서 헤매고 있더라는 정보를 얻었던 그때였다.

오라리오의 사방에서 들려오던 소리가 갑자기 변한 것은.

"……? 어쩐지, 시내의 공기가 바쁘게……?"

가늘고 긴 엘프의 귀가 반응했다.

평소에 들려오던 도시의 활기에 섞인 이물질. 낯빛을 바꾸고 뛰어오던 수인이 상점가 사람들을 붙잡아서는 무언가를 주워섬겨댄다. 휴먼 상인들이 속삭이며 손가락을 같은 방향으로 가리킨다. 모험자와 길드 직원이 곁눈질도 하지 않고 바쁘게 달려간다.

레피야는 모험자들이 향한 곳—— 북쪽 방향을 보았다.

"무슨 일이, 일어났던 걸까요……?"

우왕좌왕하는 도시의 분위기를 느낀 레피야의 다리가 북쪽으로 향하려 했을 때,

"레피야!"

"티오네, 씨, 티오나 씨?"

"레피야, 큰일이야 큰일!"

대로에서 뛰어나온 티오나, 티오네와 마주쳤다.

두 사람 모두 우르가와 조르아스로 무장하고 있었다. 레피야는 보통 일이 아님을 짐작했다.

"무슨 일 있었어요?!"

"라키아가 쳐들어왔대!"

"북쪽 문에 나타나서, 거기 있던 오라리오의 여신을 납치해갔다는 거야."

그 내용에 레피야는 놀라지 않을 수 없었다.

티오나와 티오네도 이제 막 전달받은 듯 정보는 혼란에 빠진 듯했다. 움직일 수 있는 길드 직원과 모험자는 속히 북문으로 모이라고 했다는 것이다.

"어, 어디 여신님이 납치됐대요?!"

"그게, 아르고노트 군네인 것 같아……."

"엑…… 헤스티아 님이요?!"

"맞아. 그것도 이미 출발한 구조대 멤버가……."

설마 했던 사태에 레피야는 말이 나오지 않았으나, 결정타를 날리듯 티오네가 말했다.

"네, 네에에에에~~~~~~~~~~~~~~~~~~~~~~~~~~~~~~?!"

그리고 그 내용에 절규해버렸다.

"…………."

리베리아는 펼쳐놓은 책에 시선을 떨구고 있었다.

장소는 『황혼관』의 집무실. 단원들이 나가고 없는 홈 안에서 그녀는 이곳에 찾아와, 핀이 면밀히 써놓는 【로키 파밀리아】의 기록서를 살펴보고 있었다.

오라리오에 거점을 둔 후로 작성된 【파밀리아】의 역사에는 당시의 던전 도달 계층이며 구성원 수, 나아가서는 단원들의 【스테이터스】와 Lv.등 상세한 내용이 적혀 있다. 그야 물론 『마법』이나 『스킬』, 어빌리티 등 극비정보까지 기록하지는 않았지만 단원들의 활약이나 성장에 대한 내용을 담아놓았다. 파벌을 효율적으로 운용하려는 핀의 성실함이 여실히 드러나는 기록이다.

그 속에서 리베리아는 한 소녀의 발자취를 따라가고 있었다.

『위태로움이 엿보인다』, 『던전에는 호위 동반을 요한다』, 『검기에는 재능이 있다』, 『나도 가레스도 자칫 호되게 가르치게 된다』, 『호위가 있었다지만 반년 만에 솔로로 제10계층 도달, 무시무시하다』등등…… 기록 외에도 일기처럼 적힌 핀의 말에 쿡쿡 웃음이 나왔다.

책장에 담긴 여러 권의 두꺼운 기록서를 꺼내서는 집무용 책상 위에 펼쳐놓기를 몇 차례.

리베리아는 문득 자신의 머리카락을 묶은 머리장식을 풀었다.

사르륵, 숲속의 맑은 물처럼 비취색 장발이 흘러내리는 가운데 손바닥 속의 금색 머리장식을 내려보았다.

"오오, 리베리아. 여기 있었구먼."

그때 문을 열어놓은 집무실 앞을 지나가던 가레스가 들어왔다.

"가레스, 돌아왔군. 무슨 일이지?"

"『알브의 정수』 가진 거 없나? 여기 때가 아주 단단히 달라붙어선 그 아이템 없이는 지워지질 않을 것 같아."

가레스의 손에는 칼집에 담긴 단검 한 자루가 있었다.

그가 뽑아들자 흠집이 잔뜩 난 검신이 드러났다. 희미한 물결무늬를 그리는 보기 드문 광택. 지저분한 얼룩이 눈에 뜨여 세월의 흔적이 느껴지지만, 아직도 쇠하지 않는 칼날의 광채를 보건대 충분한 명검임을 알 수 있었다.

그것을 보고 리베리아는 의외라는 표정을 지었다.

"그 검…… 네가 가지고 있었군, 가레스."

"그랬다네. 내가 맡아두기로 했지. 핀은 쉬라고 했네만 딱히 할 일도 없어서 어쩔까 생각하다가…… 문득 이게 떠올라서 말이야."

도시 밖으로 뻗은 크노소스의 출입구를 없애고 돌아다니다 최근이 되어서야 오라리오로 돌아온 드워프는 방에서 꺼내왔다는 그 단검을 들었다.

"어째, 좀 닦아줄까 하는 생각이 들었지 뭔가."

가레스는 무언가를 떠올리듯 눈을 활처럼 구부러뜨리며 흠집 난 검신을 바라보았다.

"그러는 자네는 뭘 하고 있었나? 자는 것도 아니면서 머리를 풀다니. 자네가 머리 내린 모습은 오랜만에 보는구먼."

고개를 든 가레스에게 리베리아는 잠시 입을 다물었다가, 손에 든 머리장식을 흘끔 보았다.

"얼마 전…… 레피야에게 아이즈의 옛날 이야기를 들려주었지."

"호오?"

"그래서, 는 아니지만…… 최근, 당시 일을 돌이켜보게 되어서. 어울리지도 않게 감상에 잠겨 있었다."

그 말을 들은 가레스는 머리장식을 든 리베리아를 이해했다는 양 자신의 수염을 문질렀다.

"흐하하, 그런 일도 필요하지 않겠나. 나도 마찬가지였고. 싸움이 격렬해진 지금이니 과거를 돌이켜보려 하는 건지도 모르지. 죽어버리면 그것도 못 하니 말일세."

"재수 없는 소리 마라, 가레스."

눈을 감고 주의를 주는 리베리아에게 가레스는 웃음으

로 대답했다.

"어쩌면 우리가 더 자식에게서 떨어지지 못하고 있는지도 모르지."

"…………"

"하지만 뭐, 아이즈도 완전히 어엿한 모험자가 되었잖나. 예전처럼 우리가 애를 먹을 일은 그다지――."

가레스가 그렇게 말했을 때.

복도에서 요란한 발소리가 울리더니 그대로 집무실까지 뛰어드는 그림자가 있었다.

"리베리아 님! 가레스 씨!"

"아리시아? 무슨 일이냐."

리베리아와 가레스는 낯빛을 바꾸고 뛰어든 엘프 아리시아에게 눈을 돌렸다.

"아이즈가, 라키아 왕국의 별동대를 쫓아가기 위해 도시 밖으로……! 【리틀 루키】와 함께 『베올 산지』로 갔다고 합니다!"

리베리아와 가레스는 눈을 크게 떴다.

창밖, 산맥에서 이어지는 북쪽 방향에서는 회색 구름이 하늘을 뒤덮고―― 날카로운 번갯불과 함께 천둥소리를 오라리오에 전하고 있었다.

"……『베올 산지』에서 악천후…… 불길한 예감이 드는구먼."

"그래…… 적어도 섣부른 낙관이 용납될 상황은 아니겠

어. ……나 원."

눈살을 찡그리는 가레스에게 리베리아도 맞장구를
쳤다.

두 사람은 즉시 움직였다. 보고하러 온 아리시아를 데리
고 집무실을 나갔다.

지휘를 맡고 있을 핀과 합류하고자 복도를 빠른 걸음으
로 이동하며 리베리아는 살짝 탄식했다.

"역시 아직은 손이 많이 가는걸."

그대는
검이런가?

Гэта казка іншага сям'і.

© Kiyotaka Haimura

아이즈 발렌슈타인

Lv.1

힘: E489→D502 내구: E434→438 기교: D597→C605
민첩: C606→615 마력: I0

리베리아는 소녀의 갱신된【스테이터스】수치를 보고 경탄했다.

"모험자가 되고 반년…… 대단한 성장속도로군."

"소질은 있었다고 생각했지만 여기까지 올 줄이야."

코이네 공통어로 번역된 용지를 받고 핀도 쓴웃음을 지었다.

『길드』의 미션을 수행하고 홈으로 돌아온 두 사람은 아침이 되자마자 마쳤다는 아이즈의【스테이터스】갱신 내용을 로키에게 전해들은 것이다.

"이대로 가믄 마, 엄청난 속도로【랭크 업】할 거 같데이. 우리【파밀리아】에는 좋은 소식인데…… 아이즈의 경우엔 무턱대고 좋아할 수도 없겠구마."

"그래……. 그만큼 심신을 혹사하고 있다는 소리니."

집무용 책상 위에 책상다리를 하고 앉은 주신에게 리베리아가 맞장구를 쳤다.

"핀과 가레스와 훈련할 때에도 의욕을 보이고, 나의 강의도 열심히 듣는다. 마음의 제어도 제법 몸에 익었지만…… 그 아이는 자신의 몸을 돌보질 않아. 단련, 단련,

단련, 오직 그뿐이다."

"어중간하게 싸우는 법을 익힌 만큼, 다소 무리도 통하게 되고 말았으니. 미궁탐색을 허가한 것이 시기상조였는지도 모르지."

"말은 그래 해도, 이블스가 시내에서 태연히 날뛰는 시대 아이가. 아이쭈가 강해지지 않음 그거야말로 곤란하데이. 니들이 언제까지고 지켜줄 수만도 없고."

심신의 혹사를 불사하는 아이즈의 현재 상태. 리베리아를 비롯한 수뇌진이 골머리를 썩는 점은 그것이었다.

제1급 모험자들의 가르침을 탐욕스레 흡수하려는 자세는 나무랄 데 없지만, 지나치게 주위를 돌아보지 않고 달려나간다. 단석으로 말하자면 『강해진다는 것』 이외의 일에 소녀는 전혀 관심을 두지 않았다.

검기를 비롯한 재능이 보여, 자꾸만 가르치는 즐거움 때문에 지나치게 단련시켜왔다는 반성의 재료가 세 사람에게는 있었으나.

"니들 지금 아이쭈가 하급 모험자들한테 뭐라 불리는지 아나?"

"뭐지?"

"아주 웃긴데이. 『인형공주』라 칸다."

"그게 어디가 재미있나."

"누가 아이라나. 우리 아이쭈는 인형보다도 몰캉몰캉하고 훨 귀엽다 안하나!"

"그런 뜻도 아니고."

리베리아가 딴죽을 거느라 정신적 피로를 축적하는 동안, 로키는 너스레를 떠는 표정을 거두고 천장을 우러러보았다.

"앞만 보고 달리삐다, 언젠가 꼭 넘어지게 된다꼬……말하기는 했는데."

집무실에 울리는 독백에 리베리아도 핀도 입을 다물었다.

로키가 떼를 써서 얼마 전에 구입한 대형 시계가 소리를 내며 긴 바늘을 움직였다.

잠시 후 리베리아가 입을 열었다.

"아이즈는 지금 어디 있나?"

그 물음에 로키는 어깨를 으쓱하며 헛웃음을 지었다.

"던전으로 고우~ 했데이. 가레스가 봐주고 있구마."

『키샤아아아아아아아아아아아아아아아악?!』

한 줄기 검광을 받아 몬스터의 단말마가 터져나왔다.

날개와 함께 몸통이 잘려나간 『퍼플 모스』가 바닥에 추락할 때까지 기다리지 않고, 착지한 아이즈는 다음 사냥감을 향해 돌진했다.

"웃!!"

『크거억?!』

휘둘러진 칼끝이 『킬러 앤트』의 단단한 껍질 틈새를 멋지게 누볐다.

가느다란 껍질 틈새에 공격을 당해 거대 개미 몬스터는 안쪽의 부드러운 살점에서 선혈을 뿜었다. 움츠러든 틈에 두 번째 공격을 당해 숨이 끊어졌다.

"아이즈, 막무가내로 나가지 마라! 일단 돌아와!"

"아직, 괜찮아!"

별 어려움도 없이 몬스터를 없애고 있는 가레스의 말을 무시하고 아이즈는 금발을 나부꼈다.

그녀가 몸에 착용한 것은 『길드』의 지급품보다 랭크가 올라간 《파룸의 아머 드레스》. 손에 든 무기는 무기상에서 구입한 《강철 단검》. 전자는 로키의 취미를 더한 스페셜 사양이었으며, 후자는 드워프 가레스가 감정안을 발휘해 사준 것이다. 두 가지 무구를 장비한 아이즈는 몬스터의 무리에 정면으로 파고들었다. 조그만 몸을 역이용한 육박은 지면을 기는 짐승을 방불케 했다.

그녀의 움직임은 반년 전에는 생각할 수 없을 정도로 세련되었다.

힘에만 맡긴 오버킬을 연발하던 무렵과는 전혀 다르다. 쓸데없는 힘과 움직임을 없애고, 속도와 기민함을 살려 몬스터를 친다. 적의 정보를 토대로 적확하게 약점을 찌르고, 머리나 가슴의 『마석』에 참격을 꽂는다. 모두 가레스를 비롯한 수뇌진의 가르침 덕이다. 아이즈는 자신만의 전법을 몸에 익혀가고 있었다. 정면에서 선제공격하고 빠른 참격을 퍼붓는 소녀만의 배틀 스타일이었다.

하지만 그것은 가레스 같은 이들에게 새로운 고민거리의 씨앗을 주기도 했다.

"방어가 허술하구먼…… 나 원, 정말로 『쓰러뜨리는』 것밖에 생각하질 않는다니까."

거대 개미의 반격으로 뺨에서 피를 흘리면서도 아이즈는 아랑곳 않고 찌르기를 날렸다. 가죽과 백색 판금으로 이루어진 아머 드레스에는 몬스터의 예리한 발톱에 숱한 흠집이 생겨났다. 하지만 그것조차 대가로 삼듯 두 배의 참격을 퍼붓는다.

아이즈는 『효율』을 위해 방어를 버리는 경향이 있었다. 옆에서 지켜보는 가레스는 그 광경에 낯을 찡그리고 말았다.

우연히도 같은 시각에 리베리아와 핀이 우려하던 대로, 소녀는 고통에 허덕이는 몸의 호소 따위 무시하며 하염없이 검만을 휘둘렀던 것이다.

"앗……!"

"나 원, 또 무기를 부숴먹었구먼."

마지막 몬스터가 땅에 쓰러진 것과 거의 동시에 숨을 거둔 것처럼 《강철 단검》의 검신에 균열이 일어나더니 부러져버렸다. 아이즈는 희미한 표정 속에서 살짝 눈썹을 찡그리고, 가레스는 탄식했다.

"아이즈, 너는 좀 더 물건을 아낄 줄 알아야 해. 그리고 네 몸도. 그러다 언젠가 대가를 치를 날이 올 게다."

"……몬스터한테는, 이겨. 괜찮아."

"이기고 지고의 문제가 아니야……."

뺨에서 흐르는 피를 북북 닦으며 눈을 피하는 아이즈에게 가레스는 거듭 탄식했다. 하지만 『마석』이나 『드롭 아이템』을 주우러 간 그는 그 이상의 언급은 하지 않았다.

아이즈는 세 명의 수뇌진 중에서도 가레스와의 거리감이 마음에 들었다.

아직 알고 지낸지는 반년밖에 안 됐지만, 그의 가르침은 핀보다도 호쾌하고 리베리아보다도 단순했다. 무엇보다 잔소리를 하지 않는다. 강해지는 것을 지상과제로 삼은 아이즈에게는 고마운 일이었다.

보아하니 이 드워프 대전사는 『큰 코 다치는 경험』도 아이즈에게 도움이 된다고 생각하는 경향이 있는지, 리베리아만큼 시끄럽게 굴지 않았다. 그것이 얼마나 큰 스트레스를 완화해주는지. 최근 들어 리베리아의 설교는 한층 늘어났으므로 —— 그리고 아이즈도 여기에 반발하므로 —— 마음의 균형도 유지되는 셈이었다.

그러므로 아이즈는 될 수 있는 대로 가레스와 미궁 탐색을 가고 싶었다.

『젊은 친구들에게는 실패를 시켜. 그러면서 배우게 하는 게야.』

　가레스가 한 그 말의 본질을 아이즈가 이해하는 것은 아니었으나, 자신에게는 잘 된 일이라고 해석하고 있다.

　"가레스, 조금만 더……."

　"안 된다. 그만 돌아가자."

　결코 무리도 시키지 않았지만.

　말이 끝나기도 전에 기각해버리는 가레스에게, 아이즈는 리베리아나 핀 정도밖에 몰라볼 정도로 불만스러운 표정을 지었다.

　"무기를 몇 자루나 부숴먹고는…… 자, 이게 끝이다."

　서포터도 겸임한 가레스에게 예비 무기를 받았다. 덧붙이자면 오늘 던전 탐색에서는 이것까지 세 자루를 썼다. 적당한 무기상에서 딱 맞춤한 무기를 열심히 골라오는 자기 입장도 돼 보라는 푸념을 흘려들으며, 아이즈는 함께 건네받은 포션을 마셨다.

　장소는 던전 제7계층.

　정규 루트에서 떨어진 막다른 곳의 『룸』이었다.

　가레스의 감독 아래 치러졌던 몬스터 사냥을 마치고 마지못해 돌아가며, 아이즈는 조용히 의식을 전환시켰다. 그와 함께 표정도 바뀐다. 몬스터 냄새로 가득 찬 통로에서 전의와 살의를 내뿜었다.

　아이즈는 평소에도 감정이 풍부하지는 않지만, 던전에 있을 때는 무표정에 박차를 가했다.

얼어붙은 얼굴로, 몬스터를 사냥하고 또 사냥하는 것
이다.

『인형공주』.

그것은 피를 뒤집어쓰고도 표정 하나 바꾸지 않은 채 하
염없이 몬스터를 없애는 소녀를 동종업자들이 조롱하고
겁내며 붙인 별명이었다. 지난 반년 사이, 감정을 깎아내
고 철저하게 몬스터를 살육하는 【로키 파밀리아】의 신입단
원은 『길드』며 하급 모험자들 사이에서 소문이 자자했다.
동시에 올해의 대형 신인 모험자 후보 최유력자라는 이야
기와 함께.

"가레스."

"뭔고?"

"갑옷이, 답답해졌어……."

"음, 벌써? 아니, 그러고 보니 네 연령은 휴먼의 성장기
였지. 이제 막 새로 맞췄거늘. 흐음. 방어구는 냉큼 바꿔야
겠구먼."

"무기도, 오더메이드 갖고 싶어. 안 부서지는 걸로."

"병아리 주제에 웃기는 소리 말거라. 하다못해 부서지지
않게 무기 쓰는 법을 익히고 나서 해야지."

"……그럼, 다음번엔 10계층까지 가."

"그것도 안 된다."

"……왜. 벌써 10계층에는 두 번이나 갔는데……."

"기고만장해서 『오크』에게 죽을 뻔했다고 들었다. 우선

리베리아하고 핀의 허락을 받아야지.”

“………….”

오는 도중, 경계를 기울이면서도 가레스와 타진이라는 이름의 대화를 나누었다. 진짜 요구는 들어주지 않았으므로 아이즈는 이번에야말로 불만을 드러냈다.

리베리아와 핀의 제한이 엄격해지면서 요즘 반항의 화신이 된 아이즈는 떼쟁이 아이, 라고까지는 할 수 없겠지만 부루퉁 언짢은 표정을 했다.

‘우리 앞에서는 나이에 어울리는 표정을 짓지만…….’

한편으로 가레스는 그런 생각을 하고 있었다.

『인형공주』라는 이름은 둘째 치고, 귀기 어린 모습은 처음 만났을 때부터 전혀 변함이 없고……. 요즘은 특히 몸이 야위어서…….’

한 걸음 뒤에서 바라보는 소녀의 몸, 근육을 갖춰나가면서도 약간 마른 팔다리를 흘끔 보고 있으려니.

『으아아아아아아아아아아아아아아아아아악?!』

갑자기 미궁 저편에서 여러 명의 비명이 울려 퍼졌다.

고개를 들고 퉁겨져 나가듯 달려간 아이즈와 함께 비명의 발생지로 서둘러 뛰어갔다.

그리고 도달한 곳은 정규 루트, 제6계층의 연결통로 앞이었다.

“뜨아아악?! 젠장, 이게 뭐야!”

“너무 많아!”

"누가 좀 도와줘어어어어어어어어어어어어!"

서로 다른 엠블럼을 착용한 여러 파티가 상대하던 것은 개미 몬스터의 대군이었다.

『상층』에서도 어지간해서는 보기 힘든 규모의 무리에 하급 모험자들이 크게 고전하는 중이었다.

"『킬러 앤트』의 대군! 어설프게 싸우던 모험자가 『괴물증정』이라도 하고 갔나보구먼!"

제1급 모험자인 가레스는 이내 사태를 눈치 챘다. 킬러 앤트는 몸에 상처를 입고 궁지에 빠지면 동료를 부르는 페로몬을 발산한다. 아마 마무리가 어수룩했던 모험자의 실수가 사태를 크게 확대시켰을 것이다.

정규 루트, 게다가 연결통로 앞이 가로막힌 이상 도망칠 수도 없다. 흥분상태에 빠진 몬스터의 무리를 보고 가레스는 참전하려 했으나,

"——!!"

상황분석도 않고 달려나간 아이즈에게 돌격을 허용하고 말았다.

"거기 서라, 아이즈……?!"

가레스의 제지는 **터져나온** 『킬러 앤트』의 비명에 지워져 버렸다.

습격당한 모험자들을 구하기 위해, 아이즈는 리베리아를 비롯한 이들에게 단단히 배웠던 심신의 제어를 풀었다. 자신의 【스테이터스】를 충분히 해방한 소녀가 살육의 사도

로 변했다.

무감정한 표정 속에서, 크게 뜬 금색 눈에 사나운 살의를 깃들이며 손에 든 검을 사신의 낫과도 같이 휘둘러댄다.

"저, 저건, 【로키 파밀리아】의……."

"금발금안…… 틀림없어."

"으, 아……."

날아드는 발톱에 찢기고 피를 흘리고 부상을 입으면서도 몬스터를 죽여나가는 그 처절한 전투에, 모험자들은 도움을 청해놓고도 말을 잃고 낯이 창백해졌다.

단단한 껍질이 박살이 나고 잘려나간 팔다리며 머리를 허공에 띄우는 몬스터의 무리에서도 전율의 비명이 끊이지 않았다.

흉포한 공세 속에서 오가는 처절한 검기가 한 마리, 또한 마리 『킬러 앤트』의 무리를 몰살로 몰아넣었다.

"……킬링 돌."

"인형공주…… 아니, 『전희』."

피보라와 절규가 흩어지는 전장에서, 누군가가 불쑥 중얼거렸다.

이제는 개입의 여지도 없는 그 살육의 풍경에, 가레스는 혼자 입을 다물고 있었다.

"……끝."

그리고 그곳에는 시체의 산이 생겨났다.

괴물들의 묘비 한복판에 서 있던 것은, 피투성이가 된 금발금안의 소녀.

붉게 더럽혀진 던전 한곳이 황야와도 같은 정적에 휩싸였다. 정규 루트 위에서 그 광경은 수많은 이들에게 목격되고 말았다.

소녀의 편린, 흉흉한 기운의 일부를 접한 모험자들은 얼어붙었다.

그들의 시선 너머에서, 상처투성이 소녀는 하늘이 보이지 않는 미궁의 천장을 우러러보고 있었다.

이윽고 균열이 일어난 검은 후둑후둑, 은색 물방울을 떨어뜨리듯 부서져나갔다.

🔥

"튼튼한 검 갖고 싶어."

아이즈는 무표정 속에서도 빠릿빠릿한 목소리로 호소했다.

"오자마자 한다는 소리가……."

리베리아는 두통을 견디듯 미간을 문질렀다.

이제는 설교실로 전락한 홈의 집무실. 던전에서 귀환한 후 아이즈는 즉시 이 장소로 불려나왔다. 포션으로 상처는 숨길 수 있다 한들 갑옷에 잔뜩 묻은 피는 아무리 닦아도 지워지지 않는다. 가레스에게 사태의 전말을 들은 리베리아는 격노했다.

그러나 정작 본인은 어디서 바람이 부느냐는 식이었다.

"아이즈, 그만 좀 해라. 요즘 너의 막무가내는 도저히 눈 뜨고 볼 수 없을 정도다!"

"막무가내, 아니야. 공부도 잘 하고 있어. 가레스랑 핀이랑 리베리아가 하는 말도, 들었어."

"그런 소리를 하는 게 아니야! 좀 더 자신의 몸을 소중히 여기란 말이다!"

"그보다도 검……."

"뭐가 『그보다도』냐! 허락할 줄 아느냐, 이 바보 천치놈!"

또 시작됐다고, 아이즈를 데려온 가레스는 진저리를 쳤다. 서류 업무를 마친 핀은 완전히 버릇이 들어버린 쓴웃음을 지었다.

다른 일이 있어 로키가 자리를 비운 동안 리베리아의 설교는 열기를 더했다.

"성장했다고 기고만장하지 마라! 모험자는 힘을 어중간하게 기른 이 시기에 가장 많이 목숨을 잃는다! 게다가 우리의 당부를 어기고 『스킬』을 썼다지! 의존하지 않고 평소의 【스테이터스】로 싸우도록 명심하라고 그렇게 말했거늘!"

"……잔소리쟁이 엘프."

"뭐야?!"

"진정하게, 리베리아."

불쑥 중얼거린 아이즈의 말에 리베리아는 노발대발했으

나, 가레스가 그녀를 달랬다.

눈을 꾹 감고 숨을 깊이 토해낸 하이엘프가 눈을 떴을 때는, 비통한 감정을 드러내고 있었다.

"……게다가 단련에 얽매인 나머지 식사도 소홀히 하고 있지."

리베리아는 아이즈의 오른팔을 잡았다.

어린아이의 팔이란 점을 가미하더라도 지나치게 가늘었다. 군살이 전혀 없다. 나긋나긋한 근육과 피부, 그리고 뼈뿐. 마치 세검과도 같다.

원래 같으면 아름다워야 할 금발도 지금은 거칠기 그지없었다.

아이즈는 시간을 모두 수련에 쓰고 있었다. 식사는 최소한, 핀이나 가레스와의 모의전에 조금이라도 시간을 할애하고, 틈만 나면 반드시 검을 휘두르는 연습을 했다. 일찍 일어나기 때문에 아마 수면도 깎아내고 있을 것이다. 피로도 축적됐을 터.

획, 리베리아에게서 팔을 뿌리친 아이즈는 계면쩍은 얼굴이었다.

그런 그녀의 뺨도 약간 해쓱했다.

아니—— 단련한 것이다.

위태로울 정도로.

혹사된 육체는 확실하게 힘을 얻어 강도를 높여나가고 있다.

그러나 이래서는 마치——.

"난, 싸울 수 있어. 그러니까, 괜찮아. 그런 것보다."

『그런 것보다』.

그렇게 말한 순간 리베리아의 얼굴이 씁쓸하게 일그러지는 것을—— 눈이 슬프게 흔들리는 것을 아이즈는 깨닫지 못했다.

핀과 가레스만이, 전우의 그런 변화를 눈치 챘다.

"부서지지 않는 무기가 필요해. 더 싸울 수 있는 무기."

리베리아에게서 떨어진 아이즈의 시선은 단장인 핀에게 쏠렸다.

그의 시선이 한순간 소녀의 뒤에 있던 가레스에게 향했다. 드워프의 굵은 손에는 마지막 전투에서 부서진 단검이 있었다.

"돈, 있잖아? 전부, 써도 돼."

아이즈가 쓰러뜨린 몬스터의 전리품은 환전 후 모두 그녀의 저금으로 보관하고 있었다. 이를 관리하는 것도 리베리아이며, 소녀의 무기 대금이나 아이템 대금은 여기서 나온다.

던전에서 필요한 경비를 빼고도 지난 반년 동안 무려 3천을 웃도는 격파 수를 기록했으므로 모든 저금을 짜내면 나름대로 괜찮은 명품을 마련해줄 수 있으리라고 아이즈는 확신했다.

하지만.

"아이즈…… 나도 리베리아와 같은 의견이야. 지금 너에게 강력한 무기를 줄 수는 없어."

핀은 딱 잘라 거절했다.

아연실색한 아이즈를 곁눈질하며 말을 잇는다.

"자기 자신은 고사하고, 늘 너를 생각해주는 사람에 대해서도 모를 정도로 눈이 흐려진 너에게는."

그 순간 리베리아는 흠칫 아이즈에게서 눈을 돌렸다.

아이즈는 그 거동의 의미를 이해하지 못했으나, 이를 신경 쓸 여유도 없었다.

왜 이해해주지 않는 거야. 자신이 얼마나 비원을 추구하는지 알면서——. 그런 마음이 소녀의 가슴을 휘저었다.

아이즈는 어금니를 꽉 깨물고 어깨를 떨더니, 등을 돌리고 집무실을 뛰쳐나갔다.

"어허, 아이즈! ……후우, 나 원."

복도를 달려가는 뒷모습에 가레스는 수염을 문질렀다.

집무실로 돌아와보니, 리베리아는 동료들에게 얼굴을 보이지 않고자 몸을 틀어선 안타까운 듯 시선을 바닥에 떨구고 있었다.

"……이럴 때 맞는 극동의 속담이 있었던 것 같은데."

"음, 그거라면 내가 기억하네."

시선을 나누고 탄식을 삼킨 핀과 가레스는 조용해진 방에 목소리를 떨어뜨렸다.

"『부모 마음 아는 자식 없다』."

·

아이즈는 뒷문을 통해 홈 밖으로 뛰쳐나갔다.

인형처럼 고운 얼굴에 온갖 표정을 드러내며, 조그만 팔을 힘껏 휘둘러 달리고 또 달렸다. 그녀의 발놀림은 정처없이 아무 데로나 향하는 것이 아니었다.

그녀는 북서쪽 메인 스트리트, 통칭『모험자 거리』로 가려는 것이었다.

'무기, 직접 찾을 거야!'

모르쇠인 핀과 리베리아, 가레스에게 마음속으로 불평불만을 터뜨리며 눈썹을 곤두세웠다.

이렇게 되면 직접 마음에 드는 검을 찾아내겠다고 결심했다.

이 무렵 아이즈는『인형』이라 불리면서도, 단순한 생각과 나이에 어울리는『응석받이 기질』을 함께 가지고 있었다. 이는 특히 리베리아 같은 수뇌진과 함께 있을 때 현저하게 드러났으며, 거역할 수 없는 세 사람에게 거절을 당하면 자포자기해버리곤 했다. 삐졌다고도 할 수 있다. 사실은 이미 가출 미수도 몇 건이나 저질렀을 정도다.

이번에도 마찬가지로, 아이즈는 감정이 시키는 대로 행동하고 있었다.

'대장장이【파밀리아】에, 오더메이드 만들어달라고 하는 게 제일 좋겠지만…….'

어린아이의 성미 탓인지, 아이즈는 어떤 무구점의 진열창에 이마를 딱 붙이고 그곳에 장식된 무기를 빤~히 응시한 적도 있다. 하지만 0이 7개도 넘게 늘어선 가격표를 보고 놀라 나자빠졌다.

무엇보다 아이즈는 대장장이【파밀리아】의 연줄이 없었으므로 별로 현실적이지 않았다.

'역시, 무기상을 뒤질 수밖에 없어…….'

차선책으로 생각한 것은, 숨은 보물을 찾아내는 것이었다.

아이즈는 감정안이 있지는 않았지만, 지난 반년 동안 어떤 무기가 잘 베이고 높은 내구성을 가졌는지는 알 수 있게 되었다……고 생각했다. 자신의 손에 잘 맞는 강한 검을 찾는 것도 모험자에게는 필요한 능력이다.

북서쪽 메인 스트리트는 모험자들이 애용하는 대로다. 『모험자 거리』라는 이름에 걸맞게 동종업자들을 타깃으로 삼은 전문점이 수없이 처마를 맞대고 늘어섰다. 물론 무기상도.

지불은, 자신에게도 지급된【파밀리아】엠블럼을 보여주면 어지간한 모험자 가게에서는 증명서 취급을 해준다.【로키 파밀리아】쯤 되면 더더욱. 검을 얻은 후에는 자신의 저금을 깨서 나중에 돈을 내면 된다.

——나중에 생각해보면, 이때의 아이즈는 장난감을 탐내는 어린이와 전혀 다를 바 없었다. 자신의 목적을 위해 가치관이 비뚤어져, 모험자의 성향이 드러났다고는 하지만, 일곱 살짜리 소녀는 자신만의 특별한 것을 원했던 것

이다.

어른들에게 허락을 받지 못하자 발끈해서 조바심을 앞세운 채 달려왔을 뿐이다.

"······비?"

그러나 타이밍이 좋지 못했는지 하늘에서 물방울이 떨어지기 시작했다.

회색 구름에 뒤덮였던 하늘은 눈 깜짝할 사이에 강한 빗발을 도시에 뿌렸다. 아이즈도 평소 같으면 옷이나 몸이 젖든 말은 상관하지 않았지만, 옆에서 후려치는 듯한 소나기 속을 걷기란 저어되었다.

이미 비바람을 맞기는 했어도, 진행을 포기하고 처마 밑으로 도망쳤다.

머리카락에서 뚝뚝 떨어지는 물방울과 흠뻑 젖은 옷에 불쾌감을 드러내며, 부루퉁한 표정으로 하늘을 노려보았다.

"——크아~ 난감하구먼! 비가 올 줄은 알았지만 이렇게 쏟아질 줄은!"

그때, 아이즈가 비를 긋던 처마 밑으로 불쑥 들어오는 여성이 있었다.

갈색 피부에 검은색 단발. 어린 아이즈는 비교도 안 될 정도로 뚜렷한 굴곡을 가졌으며, 사라시로 둘둘 감은 풍만한 두 언덕은 앞이 탁 트인 겉옷 틈에서 똑똑히 보였다.

"주신님에게 가야 하거늘······ 이 무슨 수난인지."

무엇보다 눈길을 끄는 것은 왼쪽 눈을 가린 칠흑색 안대였다.

'휴먼…… 아니, 하프?'

분위기와 특징으로 종족을 판별할 수 없었던 아이즈가 자기도 모르게 시선을 보내고 있으려니, 벗은 겉옷을 꽉 짜던 여성이 이쪽을 알아보았다.

"어이쿠, 선객이 있었구먼. 게다가 이렇게 귀여운 낭자라니. 보기 흉한 모습을 보여서 미안하이. 작아서 몰랐다네!"

사양도 않고 옷을 벗어 사라시 한 겹밖에 없는 상반신을 드러낸 여성은 껄껄 웃었다. 지나치리만치 솔직한 태도에 자기도 모르게 울컥한 아이즈는 초면임에도 반론하고 말았다.

"……안 작아."

"미안미안, 용서하게!"

다시 껄껄 웃던 여성은 으음? 하더니 안대를 차지 않은 오른쪽 눈을 가늘게 뜨고 빤히 이쪽을 주시했다. 아이즈가 슬슬 낯을 찡그리려 했을 때 "오오!" 하고 외치며 얼굴을 빛냈다.

"금색 머리와 금색 눈, 그리고 그 시건방진 무표정! 혹시 그대가 가레스네 그 계집아이인가?!"

"!"

아이즈는 눈을 크게 떴다.

"가레스, 알아……?"

"알다마다. 계약을 맺은 사이인걸. 그렇군, 그래. 그대가 가레스가 말했던 아이즈 발렌슈타인이었구먼⋯⋯!"

혼자 고개를 끄덕이던 여자는 자신도 소개를 했다.

"소인은 츠바키라 하네. 【헤파이스토스 파밀리아】의 스미스라네."

두 번째 경악이 아이즈를 찾아왔다. 그녀의 이름——츠바키의 이름이 아니라 그녀가 속한 파벌 이름에 놀란 것이다.

"다 들었다네. 그대가 얼마나 말괄량이인지. 몬스터를 산더미처럼 해치워서 『인형공주』라 불린다지? 하하하! 그야 인형처럼 곱상하기는 하네만——"

"부탁이야!"

"음?"

턱을 문지르던 츠바키의 말을 가로막고 아이즈는 외쳤다. 고개를 갸웃하는 스미스에게 부탁했다.

"나한테, 검 만들어줘!"

【헤파이스토스 파밀리아】는 현재의 미궁도시 내에서도 가장 큰 스미스 파벌이다. 그 명성은 전 세계에 떨칠 정도다. 【Ήφαιστος】라는 로고는 세간에 무신경한 아이즈도 본 적이 있을 정도다.

그런 대형 스미스 파벌의 일원인 그녀가 만들어주는 검이라면.

아이즈는 희망에 찬 눈빛을 보냈다.

"흐음……."

반면 츠바키는 오른쪽 눈을 스윽 가늘게 떴다.

"어찌 소인에게 만들어 달라 하시나?"

"대, 대단한 스미스라고, 생각하니까……!"

"어찌 검을 원하시나?"

"내가 쓰는 검은, 다 망가져버리니까…… 그러니까, 망가지지 않는 검, 필요해……!"

서툰 말씨로 대답하는 아이즈는 츠바키의 시선을 알아차리지 못했다.

가녀린 팔다리, 너덜너덜해진 옷, 거칠어진 머리카락.

소녀의 몸을 관찰하는 그녀의 시선을.

"검을 얻어서, 무얼 하시려나?"

"──강해지고 싶어."

그리고 그녀의 오른쪽 눈은 마지막으로 아이즈의 귀기어린 눈을 보았다.

시커먼 불길에 사로잡힌 금색 두 눈을.

한순간의 공백이 이어진 후.

츠바키는 웃었다.

"거절하겠네."

경악을 드러내는 아이즈를 향해, 딱 잘라 말했다.

"그대 같은 자에게 만들어줄 무기는 없네."

"왜……!"

"내키지 않아서."

"뭐."

"아니, 마음에 안 든다고 하는 편이 맞으려나? 아무튼 포기하시게. 나도 포함해서 기술자란 기분이 동하지 않으면 움직이지 않는 족속이라네."

애매한 말로 얼버무리며, 의뢰를 거절하는 이유조차 말해주지 않는 츠바키에게 아이즈는 계속 매달리려 했으나,

"게다가 망가지지 않는 검을 원한다고? 이상한 소리를 하시는군."

다음 말을 듣고, 시간이 멈춘 듯한 감각에 사로잡혔다.

"아직 **부러지지 않은 검**이라면 거기 있지 않나?"

츠바키는 똑바로, 아이즈를 가리켰다.

"어……."

아이즈는 움직일 수 없었다.

그녀가 내민 손가락은 틀림없이 아이즈를 향하고 있었다.

그녀는 무슨 말을 하는 걸까.

지금의 아이즈는, 검은 고사하고 검대조차 착용하지 않았는데.

검 같은 건, 어디에도…….

아니다.

그녀가 가리킨 것은.

그녀가 바라보는 것은——.

'——나?'

직감으로 그 사실을 눈치 챈 순간.

그녀는 눈을 가늘게 뜨며 입술을 틀어 올리고 있었다.

지금의 아이즈에게는 그것이 조롱으로도 보였다.

"오, 비가 그쳤구먼."

뻣뻣하게 서 있던 아이즈를 내버려둔 채, 비가 그친 하늘을 보고 츠바키는 박수를 쳤다.

"그럼 또 보세, 아가씨. 무기를 원한다면 다른 데 알아보시게나."

그렇게 말하고, 그녀는 가버렸다.

마치 날카로운 도검처럼, 아이즈의 마음을 후벼 판 칼날 자국을 남기고.

아직 부러지지 않은 검?

언젠가 부러져버릴 검?

내가, 검……?

츠바키가 떠나간 후에도 아이즈는 그 자리에서 움직이지 못했다.

"오오, 이제야 왔구나."

하늘이 어둠에 휩싸였을 무렵.

고개를 숙인 채 홈으로 돌아온 아이즈를 보고 가레스가 안도의 한숨을 내쉬었다.

"어딜 갔었느냐? 바로 조금 전까지도 리베리아와 함께 찾아다녔다."

"…………."

"너무 걱정 끼치지…… 아이즈?"

평소와는 다른 분위기에 가레스가 목소리의 톤을 바꾸자, 이름을 불린 아이즈는 흠칫 어깨를 떨었다.

고개를 들고, 그제야 겨우 가레스가 있음을 깨달았다.

"가레스……."

"무슨 일 있었느냐?"

"……안대 한 사람…… 츠바키 씨, 만났어……."

"음? 츠바키를?"

느릿하게 고개를 끄덕이는 아이즈를 보고, 가레스는 무언가 눈치 챈 것이 있는지 미간에 주름을 지었다.

"그놈이 무슨 소리라도 했느냐?"

"…………."

꽉 다문 입술이 움직이기를 끈덕지게 기다리고 있으려니, 잠시 후, 소녀가 가느단 목소리로 털어놓았다.

"그 사람이…… 나더러…… 검이라고……."

"…………."

"내가, 검이라고…… 그랬어……."

말을 하는 아이즈 자신도 왜 이렇게까지 자신이 충격을

받았는지 알 수 없었다.

그저, 그때 아이즈를 바라보던 눈빛이, 웃음이, 눈꺼풀 안쪽에서 떨어지질 않았다.

핵심을 꿰뚫은 그 말이.

자신이 검?

인간이 아니라, 무기?

언젠가 망가질 숙명인, 언젠가 부러져버릴 검?

아이즈는 갑자기 자신이 무엇인지 알 수 없었다. 잃어버렸다. 그렇지 않다고 부정할 수 없었던 츠바키의 말이 마음을 흔들어대고 있었다.

심장을 흔들어대는 불안정한 고동.

지금 아이즈는 거울을 보고 싶지 않았다.

자신의 모습이 아닌, 무언가 다른 것이 보일 것 같아서.

"나 원, 그놈의 자식…… 성가신 일만 일으키는구먼."

그런 아이즈를 앞에 두고 가레스는 오늘 보인 것 중 가장 무거운 한숨을 쉬었다.

『직접계약』을 맺어 성격을 두루 잘 알게 된 전속 스미스를 향해 요란한 푸념을 늘어놓았다.

가레스는 아직도 흠뻑 젖은 소녀에게 말을 걸었다.

"아이즈, 목욕을 하고 몸이 좀 따뜻해지면 내 방으로 오려무나."

"……어?"

"리베리아와 핀에게는 내가 설명하마."

고개를 든 아이즈에게 그 말만을 남기고, 가레스는 성큼 성큼 저택으로 돌아갔다.

한동안 그 자리에 서 있던 아이즈는, 느릿느릿 움직여 그의 말대로 목욕을 해 싸늘해진 몸을 씻어냈다. 팔다리 끝까지 온기가 돌아온 후, 어느 사이엔가 마련되어 있었던 평상복으로 갈아입고, 한참을 망설인 끝에 가레스의 방에 가기로 했다.

수많은 첨탑의 집합체인 저택의 정북향, 핀의 집무실 바로 아래층에 가레스의 방이 있었다.

"오, 왔느냐."

그 방은 리베리아의 방과 대조적이라는 생각을 했다.

도끼며 대검을 비롯한 대형 무기와 방패가 수없이 걸려 있어 어딘가 투박하다는 느낌이 들었다. 방 한구석에 놓인, 세월의 흔적이 느껴지는 때 묻은 보물 상자── 커다란 보관함에는 자꾸만 시선이 빨려 들어갔다. 드워프용으로 다리가 짧게 조정된 커다란 책상 위에는 마치 기계장치를 뜯어놓은 듯한 무구가 놓여 있었다. 리베리아의 방만큼은 아니지만 장서도 많았다. 마석등 대신 놓인 것은 탄광에서 쓰는 것처럼 생긴 각등이었다.

가레스는 침대에 앉은 채 자신의 무기인 도끼와, 아이즈의 것으로 보이는 단검, 그리고 수건이며 양모, 나이프 같은 물건들을 깔개 위에 펼쳐놓고 있었다.

"가레스, 그건……?"

"음, 너에게 무기 손질하는 법을 가르쳐주마."

갑자기 그런 말을 하니 아이즈는 연신 눈을 깜빡였다.

"자, 이쪽으로 오거라."

그러거나 말거나 가레스는 아이즈에게 손짓을 했다.

아이즈는 곤혹스러울 뿐이었지만, 시키는 대로 가레스가 앉은 침대 위에 올라갔다.

편하게 앉아, 도구를 물색하는 가레스의 눈치를 흘끔흘끔 살피고 있으려니 그가 검과 수건을 불쑥 내밀었다.

"시키는 대로 해 봐라. 우선 검신을 따라서⋯⋯."

"이, 이렇게?"

정말로 시작된 무기 손질. 갈팡질팡하는 아이즈는 생각처럼 잘 되질 않아 자신이 손재주가 없다는 사실을 다시금 인식했지만, 지금은 달리 할 일도 없다. 묵묵히 작업에 집중했다.

가레스는 방법을 가르쳐준 후로는 조용히 자기 무기만을 닦았다. 아이즈가 잘못하거나 방법을 모르겠다고 하면 "이렇게 하는 게다"라고 하며 커다란 손으로 그녀의 손을 잡고 그저 행동으로 가르쳐주었다.

언동이 호쾌하다고 생각했던 그의 손놀림은 부드러웠다.

신기한 시간이었다. 과묵해진 드워프와 둘이 함께 무기를 계속 닦고 있었다.

만약 할아버지가 있었다면⋯⋯ 이런 느낌일지도.

아이즈의 마음 한구석이 그런 소리를 속삭이고 있으려니.

"아이즈. 무기는 말이다. 이렇게 꼼꼼하게 손질을 해줘야 하는 게야."

"……?"

가레스가 입을 열었다.

"몬스터의 피를 뒤집어쓴 채 내버려두면 녹이 슬고, 티끌 하나라도 놓아두면 그만큼 무뎌지지. 무기란 튼튼한 것 같으면서도 사실은 섬세해."

"…………."

"『무기는 주인의 분신』. 이런 말도 있단다. 우리 손으로 자신의 분신을 잘 다뤄줘야 하지 않겠느냐."

"그게…… 어쨌는데."

고개를 들지 않은 채 시선을 도끼에 고정하고 가레스는 눈을 가늘게 떴다.

"그건 모험자도 마찬가지다."

"!"

그 말에 아이즈는 눈을 크게 떴다.

"네가 든 검을 봐라. 네가 전에 썼던 무기다. 어딜 봐도 상처투성이에…… 지금 너랑 똑같지."

"……!"

"츠바키가 한 말은 그런 게야."

아이즈가 이해를 거부했던 말이, 손에 있는 단검과 이어

© Kiyotaka Haimura

져 눈앞에 드러났다.

가레스의 말대로 상처가 남은 단검. 날이 빠진 곳도 있었다. 지금도 고통에 허덕이는 아이즈의 『분신』.

말라빠진 자신의 팔다리나, 상처가 남은 피부, 거칠어진 금발이 강철색 검신에 겹쳐져 보였다.

"조심하지 않으면 닳고 닳고 또 닳아서…… 마지막에는 부서지고, 덧없이 꺾여버리지."

"아……."

"하지만 어쩌냐. 착실하게 손질을 해주면, 봐라, 이렇게. 흠집이 난 무기도 빛을 되찾지."

손질을 마친 가레스가 한손으로 도끼를 가볍게 들었다.

그의 말대로, 흠집이 남기는 했지만 무기는 다시 힘찬 빛을 뿜어냈다.

"부러지기만 하는 게 무기의, 검의 말로가 아닌 게야. 이렇게 다시 빛날 수도 있고, 부서진 파편을 모으면 다시 태어나기도 하지."

"가레스……."

"그러니 소중히 여기거라. 무기도, 너 자신도. 그럴 수 있어야―― 비로소 어엿한 모험자인 게야."

아이즈를 보던 가레스는 주름을 지으며 씨익 웃었다.

수염 속에 묻힌 그 웃음은 호호할배처럼 유쾌하고 부드러웠다.

머리를 와샥와샥 다소 난폭하게 쓰다듬는 굵은 손가락

이 따뜻했다.

아이즈는 잠시 눈 안쪽이 시큰해지는 것 같았지만, 이내 기분 탓이라고 자신에게 변명을 했다. 그럴 리가 없다고.

아이즈는 손에 들린 검을 바라보고, 다시 슥슥 문지르기 시작했다.

가레스의 따뜻한 눈빛이 지켜보는 가운데, 검에 광채를 되찾아주었다.

✦

그 날부터 아이즈는 밤이 되면 무기를 손질하기 시작했다.

자신에게 주어진 탑 최상층의 방에서, 불도 켜지 않고, 창문에서 스며드는 달빛에 비춰가며, 자기 전에는 매일 빼놓지 않고 침대에 앉아 흠집이 난 검신을 문질렀다.

강한 무기가 필요하다는 말도 하지 않게 되었다. 가레스가 골라주는 무기를 자기 몸의 일부인 것처럼 사용하고, 강렬한 검기와 섬세한 검술을 구분해 구사했다. 작별의 순간까지 함께 하고, 그때마다 무언가를 얻은 기분을 느꼈다.

아침도 점심도 저녁도 꼬박꼬박 챙겨먹었다. 싫어하던 당근도, 인형처럼 무표정한 얼굴로 입에 넣고, 그 다음에 괴로워했다. 별로 교류가 없던 선배 단원들은 대식당에 자주 오게 된 소녀에게 눈을 동그랗게 뜨고는, 그 광경에 큭 큭 웃음을 참았다.

"아이즈."

"리베리아……."

"그, 뭐냐…… 머리 손질, 해줘도 될까."

"……응."

그리고 머리에도 빗질을 했다.

안절부절 못하며 물어본 리베리아는 아이즈가 고개를 끄덕이자 놀라고, 이내 웃음을 보이더니, 자신의 방에서 아이즈의 머리를 정돈해주었다.

처음에는 아이즈도 알 수 있을 정도로 쭈뼛거려서,

"아야."

"차, 참아라."

그런 말이 오가기 일쑤였지만, 날이 지날수록 하이엘프의 손길은 왕궁에서의 경험—— 흠모하던 종자와의 기억을 떠올리듯 우아하고 부드러워졌다.

의자에 앉아있던 아이즈의 바로 뒤에서 사륵, 사륵, 울리는 부드러운 빗질 소리. 거울에 언뜻 비친 리베리아의 얼굴은 이제까지 본 적이 없을 정도로 온화했다.

"저기…… 리베리아."

"왜 그러지, 아이즈?"

"머리, 기르고 있어?"

"음, 그래. 나는 원래 머리가 빨리 자라는 편이지. 미궁

© Kiyotaka Haimura

탐색에 방해가 되니 오라리오에 온 직후부터 자르고 있었다만……."

"……?"

"……로키에게, 그런 입장에 있는 사람은 기르는 편이 좋다는 말을, 들어서."

『그런 입장』?"

"아, 아무 것도 아니다."

리베리아의 비취색 머리카락은 등까지 자라났으며, 머리장식으로 한데 묶을 수 있게 되었다. 그 금색 머리장식을 마련해준 것은, 대놓고 변덕이라고 말했던 금발금안의 소녀였다.

아이즈가 아직 더 길다고는 하지만, 그 뒷모습은 자매, 혹은 모녀처럼 비슷했다.

"…………."

"…………."

"…………."

빗질 소리가 들려오는 문틈 너머, 하이엘프 제1급 모험자에게도 들키지 않도록 방을 엿보던 핀과 가레스, 그리고 로키는 얼굴을 마주보며 웃음을 나누었다.

동시에 파룸 두령은 모든 것을 예상했다는 양 깊이 고개를 끄덕였다.

"아이즈. 네게 무기를 만들어줄 거야."

집무실에 불려온 아이즈는 그런 말을 들었다.

처음에는 무슨 말을 들었는지 알 수 없어 어리둥절했다.

"뭘고. 염원하던 오더메이드 아니냐. 좀 더 기뻐해보거라."

"……진짜, 괜찮아?"

"그래. 지금의 너라면 괜찮겠다고 리베리아나 가레스하고도 얘기가 됐어."

웃어주는 가레스와 핀에게서 눈을 돌리자, 두 사람의 옆에 가만히 서 있던 리베리아는 눈을 감은 채 조용한 미소를 지었다.

실감이 들지 않는 아이즈와는 달리 로키는 텐션이 확 올라간 듯했다.

"아싸아! 아이쭈의 첫 오더메이드데이! 방어구 때랑 마찬가지로 내가 수배해가꼬, 어엄청난 스페셜 블레이드를——!!"

"하급 모험자 무기에 쓸데없는 짓 하지 마라."

"끄어어억~?!"

하늘로 주먹을 내지르며 기세등등하던 로키는 리베리아의 지팡이에 어이없이 격퇴 당했다. 머리를 붙들고 바닥을 구르는 주신을 내버려둔 채, 그 날은 해산했다.

하지만 시간이 흐르면 싫어도 기분이 들뜨게 된다.

조마조마인지 두근두근인지는 알 수 없다. 아마 둘 다 아닐까.

무기를 발주하기 위해 기술자들에게 다니기를 몇 차례, 침대 속에서 잠을 이루지 못한 채 뒤척거리는 며칠을 보내게 되었다.

그리고 핀의 선언으로부터 딱 일주일 후.

"왔느냐……."

세 개의 망치가 겹쳐진 엠블럼이 파벌 간판을 장식한 공방 안에서 기다리던 것은, 우락부락하게 생긴 노신이었다.

【고브뉴 파밀리아】. 지명도는 상대적으로 약간 낮지만 그들이 만들어내는 무구의 성능은 【헤파이스토스 파밀리아】와 비교해도 절대 뒤떨어지지 않는다는, 실속파 스미스 파벌이다.

"그 영감, 니가 마음에 들었던 모양이데이."

로키에게 그런 말을 들었던 아이즈는, 긴장한 낯빛으로 고브뉴의 뒤를 따라갔다. 함께 따라온 리베리아와 가레스가 지켜보는 가운데, 좌대에 놓여 있던 그 작품을 받아들었다.

"뽑아보거라."

"……네."

칼집에서 뽑아, 두 손으로 들어보았다.

이제까지 썼던 것보다도 긴 검신은 단검 카테고리에 속

하기는 하지만 지금의 아이즈에게는 장검이라 부를 수 있을 만한 물건이었다. 검신에는 희미한 물결무늬가 있었으며, 매끄러운 칼날은 확인하지 않아도 얼마나 날카로운지를 알 수 있었다.

살짝 파르스름한 기운이 도는 아름다운 검에, 리베리아와 가레스는 감탄하고, 아이즈는 말도 못한 채 넋을 잃었다.

"검명은…… 《소드 에일》."

"《소드 에일》……."

검의 이름을 중얼거리듯 입술 위로 굴려보았다.

천장을 가리키는 첫 애검 《소드 에일》이 검신을 빛내고 있었다.

북쪽산에서

Гэта казка іншага сям'і.

© Kiyotaka Haimura

이거, 난감하게 됐네.

아이즈는 마음속으로 그렇게 생각했다.

타닥타닥. 불꽃이 튀는 난로가 소리를 냈다. 물에 흠뻑 젖은 배틀클로스와 속옷을 벗어 알몸이 된 아이즈는 싱그러운 팔을 닦으며…… 흘끔 시선을 옆으로 돌렸다.

"야~ 아이즈 씨는 정말 예쁘네요……. 제 촌스러운 옷을 입히는 게 미안할 정도로. 그나마 제일 예쁜 걸로 가져올게요!"

수많은 모험자가 내버려두지 않는 아이즈의 미모를 두고 싹싹한 마을 아가씨가 수많은 옷을 가지고 왔다. 눈을 빛내는 그 모습에서 어쩐지 후배 레피야가 떠올라, 아이즈는 이후에 찾아올 자신의 운명을 깨닫고 말았다.

아니, 지금 당장 옷 갈아입히기 인형이 되는 흐름도 난감하기는 하지만, 진짜 문제는 현재 **자신들**이 처한 상황이었다.

생각지도 못했던 라키아 왕국의 여신 납치.

이 소식을 듣고 북문에 제일 먼저 모여들었던 신들과 【파밀리아】의 대표가 소란을 떠는 가운데, 아이즈는 헤스티아 구출을 지원했다.

여기에는 【헤스티아 파밀리아】의 벨도 자청하고 나섰다. 현장지휘를 위해 나왔던 핀과 로키에게 허락을 받아, 단 둘만의 긴급 구출 파티가 결성되었다.

    즉시 오라리오를 출발한 아이즈와 벨은 도시 정북향에
펼쳐진『베올 산지』에서 라키아 왕국군을 따라잡기는 했으
나, 교전 중에 떠밀린 헤스티아는 계곡에 떨어지고 말
았다. 누구보다도 빠르게 그녀를 구하러 뛰어든 벨의 뒤를
따라 아이즈도 산길에서 낭떠러지로 뛰어내렸고―― 조
난을 당했던 것이었다.

    원래『베올 산지』는 천연 산성(山城)이라 형용될 정도로
험준한 산이 많다.『고대』에 지상으로 진출한 몬스터의 후
손까지 서식해, 엄청난 급경사와 험로를 가진『마의 산』에
서는 미궁탐색에 익숙한 모험자들도 금세 길을 잃고 만다.
거기에 쏟아지는 이 호우도 수난에 한몫을 했다.

    그런 가운데, 조난한 아이즈 일행에게 손을 내밀어주었
던 것이『에다스 마을』주민들이었다.

    "네, 이거면 되겠네요! 저보다도 훨씬 잘 어울려요!"

    "고맙, 습니다……."

    옷 갈아입히기 인형 꼴이 된 시간은 생각보다 짧았다.
산뜻한 자수가 들어간 붉은색 롱스커트에 하얀 블라우스,
단추로 여미는 색동 베스트. 그야말로 시골 아가씨 같은
차림이었지만 모험자용 배틀클로스나 장비보다도 훨씬 귀
엽고, 자주 입지 않았던 종류의 옷이기도 해 아이즈는 살
짝 얼굴을 붉혔다. 눈앞에 있던 휴먼 아가씨, 리나가 활짝
웃었다.

    계곡에 떨어진 후 몬스터에게 습격까지 당했던 아이즈

일행은 괴물의 포효를 듣고 달려온 『에다스 마을』 주민들에게 발견되어 그들의 마을로 안내를 받았다. 그리고 마을에서 가장 큰 촌장의 저택에서 묵게 되었다.

리나 또한 촌장의 딸이었다.

"오오, 모험자님…… 옷은 다 갈아입으셨습니까?"

"네…… 여러 모로, 감사드립니다."

리나의 방에서 복도로 나오자 마침 촌장 본인과 마주쳤다.

그의 이름은 캄이라고 했다. 거무스름한 백발에 적은 수염. 충분히 고령이라 할 만한 용모에 지팡이를 짚고 있었다. 딸 리나와 마찬가지로 휴먼이며, 얼굴색은 별로 좋지 못했다. 병을 앓고 있음을 아이즈는 금방 알아차렸다.

무리를 해가면서 아이즈 일행에게 여러 모로 배려를 해주었던 선량한 촌장은, 옷을 다 갈아입은 아이즈의 모습에 싱글벙글 미소를 지었다.

"잘 어울리십니다. 꼭 여신님 같군요."

"……고맙, 습니다."

부끄러워진 아이즈는 벌써 몇 번째인지 모를 감사를 입에 담을 수밖에 없었다.

여신에게도 뒤떨어지지 않는 미모와 화려한 금색 장발을 어딘가 그리워하는 듯한 눈으로 바라보던 캄은 조용한 미소를 짓는가 싶더니, 고개를 살짝 가로젓고는 아이즈에게 말했다.

"여신님…… 헤스티아 님도 무사하십니다. 안쪽 방에서 벨 씨가 간병하고 있지요."

"네……."

"벨 씨에게도 전해드렸습니다만, 이 집은 마음대로 이용해 주십시오. 어려운 일이 있으면 리나나 다른 아이들에게 말씀하시면 됩니다. 사양하지 마시고."

캄의 말에 리나가 웃음을 지었다. 충분하고도 남을 정도로 따뜻하게 배려해주는 촌장 일가에게 다시 한 번 고개를 숙이고, 아이즈는 두 사람과 헤어졌다.

리나의 부축을 받으며 자신의 방으로 간 캄과는 반대쪽, 그들에게 마련된 넓은 객실로 들어갔다.

"어…… 아이즈 씨."

"좀, 어때……?"

"괜찮아요. 지금은 주무세요……."

난로를 땐 실내에는 침대에서 잠든 헤스티아, 그 바로 곁에서 잠든 얼굴을 바라보는 벨이 있었다. 아이즈는 피로가 쌓인 벨의 모습에 대해서도 물어본 것이었지만, 지금의 소년에게는 여신밖에 보이지 않는 모양이었다.

모험자인 아이즈나 벨은 그렇다 쳐도, 신의 힘 『아르카넘』을 봉인한 채 일반인과 별로 다를 바 없는 헤스티아는 쇠약해진 상태였다. 감싸주었던 벨 덕에 다친 곳은 없었지만 계곡물에 떨어지고 호우에 젖어버린 결과였다.

'응…… 역시, 난감하네.'

헤스티아의 몸이 회복될 때까지 이 마을에서 출발할 수는 없다.

조난당했다고 해도 아이즈 혼자 오라리오로 귀환하기는 어렵지 않다. 전망이 좋은 곳에 올라가 거대도시의 방향만 확인하면, 조금 무식한 방법을 써서라도 하산할 수 있다. 그러나 이 산에는 아직 라키아 왕국의 군대가 있다. 아이즈는 그렇다 쳐도, 제2급 모험자인 벨을 일방적으로 공격하기에는 충분한 전력이었다. 아이즈가 오라리오로 도움을 청하러 간 동안 또 헤스티아가 납치된다면, 그런 추태가 어디 있겠는가.

헤스티아를 이 저택으로 옮긴 아이즈는 혼자 정찰을 나가 교전했던 산길을 찾아가보았으나, 적 부대의 모습은 없었다. 적어도 이 『에다스 마을』을 발견했다고 보기는 어렵겠지만…… 만전을 기해 행동한다면 셋이 함께 있어야 한다. 조금 전 벨과도 이야기해 그 방침으로 가기로 결정했다.

게다가 날씨도 좋지 못하다. 적어도 며칠은 체류해야 할 것이다.

"아이즈 씨, 정말 죄송해요…… 폐를 끼쳐드려서."

"괜찮아…… 그리고, 너 때문이 아니야."

이 사태에 끌어들여 미안해하는 벨의 사과도 벌써 세 번째다. 아이즈는 도리도리 고개를 가로저었다.

벨은 송구스러워하며 고개를 들고는, 그제야 겨우 아이즈의 시골 아가씨 같은 차림을 알아보았는지 눈을 살짝 크게 떴다. 그리고 얼굴을 붉히는가 싶더니 황급히 시선을 떨구었다.

자신이 아니라 왜 벨이 부끄러워하는지 이해할 수 없었던 아이즈는 고개를 갸웃했으나, 잠시 후 창밖을 보았다.

세찬 비가 쏟아지는 한밤중의 어둠을.

'티오나, 티오네, 레피야…… 다들 걱정, 하겠지. 로키랑 핀한테도, 폐를 끼쳐버렸어…….'

지금은 파벌이 총동원되어 이블스와 싸울 때다. 【로키 파밀리아】의 간부인 자신이 오라리오를 떠날 수는 없는데…….

동료들의 얼굴을 떠올리며 하나하나 사과하던 아이즈는, 마지막으로 하이엘프를 생각했다.

'리베리아한테는…… 야단맞겠네.'

도시 밖―― 집 밖이어서 그런지, 문득 그런 생각이 들었다.

아이즈는 귀가가 늦어져 어머니에게 꾸지람을 듣는 어린아이처럼 뜬금없는 심경을 품고 있었다.

비구름은 집요하게 『베올 산지』를 덮고 있었다.

마을에 체류한 지 둘째 날. 여전히 쏟아지는 비를 아이즈는 창가에서 바라보았다.

지금쯤 오라리오에서는 새로운 수색대가 편성되었을지도 모른다. 그렇다고는 해도 이 날씨에서는 2차 조난의 위험도 있으므로 함부로 찾아 나설 수도 없겠지만.

아이즈도 비 때문에 저택에서 외출은 하지 못했다. 평소의 일과인 검술 연습도 할 수 없어 아쉬웠지만, 아무리 그래도 남의 집에서 검을 휘둘러댈 수는 없었다.

밖을 보니 우비를 입고 돌아다니는 사람도 드문드문 있었다. 무언가 준비라도 하는지, 제례 도구 같은 것을 안고 있다.

"미안해요, 아이즈 씨. 빨래를 거들어달라고 해서."

"아니에요…… 재워주시는데, 그 정도는."

바로 곁에서 들려온 목소리에 아이즈의 의식은 현실로 돌아왔다.

까만 머리카락을 찰랑이며 리나가 웃음을 짓고 있었다. 아이즈는 세탁실에서 그녀를 돕는 중이었다.

오라리오와는 달리 산골 마을이다보니 마석제품이 풍부하게 갖추어져 있지는 않았다. 평소엔 근처 샘에서 물을 떠온다지만, 지금은 나무통에 담아놓은 빗물을 사용했다.

"말로는 들었지만 역시 오라리오의 모험자님들은 대단하네요. 계곡에 떨어졌는데 다치지도 않고, 심지어 몬스터 떼를 퇴치하기까지 하다니."

"음…… 익숙하니까?"

"아하하. 그럼 오라리오에는 아이즈 씨 같은 모험자님이 잔뜩 있겠네요."

"리나 씨는, 오라리오에는……."

"가본 적은 없어요. 마을 밖에도 별로 안 나가니까. 관심은 있지만 아버지를 돌봐드려야 하고요."

리나는 싹싹하며 배려심이 많은 아가씨였다. 무엇보다 귀여웠다.

말수가 적고 표정이 없는 자신보다도 훨씬 매력적이라고, 연신 말을 걸어주는 그녀를 보며 아이즈는 생각했다.

이야기를 들어보니 그녀는 동갑내기인 듯했다. 다만 딸이라고 하면서도 캄과 그녀에게는 할아버지와 손녀 정도의 나이 차이가 있었다. 마음에 걸렸지만 아이즈는 언급하지 않았다.

"이 마을은…… 계속 여기, 있었나요?"

"네. 듣자하니 『고대』까지 거슬러 올라갈 정도로 역사가 있었대요. 원래는 엘프 향토였다고 하고요."

그 말을 들은 아이즈는 놀랐으나 이해도 갔다. 험준한 산속 깊은 곳, 주위는 깎아지른 절벽에 에워싸여 알려지지 않은 마을은 그야말로 베일 속의 존재 같았던 것이다.

이 『에다스 마을』은 말하자면 세상을 저버린 사람들이 모이는 공동체라고 한다.

현실에 절망한 휴먼이나 신변에 위험이 닥친 수인, 사랑의 도피를 한 이종족간의 연인 등, 있을 곳을 잃어버려 이 『베올 산지』로 흘러들어온 사람들을 마을 주민들은 옛날부터 환영했다. 그야말로 미궁도시에서 쫓겨난 낙오 모험자 같은 이들도 있었다고 한다. 지금은 마을 인구의 반수 이상이 사정 있는 자들의 자손이며, 그러한 배경도 있고 해서 아이즈 같은 조난자나 외부인에게도 관대하다.

지도에 실리지 않은, 갈 곳을 잃은 표류자들을 위한 비밀 마을.

'내가…… 몰랐던 세계…….'

오라리오에서, 미궁에서 검을 휘두르기만 했던 아이즈가 접할 일이 없었던 세계였다. 싸움과 던전을 제외하면 아이즈에게는 정말로 지식도 견식도 없었다. 아니, 그렇기에 어렸을 때 리베리아를 비롯한 이들이 아이즈에게 여러 가지를 가르치려 했던 거지만.

언젠가 리베리아가 제안한 적이 있다. 한번 오라리오를 나가 여행을 해보면 어떻겠느냐고.

당시 아이즈는 힘을 얻는 데 혈안이 되어 거절해버렸지만, 지금이라면 그녀가 무슨 말을 하려 했는지 알 것 같았다.

아이즈는 아무 것도 몰랐던 것이다. 이곳 하계에 대해──현재의 세계에 대해.

"고맙습니다. 다 끝났어요."

"또, 뭔가, 도울 게 있다면……."

"그럼 여신님을 좀 보러 다녀와줄래요? 비가 이렇게 오니, 그밖에도 해야 할 일이 있어서……."

미안해하는 리나의 부탁을 흔쾌히 승낙했다.

새 수건과 물을 담은 통을 들고, 헤스티아에게 마련된 방으로 향했다.

어제와 마찬가지로 침대 곁에 의자를 놓고 앉아있던 벨이 돌아보았다.

"아…… 미안해요, 아이즈 씨. 이렇게 다 준비해주시고."

"아니야……. 여기."

짧게 대답하며 물통을 건네주자, 소년은 수건을 물에 담가 짠 후 헤스티아의 이마에 얹혀 있던 것과 교환했다. 마실 물도 알아서 채워넣었다. 권속이 있는데도 다른 파벌의 주신을 돌볼 수는 없었으므로 아이즈는 지켜보기만 했지만, 벨의 손놀림은 익숙한 것 같았다.

얼마 전까지만 해도 신과 단 둘뿐인 약소 파벌이었던 경위, 혹은 그가 태어나고 자라온 환경이 살짝 엿보이는 것 같았다. 그에게는 헤스티아 말고도 돌봐줘야 했던, 혹은 그를 돌봐주었던 가족이 있었는지도 모른다.

"으음……."

그때 헤스티아가 눈을 떴다.

"아, 주신님. 괜찮으세요? 뭐 필요한 거 있어요?"

"괜찮다, 고맙다……."

몸을 내밀며 묻는 벨에게 대답하고는, 푸르스름한 눈을

아이즈에게 돌렸다.

"미안하다, 발렌아무개 군⋯⋯. 여러 모로, 폐를 끼쳐서."

"아뇨⋯⋯."

"그리고⋯⋯ 고맙다. 나도 벨도, 네 덕분에 살았어."

여신은 진지하게 사과와 감사를 했다. 약간 열에 달뜨기는 했지만 웃음을 지으면서.

어째서인지 만날 때마다 주의니 경고를 주는 것 같기는 했지만, 역시 그녀는 신격자라고 아이즈는 생각했다. 순박한 소년과 함께 좋은 【파밀리아】일 거라고.

"미안하다, 벨⋯⋯ 조금 더 자고 있어도 괜찮겠느냐?"

"네, 물론이죠. 푹 쉬세요."

헤스티아는 피로감을 내비치며 송구스러운 듯 눈을 감았다. 벨은 다정한 표정으로 고개를 끄덕이고 이불을 다시 덮어주었다.

그 부드러운 손길을 보고, 아이즈는 갑자기 리베리아를 떠올렸다.

이제는 생각도 나지 않지만, 자신들에게도 이런 시간이 있었는지도 모른다.

"많이, 좋아지셨네⋯⋯."

"네⋯⋯ 캄 씨네 식구들이랑, 아이즈 씨 덕분이에요."

조그만 테이블 위에는 빈 접시가 있었다. 오늘 아침에 나왔던 죽은 다 먹은 모양이다. 말도 또박또박 했고, 아직 완전히 회복되지는 않았다지만 하룻밤 지나면 좋아질 것 같았다.

 살짝 땀을 흘리고 있으니 나중에 자신이나 리나가 몸을 닦아주는 편이 좋을지도 모르겠다고 생각한 아이즈는, 문득 벨을 보았다.

 "벨은…… 좀 쉬었어?"

 소년은 어제와 똑같은 위치에서 똑같은 자세로 여신을 간병하고 있었다.

 이 방에서도 거의 나가지 않았다. 옆모습에서 피로의 그림자는 그다지 느껴지지 않았지만, 어젯밤에는 한숨도 자지 않았음을 알 수 있었다.

 "말짱해요. 이래봬도 Lv.3이 됐는걸요, 아이즈 씨."

 물론 【랭크 업】한 모험자는 일반인보다 훨씬 튼튼해진다. 심신이 깎여나가는 미궁 내에서라면 몰라도 하루 이틀 밤샘은 아무 것도 아니다. ……그러나, 무리할 이유는 되지 않는다.

 너스레를 떨며 웃음을 짓는 벨에게, 아이즈는 조용한 목소리로 호소했다.

 "그래도, 쉬어야 해. 어제…… 산속에서, 뛰어다니기도 했고."

 "…………."

 "헤스티아 님도…… 바라지, 않으실 거야."

 자신의 서툰 말재간을 답답하게 생각하면서, 어떻게든 하고 싶은 말을 전했다. 마지막 말은 잠든 여신의 꿈속에 전해지지 않도록, 목소리를 낮추어서.

벨은 웃음을 지우고 눈을 내리깔았다.

"하지만 저 때문에 주신님에게도, 아이즈 씨에게도 폐를 끼쳐서……."

눈을 감은 여신에게 루벨라이트색 시선을 돌리며 말을 바닥으로 툭 떨어뜨린다.

다정한 마음과 겸허함은 벨의 미덕일 거라고 아이즈는 생각했다. 반면 그는 너무나도 자기 자신에게 엄격했다.

너 때문이 아니야. 어젯밤에도 그렇게 말했지만 소년은 아직도 자책에 시달리고 있었다.

그리고 그때 생각도 못했던 단어가 소년의 입에서 흘러나왔다.

"따지고 보면 제가 주신님과 싸우는 바람에……. 그 일이 없었다면, 주신님도 납치당하지 않았을 텐데……."

"싸워……? 너랑, 헤스티아 님이?"

"어, 아, 아뇨, 싸웠다는 건 아니지만……! 아무튼, 일이 좀 있어서……."

아이즈가 순수하게 놀라고 있으려니 벨의 목소리는 당혹감을 내비치고, 마지막에는 꼬리를 말았다.

여신만이 아니라 이 온화한 소년이 누군가와 싸우는 광경은 쉽게 상상할 수 없었다. 남의 감정변화에 둔한 아이즈도 무언가가 있었음을 짐작할 수 있었다.

조금 전보다도 훨씬 민망해하는 벨의 옆얼굴을 빤~히

바라보던 아이즈는⋯⋯ 결심하고, 의자를 소년의 바로 곁에 가져와 앉았다.

"아, 아이즈 씨⋯⋯?"

"⋯⋯⋯⋯⋯."

"저, 저기요⋯⋯?"

"⋯⋯얘기."

"네?"

"얘기, 할까."

괴멸적인 언어능력을 구사해 의도를 전한 아이즈에게, 벨이 어리둥절했다.

"고민 있으면⋯⋯ 들어, 줄게."

다시 말해 아이즈는 벨의 의논을 받아주겠다는 것이었다.

평소 같으면 이런 일은 할 수 없겠지만, 최근 들어 옛날일을 자주 떠올리게 되었던 탓인지, 자신도 리베리아나핀, 가레스가 했듯 벨을 이끌어주고 싶다고 생각한 것이다. 적어도 그는 아이즈가 싸우는 법을 전수해준 제자이기도 하고.

게다가 여자다움은 전멸했다지만, 아이즈 또한 헤스티아와 같은 여성이다. 무언가 힘이 되어줄 수 있을 터. 마음속의 어린 아이즈도 파핫 안경을 걸치면서 의욕을 드러냈다.

그런 심정을 숨긴 아이즈가 빠릿빠릿한 눈매로 바라보

자── 벨은 민망한 듯 내키지 않는 표정을 짓고 있었다.

"아뇨, 어…… 무슨 일이 있었는지는, 별로 말하고 싶지 않달까…… 그게……."

그 말에 아이즈는 조금 울컥했다.

어지간히 말하고 싶지 않거나 상담하기 힘든 일이 있었으리라. 그러나 아이즈는 이리저리 흔들리는 벨의 눈을 보고 느끼는 바가 있었다. 무언가, 그렇다, '이 화제는 어렵고도 완전 섬세해서 아이즈 씨에게 말하기는 좀……'이라는 그런 뜻을 느낀 것이다. 억측일 뿐이지만, 가령 그의 눈앞에 있는 사람이 신이었다면 벨은 아마 의논을 청했을 것이다.

──다시 말해 나는 역부족!!

아이즈에게도 있는 자존심이 상처를 입었다.

아니 뭐랄까, 눈앞의 소년에게만은 그렇게 여겨지는 것이 싫었다. 참을 수 없었다.

그것은 소년의 앞에서는 발돋움을 하고 싶다는 허세이자, 연상 소녀가 가진 모종의 프라이드였을지도 모른다. 마음속에서 안경을 척 끼었던 아이즈도 『우갸~!』하고 두 팔을 치켜들며 고함을 지르고 있었다.

아이즈의 인형 같던 표정에 고집스러운 감정이 깃들었다.

"……벨."

"네, 넷?"

"난 네게, 싸우는 법, 가르쳐줬어."

"어, 네."

"그러니까 난…… 그…… 말하자면…… 너의……………… 선생님."

극심한 망설임과 부끄러움을 떨치고, 아이즈는 간신히 그 말을 입에 담았다.

교사라는 직업은 자신과 어울리지 않는다는 사실을 누구보다도 잘 알지만, 지금 이 순간만큼은, 이 상대에게만큼은 그렇게 주장하고 싶었다. 자신도 리베리아 같은 이들처럼 될 수 있다고.

뇌리에 스쳐 지나가는 광경은 자신을 타이르던 리베리아나 핀, 가레스와의 추억.

뺨을 살짝 붉게 물들이며 아이즈는 한껏 호언장담을 해보았다.

그러나.

"선, 생님……?"

소년은 못다 형언할 만큼 불가사의한 것을 보는 표정이었다. 뺨을 실룩거리면서.

아이즈는—— **빡쳤다.**

"……왜."

"어, 아뇨, 아무 것도…….."

"뭔가 하고 싶은 말이 있으면, 해."

"아, 아이즈 씨, 화났어요?"

"화 안 났어."

거짓말이었다.

엄청나게 화났다.

아이즈는 자신의 눈썹이 곤두선 것을 깨닫지 못했다. 당장이라도 뺨을 부풀릴 것 같은 기세였다.

의자에서 몸을 내밀며 벨에게 슬금슬금 다가가기 시작했다.

"말해줘."

"어, 아뇨, 저기……?!"

"말해줘."

"무……무리예요!"

"왜."

"지금의 아이즈 씨에게는 절대 무리예요오!"

금색 눈동자 속에서 타오르는 위험한 불꽃을 보고 벨은 마침내 울먹이는 목소리로 외쳤다.

이—— 불량학생!!

아이즈는 이때 리베리아의 고생을 이해할 것 같았다. 시간을 넘어 9년 전의 그녀와 악수를 나눌 수 있을 것 같은 기분.

이것이 문제아에게 무언가를 가르친다는 거구나!

"말해줘."

"아이즈 씨, 아이즈 씨?!"

"말해줘."

"가까워요, 가깝다구요오?!"

"말. 해. 줘."

"누, 누가 좀—!? 살려줘요오오오오오?!"

코앞까지 다가온 아이즈의 얼굴에 낯을 새빨갛게 물들이며 도움을 청하는 벨.

그런 소년의 두 어깨를 아이즈는 재빨리 붙잡았다. 제1급 모험자에게서는 도망칠 수 없다.

벨의 얼굴이 한계를 넘어설 정도로 홍조를 띠었다.

"우웅, 시끄럽구나—— 아니잠깐이게뭐하는짓이냐아아아아아아아아아아아아아아아아아아?!"

눈꺼풀을 실룩실룩 움직이며 깬 헤스티아는 눈앞에서 펼쳐진 벨과 아이즈의 공방을 보고 포효했다.

"뭐, 뭣들 하는 게냐 너희?! 발렌아무개 군, 벨에게서 떨어지지 못할까아아아아!!"

여신의 눈에는 아이즈와 벨이 얼굴을 가까이 대고 지금 막 입을 맞추려 하는 것처럼 보였다. 기분은 그야말로 불륜현장을 목격한 아내였다. 흥분한 여신은 컨디션 따위 아랑곳 않고 펄펄 뛰려 했다.

그러나 필사적으로 저항하던 벨이 몸을 뒤트는 바람에—— 주르륵.

""아.""

아이즈와 벨의 목소리가 겹쳐졌다.

마치 아이즈가 벨을 덮쳐 넘어뜨린 것처럼, 지금 막 일어나려던 헤스티아를 향해 요란하게 넘어졌다.

"꾸아아아아아아아아아아아아아아아아아아아아아아아아아아아악?!"

"주, 주신니이이이이이이임?!"

벨과 아이즈의 몸이 배에 직격했다.

촌장의 저택에 여신의 절규가 울려 퍼졌다.

"벨 씨, 아이즈 씨…… 여신님의 몸을 좀 잘 챙겨주십시오……."

캄은 무거운 어조로 말했다. 아울러 매우 안됐다는 어조로.

아이즈와 벨은 민망해 몸을 움츠렸다.

저녁식사 자리였다. 그 소동이 있은 후, 아이즈와 벨은 식당으로 왔다. 지금 두 사람이 방에 남아있으면 여신의 정신상 매우 좋지 못하기 때문이었다.

헤스티아는 당초 "발렌아무개를 불러라—!"라며 난리를 피웠지만, 병든 몸으로 날뛰는 바람에 지금은 그로기 상태였다. 지쳐서 얌전히 침대에 드러누웠다.

"아버지, 아이즈 씨와 벨 씨도 반성하시는 것 같으니 그쯤 하시고요. 자자, 식사들 하세요."

리나의 목소리에 저녁을 먹기 시작했다. 테이블에 늘어

선 것은 산에서 캔 산채며 강에서 잡아온 물고기 같은 것을 위주로 한 요리였다.

식탁에 앉은 사람은 아이즈와 벨, 캄과 리나를 포함해 일곱. 이 저택에는 리나 이외에도 캄의 아들 셋이 있었다. 다들 리나보다 오빠였으며 엘프나 수인의 하프였다.

그들은 리나와 마찬가지로 밝고 예의바른 성격이라 식탁의 분위기는 금방 따뜻하고도 떠들썩해졌다.

"저, 저기, 아이즈 씨. 아까는요⋯⋯."

왼쪽 옆에 앉은 벨이 쭈뼛쭈뼛 사과하려 했지만, 토라진 아이즈는 홱 고개를 돌렸다. 디디잉⋯⋯. 벨이 세상에 절망하는 듯한 표정을 지었다. 그런 두 사람을 보고 리나와 캄은 쿡쿡 웃었다.

"전 아이즈 씨가 처음에 인형 같은 분이라고 생각했는데⋯⋯ 벨 씨 앞에서는 그런 표정도 지으시네요."

"⋯⋯?"

아이즈의 정면, 캄의 옆에 앉은 리나가 미소를 지었다.

그런 표정? 아이즈는 고개를 갸웃할 뿐, 리나가 무슨 말을 하려는 것인지 잘 알 수 없었다. 충격을 입어 고개를 푹 떨군 벨에게는 애초에 들리지도 않았다.

"자자 벨 씨, 한 잔 드시지요. 창고에서 가져온 비장의 술이랍니다. 이럴 때는 마셔야 하는 겁니다."

"아, 저기, 저는 술은 그다지⋯⋯."

"오빠, 벨 씨가 부담스러워하잖아."

아이즈의 오른쪽 옆에 앉은 수인 하프 청년이 나무잔에 따른 술을 벨에게 권했다. 여기에 리나가 화를 내고, 어깨를 움츠린 청년은 아직 한 모금도 줄지 않은 술을 불쌍하다는 양 자신의 앞에 다시 놓았다.

자신을 끼고 벌어지는 대화를 보며, 아이즈는 소년에게 흘끔 눈을 돌렸다.

어떡하지. 어른스럽지 못하게 굴었는지도. 화해하고 싶지만, 그래도 아직 조금 화가 나고……. 그런 목소리가 가슴속에서 떠올랐다가는 사라졌다. 마음속의 어린 아이즈만이 미노타우로스 가면을 쓰고 흥흥 화를 냈다.

벨도 흘끔흘끔 이쪽의 눈치를 살피는 것을 알 수 있었다. 매우 서먹서먹하게 느끼면서, 이것저것 생각에 몰두하던 아이즈는 곁에 있던 잔을 손에 들었다.

자신의 것이 아닌, 곁에 놓여있던 캄의 아들이 지금 막 놓았던 잔을.

그리고 입에 댄 순간.

아이즈의 의식은 어둠에 잠겼다.

그 직후── 촤아악!!

"우우?"

얼굴을 두드리는 물의 감촉에 눈을 깜빡거렸다.

무슨 일이 일어났는지 전혀 알지 못한 아이즈는 흠뻑 젖은 얼굴과 옷을 보고, 겨우 물을 있는 대로 뒤집어썼음을 이해했다. 눈앞에는 어깨를 헐떡거리며 숨을 쉬는 리나가 텅 빈 들통을 들고 있었다.

……나한테 물을 끼얹은 거야? 왜?

그런 의문을 품었던 아이즈. 그러나—— 그것은 이내 놀라움으로 바뀌었다.

"으앗—— 벨?!"

놀랍게도, **넝마가 된 소년**이 당장이라도 숨이 끊어질 것처럼 바닥에 널브러져 있었기 때문이다.

벨만이 아니었다. 식당의 테이블과 의자는 모조리 뒤집어져, 그 광경은 폭풍이 휩쓸고 지나간 것 같았다. 아이즈는 극심한 혼란에 빠졌다.

이것은 대체?!

겨우 한순간 사이에!

무슨 일이 일어났단 말인가?!

벽 쪽에는 음식 접시를 든 아들들이 창백하게 질린 얼굴로 서 있었다. 근처의 바닥에 다리가 풀려 주저앉은 캄의 입에서는 보이지 않는 영혼이 승천하려 해 아들 중 하나가 "아버지, 아버지이이이?!" 외치며 몸을 흔들고 있었다. 대참사였다.

이건, 설마——.

"적의, 습격……?!"

그럴 수가. 기척도 느끼지 못했는데, 믿을 수 없어!

아이즈는 전율하며 재빨리 자세를 잡았다. 어째서인지 오른손에 들고 있던 『피에 젖은 나무막대』를 겨누며 팟, 팟, 몇 번이나 몸의 방향을 바꾸었다.

"아, 아이즈, 씨이………… 끄으윽."

완전히 심각한 표정으로 땀을 흘리는 아이즈의 발밑에서 벨이 짓밟힌 개구리 같은 신음소리를 냈다.

그의 오른손에는 칠흑의 나이프가 들려 있었다. 습격자에게 필사적으로 저항했던 것이리라. 하지만 적은 소년을 가차 없이 흠씬 두들겨 패 걸레짝을 만들어놓았다.

이런 잔인한 짓을!!

아이즈는 격노했다!

'자객은 제2급 모험자를 일방적으로 두들겨 팰 수 있는 상대……!'

단숨에 경계도를 높이는 아이즈. 겁을 먹었는지 자신에게는 손을 대지 않은 듯했지만 절대 방심해서는 안 된다. 날카로운 눈빛을 뼈아플 정도로 조용해진 식당으로 돌렸다.

경계하느라 바쁜 아이즈는 깨닫지 못했다.

바닥에 널브러진 나무잔의 내용물을.

자신이 잘못해서 입을 댔던 잔에서 피어나는 술냄새를.

주위 사람들의 전전긍긍하는 눈빛이 자기 자신에게 쏠

려 있음을, 전혀 깨닫지 못했다.

"……아이즈 씨는, 벨 씨를 봐주세요."

어깨를 헐떡거리던 리나가 엄청난 피로를 보이며 입을 열었다.

"하지만, 적이……!"

매우 애처로운 눈으로 벨을 흘끔 본 리나는 힘없이 고개를 가로저었다.

"아뇨, 괜찮으니까요. 아니 그보다 부탁이니 공연한 짓 하지 마세요. 특히 바닥에 쏟아진 술은 절대 건드리지 마시고요."

"하지만!"

"알. 겠. 나. 요."

"어, 네."

아이즈는 고집을 부리려 했지만 코앞까지 다가온 리나의 무서운 표정에 고개를 끄덕였다.

리나와 아들들이 슬픈 사건이었다는 표정으로 뒷정리를 시작했다. 아이즈는 안절부절 못했지만, 그녀가 경계하는 습격자는 결코 나타나지 않았다. 캄도 헉 소리와 함께 정신을 차렸다.

아이즈는 어째서인지 민망해져, 시키는 대로 벨을 치료해주었다. 이러한 사태가 벌어졌는데도 어린아이처럼 떼를 쓸 수는 없었다. 모두 물에 흘려보내고 헌신하기로 했다.

포션으로 상처를 모두 치유해준 후, 왠지 허전했던 아이즈는 소년에게 무릎베개를 해주었다.

백발을 쓰다듬어주었다.

이유는 알 수 없지만 소년은 지금만큼은 굉장히 괴로워하며 신음했다.

'보이지 않는 적이, 있을지도 몰라…… 내가, 벨과 이 사람들을, 지켜야 해……!'

아직도 손 안에 있던 나무막대를 꼭 쥐고 결의를 다졌다.

아이즈는 그날 이후 비가 그쳐도 저택에서 한 걸음도 나가지 않고 벨을 『경호』했다.

그리고 리나네 가족은, 어째서인지 결코 아이즈를 술에 다가가지 못하게 했다.

© Kiyotaka Haimura

추억
3장

과거의
신과
인간

Гэта казка іншага сям'і.

아이즈가【로키 파밀리아】에 입단한 이 시기, 오라리오는『암흑기』였다.

세계의 비원이었던『3대 퀘스트』의 실패, 최강이라 이름 높았던 양대【파밀리아】의 몰락이 모든 일의 원인이었다. 오라리오에 숨어 있던『악』이 대두하여,『세계의 중심』이라 불리던 미궁도시에 질서의 파괴를 가져온 것이다.

그 속에서도 가장 큰 세력이,『이블스』.

"흐하하하하하하하하하!! 가라, 도시에 혼돈을 가져다주는 거다!"

태양이 뜬 한낮임에도 터져나오는 폭발음과 비명, 그리고 남자의 홍소.

반파된 건물의 옥상, 항쟁을 방불케 하는 눈 아래의 광경을 내려다보는 것은 휴먼 사내였다.『이블스』의 간부이자【벤데타】라는 별명을 가진 현상수배범, 올리버스 액트의 환희가 짜랑짜랑 울려 퍼졌다.

"쳇, 올리버스 자식. 아주 요란하게 시작하고 앉았네……. 얘들아! 우리도 지고 있을 순 없지~?! 다른 파벌 놈들에게 뒤처지지 마라!"

저 멀리서 피어나는 연기를 보고, 마찬가지로『이블스』의 간부 필두이자【아라크니아】라는 별명을 가진 바레타 그레데는 혀를 찬 후 처절한 웃음을 지었다.

『길드』산하의【파밀리아】홈, 그리고 상회의 물자를 노린 습격을 지휘하던 그녀는 하늘로 솟아나는 연기와 불길,

이리저리 도망치는 도시 주민, 피와 불꽃을 부르는 날카로운 칼부림 소리에 희열의 웃음을 뚝뚝 흘리며 외쳤다.

"야, 야! 냉큼 오라고, 『길드』의 개들! 빨랑 오라고, 핀~!! 오늘도 재미난 파티를 시작해보자니깐!"

이것이 이 시대의 오라리오. 이것이 이 시대의 일상 풍경.

치안은 악화되기만 하는 혼돈의 시대에, 정의를 내세운 모험자들과 『악』의 싸움은 밤낮으로 되풀이되고 있었다.

"단원은 정문 앞으로 모여라! 나와 리베리아, 가레스 세 부대로 갈라져 행동한다!"

저택이 무수한 발소리에 싸인 가운데, 핀의 지시가 떨어졌다.

이블스 사건이 발생해 모두가 발 빠르게 행동하는 광경을 보며, 아이즈는 수뇌진에게 달려갔다.

"나도, 갈래!"

"안 된다. 여기 있어라. 너에게는 아직 이르다."

그녀의 요청을 리베리아는 강한 어조로 내쳤다.

몬스터와는 다른 대인전투, 인간과 인간 사이의 살육전으로도 발전할 우려가 있었다. 소녀가 아직 알 필요가 없는 전장에 리베리아를 비롯한 수뇌진은 그녀를 데리고 가려 하지 않았다.

입단한 지 8개월. 아이즈는 사실상의 전력 외 통고를 받고, 저택에 남게 된 다른 단원들과 함께 대기를 명령받았다.

"괜찮다. 냉큼 끝내고 올 테니 마음 푹 놓고 있거라."

"그럼 로키, 뒷일 부탁해."

"음, 다녀온나. 열심히들 하그래이."

로키에게 저택을 맡기고 수뇌진은 출발했다.

"자, 쟤들은 가삤는데, 아이쭈 니는 어떡할래? 가끔은 애들처럼 내하고 의사놀이 안 할라나?! 하악하악."

"……마당에서, 칼 휘두를래."

"어라라, 내 채여삤다."

"그리고 이상하게 부르지 마."

핀이나 리베리아, 가레스와 있을 때는 ──특히 리베리아와 있을 때는── 감정적인 모습을 보이곤 하지만, 평소 아이즈의 표정은 인형 그 자체였다. 감정이 희박한 얼굴로, 변태 같은 신을 쌀쌀맞게 내치고 등을 돌렸다.

하지만 로키는 그녀의 속내를 간파하고 있었다.

본인도 깨닫지 못하겠지만, 따돌림을 당했다는 소외감. 토라진 어린아이 같은 불만과 서운함이 그 조그만 등에서 배어나오고 있음을.

이튿날.

아이즈는 그날도 안뜰에서 검을 휘두르고 있었다.

푸른 하늘이 펼쳐진 오후, 애검《소드 에일》을 들고 공간을 벤다.

【고브뉴 파밀리아】가 만들어준 오더메이드는 아이즈의 손에 착 감겼다. 무기의 소재는 해외가 원산지인 『다마스커스』. 파문강(波紋鋼)이라고도 불리며, 문자 그대로 검신에 희미한 물결무늬가 맺혀 있다. 철보다도 단단하고 강인한 칼날은 몇 번이나 몬스터를 베었음에도 날 하나 빠지지 않았다. 다소 무겁기는 하지만 위력은 모험자의 중장갑옷조차 쉽게 가를 것이다.

고브뉴가 준 중량급 명검에 휘둘리지 않도록, 아이즈는 몇 번이나 이 검을 휘둘렀다.

핀을 비롯한 수뇌진은 아직도 돌아오지 않았다. 예정했던 모의전 대신 가상의 적을 향해 몇 번이나 검을 휘둘렀다. 아이즈는 잡념을 떨치려는 듯 허공을 향해 검기를 펼쳤다.

"………."

안뜰에 찾아온 로키는 나무 그늘 아래에서 그 광경을 바라보았다.

어린 소녀에게는 어울리지 않는 날카로운 참격. 하지만 아름답기도 한 검의 선율.

선드러진 검기는 항간에서 시끌시끌한 『인형공주』라는 별명의 이유를 말해주는 것 같았다. 아직 난폭하기는 하지만, 이 금발금안의 소녀는 상급 모험자들이 눈을 크게 뜰 만한『검기』를 펼칠 때가 있었다.

"……로키?"

체력이 바닥났는지, 어깨로 숨을 쉬던 아이즈는 검을 멈추고 그제야 로키를 알아보았다.

진지한 표정으로 지켜보던 로키는 잠시 후 웃음을 지으며 수건을 건네주었다.

"수고했데이~. 아나, 아이즈. 니 누구한테 검술 배운 적 있나?"

"……?"

"핀이랑 가레스가 말이제, 아이즈 실력을 칭찬했데이. 갈치지도 않았는데 본 적도 없는 검기를 쓸 때가 있다고."

"검기……."

"내도 지금 살짝 넋 놓고 봤구마~."

웃으면서 칭찬하는 로키를 앞에 두고, 아이즈는 검과 자신의 손을 내려다보았다.

이제까지 아등바등 달려오느라 의식한 적도 없었다. 수련을 봐주는 핀과 가레스도 감탄할 정도의 검기…… 그런 것이 자신에게 있다고?

뇌리에 떠오른 것은 동경의 대상이었던, 늠름한 아버지의 모습이었다.

지금의 아이즈와 마찬가지로 묵묵히 검을 휘두르던 한 명의 검사.

어린 아이즈가 꿈꾸었던 영웅.

"사건은 정리가 됐다 카대. 뒷정리도 있겠지만 리베리아
랑 다들 저녁때는 돌아올기라."

생각에 잠겼던 아이즈에게 로키가 이 장소에 온 용건을
전했다. 시내 쪽에서 왔던 전령의 소식을 그대로 전해준
주신은 씨익 웃었다.

"좋겠네, 리베리아랑 다들 무사해서."

"……별로. 걱정 안 했어."

"오? 머고머고. 역시 안 델꼬 갔다고 삐졌나~?"

"그런 거, 아니야."

로키의 놀리는 듯한 목소리에 아이즈는 홱 고개를 돌
렸다.

그대로 수련을 재개하려던 소녀를, 로키가 쓴웃음과 함
께 불러 세웠다.

어제부터 부루퉁해져버린 아이를 달래듯.

"아이쭈, 가끔은 기분전환 어떻노? 내랑 마실 가재이."

칼집에 담은 《소드 에일》을 등에 짊어졌다.

아직 몸집이 작은 아이즈에게는 허리에 검을 차면 땅에
끌리기 때문에 검대는 어깨에서 비스듬히 걸렸다.

"아나, 가재이~."

호위를 맡게 된 아이즈가 준비를 마치자, 로키가 태평한
목소리로 출발을 알렸다.

"왜, 나 데려가?"

"응? 아이쭈 냅두면 계속 싸워댈 거 아이가. 누가 스트레스 안 풀어주믄 평생 안 쉴 거 같다 싶었데이."

"리베리아랑 핀이랑 가레스가 말해서, 쉬기도 해."

그리고 이상하게 부르지 말라고 재차 경고했지만 로키는 어디서 바람이 부느냐는 듯 말을 이었다.

"일단 목적지는 동쪽 메인 스트리트인데, 마 되는 대로 어슬렁어슬렁 걸을란다."

계획성도 없는 신의 부름에 따라, 대로가 아닌 이리저리 꼬인 골목을 내키는 대로 걸어간다. 아무리 화를 내도 '아이쭈'라는 호칭은 변함이 없었으므로 이제 슬슬 아이즈도 포기하고 있었다.

곧잘 들리는 『모험자 거리』와는 다른 시정의 길. 완만하게 마차가 달리는 길 옆에서는 과일이며 잡화를 팔았다. 하지만 그런 곳에서도, 아이즈가 놀란 것은 가는 곳곳마다 무너져내린 건물이며 파손된 길이 보인다는 점이었다.

아이즈는 오라리오의 상황이 어떻게 돌아가고 있는지 정확하게는 모른다.

던전 탐색을 허락받게 된 그녀의 이동 범위는 홈에서 바벨이 있는 센트럴파크뿐. 저택과 던전밖에 왕복하지 않는 그녀가 도시의 추세를 자세히 파악할 수 있을 리 없었다. 다만 이렇게 평소와는 다른 길을 따라, 의식을 주위로 돌리면 알 수 있다. 사람들의 얼굴이 어딘가 어둡다는 것을.

"어제도 사건이 있었데이. 얼라들은 또 소동 일어나는 거 아이냐고 겁 묵고 있제."

로키의 말대로 어딘가 긴장한 주민들 외에도, 순찰을 도는 길드 직원이나 모험자의 모습이 있었다. 검과 날개의 엠블럼을 착용한 붉은머리 소녀며 복면 모험자, "흐하하하―! 포션을 주마―!" 하고 어째서인지 오만하게 아이템을 나눠주고 다니는 노신, 그 외에도 권속과 함께 부상자를 치료하는 고운 장발의 남신 등, 종족에 관계없이 가는 곳곳마다 많은 이들이 있었다.

시선을 이리저리 돌리던 아이즈가, 이러한 모든 일이 시내에서 갑자기 벌어진 항쟁이며 사건――『악』의 태동이 초래한 사건임을 깨달았다. 이것이 리베리아나 다른 단원들이 싸우는 이블스의 소행임을.

로키의 말에 따르면, 현재의 정세 때문에 오라리오를 벗어나려는 사람도 적지 않다고 한다.

"왜…… 사람들끼리 싸워?"

불쑥 중얼거린 아이즈의 말에 로키는 당장은 대답하지 못했다.

뒤통수에서 두 손을 깍지 낀 채, 푸른 하늘을 올려다본 후 입을 열었다.

"우리 신들 탓도 많을기라. 캐도…… 이것도 얼라들의 본질일지도 모르겠데이."

"본질……?"

"창조와 파괴, 질서와 혼돈. 폭력이라 카는 일면도 얼라들의 부정할 수 없는 본능이라 카는기라."

"…………."

아이즈는 입을 다물었다. 자신이 싸우려 하는 동기도 그런 일면을 포함한 것이 아닐까, 근원은 같지 않을까 하는 생각이 들었기 때문이다.

"마, 그래도 다들 밝은 내일이란 걸 바라고 여러 모로 애쓰고 있지만서도."

"……?"

"예를 들믄 아나, 저거 바라."

로키가 손가락으로 가리킨 곳에는 노점 하나가 있었다.

여성 점원이 운영하는 그곳에서는 향긋한 감자 냄새가 풍겼다. 간판에는 코이네 공통어로 『감자돌이』라고 적혀 있었다.

"『맛난 음식으로 모두가 웃게 만들자!』, 『도시를 윤택하게 만드는 기운덩어리 감자돌이!』……그런 캐치프레이즈였데이."

"감자돌이……?"

"요즘 막 생긴 것 같구마. 아이쭈 니는 몰랐제?"

잠깐 먹고 가자는 그녀에게 이끌려, 아이즈는 노점을 방문했다.

로키가 주문하자 이내 2인분의 감자가 나왔다.

"땡큐데이."

싱글벙글 금화를 튕겨 계산을 마친 로키에게 건네받은 그것을 아이즈는 빤히 바라보았다.

보아하니 으깬 감자에 옷을 입혀 튀겨낸 음식인 모양이 었다. 갓 튀겨 뜨거웠으며 기름과 감자의 냄새가 아이즈의 코를 자극했다.

흥미진진하게 바라보던 아이즈는 턥 한입 깨물었다.

"——!!"

다음 순간, 아이즈에게 충격이 내달렸다.

입안에 퍼지는 감자와 기름의 맛. 눈을 크게 뜬 소녀는 순식간에 그 맛의 포로가 되었다.

이것이 아이즈와 감자돌이의 만남이었다.

"아이쭈, 니 그래 마음에 들었나……?"

정신이 들고 보니 로키를 졸라 세 개째 감자돌이를 뜯어내고 있었다.

두 손으로 포장지를 잡고 하무하무, 열심히 먹었다. 그렇다고는 해도 조그만 입술로 깨작깨작 먹는 모습은 마치 다람쥐 같았다.

로키도 하나 더 사서 뜻하지 않게 군것질이 시작된 가운데, 두 사람은 센트럴파크로 나왔다.

이곳은 늘 지나다니니 잘 안다. 감자돌이를 다 먹은 아이즈가 눈에 익은 경치에 시선을 돌리고 있으려니,

"——내가! 가네에에에에에에에에에에샤!! 다앗!!"

"?!"

간이 떨어질 것 같은 쩌렁쩌렁한 목소리가 울려 퍼졌다.

평화로운 오후 시간을 깨뜨리는 큰 음성에 아이즈가 당황하며 돌아보자, 광장 동쪽에 인파가 모여 있었다. 그 중심에는 마차보다도 훨씬 큰 탈것 위에서 수수께끼의 포즈를 잡는 코끼리 가면 차림의 수상쩍은 인물, 아니, 신물이 있었다. 하지만 신기하게도 호화롭게 장식한 탈것 위에서 그가 기이한 행동을 벌일 때마다 군중에게서 환성이 솟았다.

하염없이 곤혹스러워하는 아이즈가 되레 갈팡질팡했다.

"가네샤 저 문디……. 겁묵은 얼라들 기운 차리게 해준다꼬 라타(Ratha: 힌두교 사원의 축제에서 사용하는 거대한 장식 수레. 신화에 등장하는 신의 탈것을 모티브로 만든 것) 같은 걸 사들였구마…… 저거 얼마나 할라나."

진짜 문디 아이가 저 녀석.

그렇게 중얼거리는 로키의 시선 너머에서는 라타를 끄는 권속들이 눈물을 흘리면서도 이제는 달관한 멋진 미소를 짓고 있었다. 【파밀리아】의 저금, 이라기보다는 있는 돈을 다 털어서 구입했으리라고 상상하기는 어렵지 않았다.

"저건…… 뭐야? 몬스터?"

"아이쭈, 몬쓴데이. 그 칼 집어넣그라. 저래봬도 헌병이라 끌려간데이. 니 마음은 내도 이해하지만."

로키는 검을 뽑고 자세를 잡는 아이즈를 필사적으로 달

랬다. 『미지』의 광경을 본 소녀는 그야말로 혼란에 빠졌다.

신을 태운 라타는 『바벨』을 중심으로 광장을 돌고 있었다. 아직도 혼란에서 벗어나지 못하고 있으려니, 잠시 후 인파와 함께 이동해 아이즈와 로키가 있는 곳까지 다가왔다.

"내가 가네에샤다아아아아아!! ——으음?!"

27번째의 자기소개를 했을 때, 코끼리 신이 이쪽을 알아보고, 느닷없이 도약했다.

"토옷!"

"?!"

기괴한 신물, 이 아니라 남신 가네샤는 군중의 이목을 모으며 아이즈와 로키의 눈앞에 착지했다.

"로키! 어제의 활약은 정말로 수고가 많았다! 사건해결에 협조해주어 이 가네샤 대환희! 감사의 말을 전하고 싶다!"

"그건 내 아니고 우리 핀이랑 얼라들한테 말해라. 그리고 후덥지근하니께 절루 가삐라. 우리 아이쭈 겁묵었데이."

"오오, 네가 소문난 『인형공주』구나!"

일일이 텐션이 높은 가네샤는 아이즈를 보았다.

다부진 온몸의 근육에 연갈색 피부. 결정타는 얼굴에 뒤집어쓴 코끼리 가면. 쓸데없이 후덥지근한 가네샤는 경직된 아이즈에게 엄지를 척 내밀며 웃음을 지었다.

"나는 가네샤다! 잘 부탁한다!"

"…………."

입을 반쯤 벌린 아이즈의 대답도 기다리지 않고, 가네샤는 "토옷!" 기합성과 함께 다시 라타 위로 뛰어올랐다.

　이번에는 도시 남쪽의 번화가로 이동해가는 신 가네샤의 무리는 결국 아무 것도 이해하지 못했던 아이즈의 앞에서 폭풍처럼 떠나갔다.

　"아이쭈~ 슬슬 가재이~."

　"헉. ……으, 응."

　제정신을 차린 아이즈는 로키의 목소리에 재기동하여, 센트럴파크를 이동하기 시작했으나.

　"어머…… 로키 아냐?"

　"어머나, 정말. 오랜만이네."

　"오오? 헤파잉! 그리고 데메테르!"

　바벨에서 나온 두 여신과 딱 맞닥뜨렸다.

　물론 아이즈는 처음 보는 신들이었다. 한쪽은 붉은 머리카락, 또 한 쪽은 몽실몽실한 벌꿀색 머리카락. 전자는 오른쪽 눈을 가린 커다란 안대. 후자는 놀라 넘어질 정도로 풍만한 가슴이 특징이었다.

　"둘 다 머 하고 있었노?"

　"나는 우리 점포를 돌고 있었지. 데메테르는 식량 배달 차 왔고."

　"얘, 로키? 거기 있는 아이는 너희 권속이야?"

　"오~ 맞다, 내 소개해주꾸마! 새로 들어온 우리 아이쭈데이! 초 유망주 슈퍼루키데이! 아이쭈, 여그는 헤파잉하고 데메테르!"

"이봐, 내 이름 제대로 소개해줘."

그렇게 호소한 홍발홍안의 여신은 아이즈를 내려다보
았다.

"네가 아이즈 발렌슈타인이구나…… 츠바키에게 이야기
들었어."

"……! 츠바키, 라면…….."

"그래, 츠바키 콜브랜드는 내 권속이야. 난 헤파이스토
스. 만나서 반가워."

아이즈는 헤파이스토스의 이름을 듣자마자 겸연쩍은 표
정을 지었다. 설마 그 츠바키의 주신이었다니. 안대가 묘하
게 기시감을 준다 싶었더니, 자식은 부모를 닮는다는 걸까.

"그 아이가 시비를 걸었다지? 내가 대신 사과할게."

그렇게 말하며 손을 내밀어, 조금 망설이기는 했지만 쭈
뼛쭈뼛 악수를 나누었다.

"아이즈 발렌슈타인……『인형공주』? 네가…….."

모험자로서 얼마나 활약하는가를 들었는지, 또 다른 여
신 데메테르가 눈을 살짝 크게 떴다.

무릎을 구부리고 바라보기를 한동안. 아이즈가 당황하
고 있으려니——와락! 느닷없이 끌어안았다.

"아잉~ 귀여워~! 인형보다 훨씬 멋져!"

"어, 응…… 데, 데메테르? 우리 아이쭈 질식해뻘라. 그
쯤 하고…… 아냐, 내 생명력이 팍팍 깎여나가고 있으니께

진짜 고만 좀……!"

출렁출렁 튕기는 풍만한 두 언덕 사이에 낀 아이즈가 곤혹스러워했다. 그 광경에 그녀와 자신의 전투력 차이를 여실히 실감해 대미지를 입은 로키는 쿨럭 피를 토하며 세계 나서질 못했다. 헤파이스토스는 쓴웃음을 지을 뿐이었다.

필사적으로 저항했으나 탈출할 수 없는 거봉의 구속에 아이즈의 혼란은 한층 가속되었다.

"로키, 이번에 딴 야채랑 과일 가지고 한번 찾아갈게. 늘 도시를 지켜준 보답."

"오, 진짜가? 고맙데이~. 근데 우리 아이쮸는 몬 묵는 야채가 있다 안하나."

"후훗, 뭐든 잘 먹어야 쑥쑥 크지."

"~~~~~~~~~~~~~~~~~~~~~~?!"

데메테르, 로키, 헤파이스토스. 여신들의 담소가 들린다. 싫어하는 야채 소리가 나와도 데메테르의 가슴에 안겨 있는 아이즈는 그쪽을 신경 쓸 겨를이 없었다.

신이라는 존재는 신비하다.

아이즈의 기억을 자극하는 그리운 냄새가 난다. 그 탓인지 강하게 저항할 수도 없었다.

자신이 몰랐던 수많은 신들. 이상하고, 우습고, 예쁘고, 자애로 넘쳐나는 다종다양한 초월존재들. 그것이 오라리오에는, 이 『세계의 중심』에는 수없이 모여 있다.

아이즈는 이를 몸으로 깨달았다.

"흐응…… 저게 로키네 새 아이?"

금발금안의 소녀, 그리고 그녀와 어울리는 여신들.

백색 거탑의 최상층에서 그 광경을 내려다보던 은발의 여신은 손에 들고 있던 포도주를 매끄러운 입술에 머금었다.

"눈부신 금색 영혼…… 그리고 엄청나게 날카로운걸. 마치 칼날 같아. 이런 광채는 처음이야."

그 무엇에도 뒤지지 않는 『미』를 자랑하는 아름다운 여신은 비유가 아니라 그 누구라도 매료시켜버릴 만한 미소를 입술에 그렸다. 매우 흥미롭다는 듯.

그러나 그때, 눈 아래의 주황머리 여신이 시선을 알아차린 것처럼 이쪽을 올려다보았다.

가늘게 뜨인, 머리카락과 같은 색의 눈동자가 그녀를 확실하게 꿰뚫어보며 말하고 있었다.

손댔다간 가만 두지 않을 거라고.

"안 그래."

여기에 은발의 미신은 어깨를 으쓱해보였다.

웃음을 다시 두르고, 오랫동안 알고 지낸 동향 여신에게 가만히 말했다.

"단순한 『검』에는 관심이 없거든."

또 한 차례, 소녀는 만남을 거듭했다.

"자자, 여기데이 여기."

한껏 데메테르와 헤파이스토스의 장난감이 된 후, 센트럴파크를 떠난 아이즈는 로키를 따라 동쪽 메인 스트리트의 한곳에 도착했다.

초췌해진 얼굴을 들자, 대로에 인접해 세워진 그곳은 커다란 주점이었다.

문을 비롯한 건축자재가 새것인 점으로 미루어, 아직 생겨난 지 얼마 되지 않았음을 알 수 있었다.

"아이쭈, 니 기억해도라. 이 가게, 앞으로 계속 신세지게 될 기라. 분명."

어딘가 기분이 좋은 로키의 신의를 알 수 없어 아이즈는 고개를 갸웃했다.

그 의문에 대답해주듯 로키가 말했다.

"이제 막 생긴 가겐데 말이제. 이 살벌해진 오라리오에서도 이 가게는 유일하게…… 느긋하게, 잼나게, 맛난 술을 마실 수 있는 곳이데이."

내가 보장한데이! 라고 하며 신의 손가락이 동그라미를 그렸다.

로키가 그렇게까지 말하는 근거가 무엇인지, 아이즈는

역시 알지 못했다.

아이즈는 술에 전혀 관심이 없었지만, 가게의 간판을 올려다보았다.

이름은 『풍요의 여주인』이라고 했다.

"주인장, 내 왔데이~."

로키와 함께 들어가자, 가게는 어스름하고 휑뎅그렁했다.

카운터 안에서는 한 사람, 눈을 의심할 정도로 몸집이 큰 드워프 여성이 잔을 닦고 있었다.

"지금 우리 가게는 밤부터 영업한다고 내가 몇 번이나 말했어, 얼간이."

"아이다 아이다. 대낮부터 술 퍼마실 생각 없구마."

무뚝뚝하게 대답한 드워프는 아이즈가 보기에도 관록이 있었다.

그것은 모험자, 그리고 실력자라는 의미다. 놀랍게도 그녀의 존재감은 핀이나 가레스와 같거나 그 이상이었다.

그런 그녀에게 주눅들지도 않은 채 로키는 간드러지는 목소리로 말했다.

"오늘 밤에 여그 써도 되나? 응? 내 부탁한데이, 미아 엄마~."

"징그럽구만. 지난번처럼 죄다 불러오든가 말든가."

"이젠 니가 여그 마마 아이가. 우리 【파밀리아】가 전부 여기 단골 될거라~. 응? 괜찮제~? 서비스해도~."

"나 원, 종업원도 별로 없어서 이 바쁜 시기에."

아이즈가 보기에도 징그럽게 몸을 배배 꼬는 로키에게 드워프 안주인은 콧방귀로 대답할 뿐이었다.

문득 아이즈가 인기척을 느껴 돌아보니, 카운터 옆, 주방으로 보이는 입구에 제복을 입은 점원이 지나가는 참이었다. 아이즈보다 연상인 캣 피플. 어딘가 친근감을 느껴버릴 만큼 인형 같은 표정으로 어두운 눈을 하고 있었다.

"아냐! 술 있는 대로 준비해라! 귀찮은 손님이 올 거다!"

그 점원에게 말한 드워프는, 로키와 아이즈의 앞까지 다가왔다.

"근데, 신인이야?"

"맞데이! 우리 아이쭈다!"

"흐응,『인형공주』말이군."

아이즈의 소문은 이런 주점에도 퍼졌는지, 주인은 빤히 내려다보았다.

이윽고, 호쾌한 어머니 같은 웃음을 짓는다.

"이렇게 쬐끄매서 모험자를 어떻게 해먹어! 오늘은 맛있는 걸 배불리 먹여주지! 각오해!"

그 말과 그 웃음에 자기도 모르게 압도되어버렸다.

이곳에 온 이유를 조금씩 알 것 같은 아이즈는 로키를 흘끔 보았다.

주황색 여신은 씨이익 웃었다.

"오늘은 잔치데이, 아이쭈. '얼라들 수고했데이' 잔치."

"그러면 핀과 모두의 활약을 치하하며── 건배!"

『건배!』

로키가 든 커다란 잔에 맞춰 수많은 잔이 쨍쨍 소리를 내며 부딪쳤다.

완전히 해가 저문 밤. 주신의 예고대로 주점『풍요의 여주인』에서는 연회가 열렸다.

"나 원, 돌아오자마자 회식이라니…… 미리 연락이라도 해두란 말이다."

"뭐 어때서 그라노, 리베리아~! 늘 애쓰는 얼라들을 치하해주고 싶었데이~! 내는 이런 것밖에 몬한다~!"

"하하. 그냥 자기가 술 마시고 싶었던 거 아냐, 로키?"

아이즈와 일단 돌아온 후, 로키는 사건을 진압하고 저택으로 귀환한 단원들을 마중하자마자 "이대로 주점까지 간데이~!"라고 외치며 끌고 나왔다. 말했던 대로 잔치를 열기 위해서다.

밤낮으로 싸우고 또 싸웠던 우리 귀여운 권속들도 쉴 시간이 필요하고 어쩌고저쩌고, 는 주신의 핑계고, 아이즈는 핀이 지적한 이유도 다분히 포함되어 있다는 생각이 들었다. 로키가 술을 좋아한다는 것은 늘 술냄새가 나는 그녀와 저택에서 생활을 하면서 이미 알고 있었다.

핀과 리베리아, 가레스와 같은 테이블에서 막 짠 과일 주스를 홀짝홀짝 마시고 있으려니.

"흥. 굳이 이 주점을 쓸 이유가 어디 있다고."

"다 들었다, 늙다리 드워프. 댁만 두들겨 패서 쫓아내줄까?"

콰앙! 테이블에 커다란 돼지고기 통구이가 놓였다.

아이즈가 저도 모르게 흠칫 어깨를 떠는 가운데, 요리를 가져온 드워프 여주인은 투덜거린 가레스를 내려다보고 있었다.

"어디 해 봐라, 불량 주인 같으니. 건방지게 위아래로만 길어져서는."

"그만둬라, 가레스. 다른 단원들이 보고 있다."

"여어, 미아. 오늘은 갑자기 쳐들어와서 미안해. 고마워."

"누가 아니래. 돈은 사양 않고 뜯어낼 거야."

"이 가게는 모험자들한테 뜯은 돈으로 돌아가는 거잖아? 잘 알지. 마음껏 먹고 마시고 갈게."

웬일로 시비조인 가레스를 보고 아이즈가 놀라고 있으려니 리베리아는 늘 있는 일처럼 옆에서 주의를 주고, 핀은 익숙한 태도로 주인에게 싱글벙글 웃음을 짓는다.

드워프 미아는 코를 흥 울리고는 일손이 부족한 주방으로 돌아갔다.

"……저 드워프랑, 아는 사이?"

"뭐, 그런 거다. 질긴 인연이라고 할지……."

"미아는 원래 모험자였어. 지금은 파벌에서 반쯤 탈퇴한 걸로 됐지만, 얼마 전까지는 우리하고 여러 모로 관계가 있었거든."

"흥, 저건 그냥 폭력녀야. 전부 완력으로 해결하려 들고."

"후후. 싸움 상대가 없어져서 서운해, 가레스?"

"멍청한 소리 말게, 핀."

세 사람과 주인 사이에서 얕지 않은 인연을 느끼고 물어본 아이즈는 돌아온 대답에 다시 놀랐다.

"모험자인데, 주점을 열어……?"

"음…… 그 이야기를 처음 들었을 때는 우리도 벌어진 입을 다물지 못했단다."

그렇게 대답하고 낯을 찡그리며 잔을 벌컥 기울이는 가레스의 옆에서, 핀이 푸른 눈을 가늘게 떴다.

"난 미아의 뜻이 훌륭하다고 생각하는데."

"……?"

"미아가 이 주점을 연 이유 말이야. 치안이 나쁜 지금의 오라리오에서, 누구나 웃으며 술을 마실 장소…… 그녀는 그런 걸 만들기 위해 자기 【파밀리아】에서 손을 씻었어."

『아무리 빌어 처먹을 시대라 해도 웃으며 밥을 먹을 수 있는 장소』. 주인의 말버릇이라는 이 주점의 표어를 듣고, 아이즈는 주위를 둘러보았다.

가게 안에는 【로키 파밀리아】의 단원들 이외에도 수많은 데미휴먼이 있었다. 모험자 외에도 노동자로 보이는 무소속 일반인, 기술자 기질이 풍기는 스미스의 무리. 웃음소리를 내고, 술을 마시고, 맛있는 음식에 입맛을 다신다.

낮에 보았던 오라리오의 암울한 공기는 이곳에는 없었다. 정말로 누구나 안심한 표정으로 지금을 즐긴다. 그야말로 떠들썩한 주점의 풍경이 펼쳐지고 있었다.

'……따뜻해.'

솔직히 잔치란 것에 별로 관심이 없었던 아이즈도, 이곳은 마음 푸근하다는 생각이 들었다.

동시에 눈앞의 광경이 과거의 기억과도 겹쳐졌다.

억지로 잔을 받아 곤란한 표정을 짓던 아버지와, 술을 마시고는 춤을 추던 동료들.

그것을 아이즈와 어머니는 웃으며 바라보았다.

옛날의 기억이 마치 고향을 그리워하는 감정처럼 가슴속을 꿰뚫었지만…… 하급 단원들과 술 마시기 대결을 하며 신이 난 로키네 일당의 얼빠진 소란이 그런 마음도 싹 날려주었다.

간판 그대로 이곳은 『풍요의 주점』인 것이다.

"아이즈, 음료수만 마시지 말고 잘 먹어야 한다. 접시 이리 다오."

"리베리아는 완전히 몸에 배었구나."

"흐하하, 누가 아니라나."

"놀리지 마라 핀, 가레스."

세 사람의 대화를 들으며, 리베리아가 쌓아준 야채 샐러드며 생선구이를 천천히 입으로 가져가고 있으려니——

다른 단원들이 갑자기 이쪽 테이블로 쳐들어왔다.

"아이즈~! 가끔은 단장님네 말고 우리하고도 얘기 좀 하자!"

"?!"

"잘 한다 케빈!"

단원들은 평소에는 감정이 희미한 아이즈에게 별로 말을 걸지 않았지만, 지금은 술의 힘 때문인지 고삐가 풀려버린 모양이었다. 완전히 취기가 오른 그들 그녀들은 친목회라는 양 아이즈의 자리를 에워쌌다. 【파밀리아】 내에서는 인형, 다시 말해 마스코트, 라기보다는 레어 몬스터, 가아니라 레어 휴먼 취급인 수수께끼의 신입단원에 모두가 전부터 흥미진진했던 것이다.

반면 아이즈는 깜짝 놀라 얼어붙었다.

"아이쮸, 가 아니고 아이즈! 언니들 마시는 맛난 마법의 물 마셔보지 않을래?" "거기 너희들! 뭘 먹이려는 거냐!" "아나 리베리아, 가끔은 마 괜찮지 않나." "이 신기한 물을 마시면 강해져!"

"강해져?"

단원들이며 리베리아며 로키의 온갖 대화가 겹쳐져 제대로 들리지 않게 된 가운데, 소녀는 『강해진다』는 말에 반응했다. 세상 물정 모르는 천연산 얼빵이 기질을 발휘해, 단원이 내민 잔을 받아들고 말았다.

쓴웃음을 지으며 간과하는 핀, 재미있다는 듯 수염을 만지작거리는 가레스가 지켜보는 가운데 과일 냄새가 감도는 신기한 물—— 과일주를 마셨다.

"…………………."

"어때, 아이즈! 맛있지?!"

"기분이 좋아지지! 자자 우리하고 얘기 좀 하자~!"

"……어라? 아이즈~?"

"상태가……?"

장난기가 동했던 단원들과는 달리, 아이즈는 반응이 없었다. 두 손으로 들었던 빈 잔을 테이블 위에 툭 놓는다.

"……아이즈?"

"아이쯔?"

리베리아와 로키가 의아한 눈빛을 보낸 다음 순간.

스파앗!

"끄아아아아아아아아아아아아아아아아아아아아아아아악?!"

"케, 케빈―?!"

"케빈이 당했다아?!"

애검을 손에 든 어린 소녀에게 한 단원이 베였다.

"저기, 아이즈?!"

"……딸꾹."

"끼야아아아아아아아아아아악?!"

"……딸꾹."

"으아아아아아아아아아아앙?!"

"취, 취했다?!"

"누가 검을 빼앗아!"

"……딸꾹."

"우와아아아아아아아아아아악?!"

"또 하나 당했다아!!"

귀여운 딸꾹질 뒤에 뿜어져나오는 통렬한 참격.

얼굴을 새빨갛게 물들인 어린 소녀에게 한 사람, 또 한 사람 도시 최강 파벌의 모험자들이 베여 날아갔다.

술의 힘으로 아이즈는 변모했다. 아름다운 금색 눈은 이제 흐리멍덩한 채 눈꼬리를 늘어뜨렸으며, 이성의 빛은 없었다. 대신 펼쳐지는 것은 무구한 검기였다.

제정신이 아닌 어린 여검사의 손에 왁자지껄하던 주점은 혼돈의 유린장으로 변했다. 비유가 아니고 정말로 비명과 피를 뿜으며 퍽퍽 쓰러져가는 단원들. 의자도 테이블도 마구 베여 파편이 튀었다. 심상찮은 사태에 주위의 손님들까지 절규하기 시작하는 상황이었다. 지옥이 따로 없었다.

그 광경에 수뇌진은 시간이 얼어붙은 듯한 표정을 지었다.

"저, 저건——『취검(醉劍)』!!"

"저걸 아나, 로키?!"

"지금 되는 대로 붙인 이름인데 틀림없데이! 취해선 마구잡이로 베어대는 금단의 오의!!"

"보면 누가 모르나!! 말려라, 가레스!"

가레스와 로키의 만담에 고함을 빽 지르며, 진심으로 당황한 리베리아가 의자를 박차고 일어났다. 식은땀을 흘리

는 핀과 가레스와 함께, 부웅 부웅 소리를 내며 검을 휘둘
러대는 어린 여검사를 붙잡으려 했지만,

"——이 바보 계집애가."

그보다도 먼저.

어느 사이엔가 뒤에 나타났던 드워프 주인이, 휙 올라온
칼끝을 맨손으로 잡았다.

단 두 개의 손가락으로.

"……딸꾹?"

"술을 마시는 건 자유지만 지나치게 고삐를 풀지 말
것…… 이 가게의 규칙이다. 기억해둬라."

전혀 꼼짝도 않는 검에 의아하다는 듯 뒤를 돌아보는 아
이즈.

차디찬 음성으로 말하던 주인, 미아는 두 눈을 번쩍
떴다.

"가게 물건을 부수지 말란 말이다—— 이 멍청아아아아
아아아아아아아아아아아아아아아아아아아아아아아아아아아
아아아아아아아아아아아아아아아아!!"

"우꺄욱?!"

분노의 철권이 어린 소녀의 정수리에 작렬했다.

리베리아의 꿀밤과는 비교도 되지 않는 위력. 아이즈는
일격에 격침당해 쓰러졌다. 떨그렁 메마른 소리를 내며 검
이 바닥에 떨어졌다.

로키는 낯이 완전히 새파랗게 질려버렸으며, 리베리아

는 뺨을 실룩거리고, 핀과 가레스는 먼 곳을 보는 표정을 지었다. 조용해진 가게. 주점 한복판에 우뚝 서서 씨근덕 거리는 오우거, 가 아니라 주인장의 모습에 다른 점원들이 며 손님까지 모두가 겁을 집어먹었다.

의식이 완전히 사라지기 직전, 무시무시한 충격에 취기 에서 깨어난 아이즈는 바닥과 포옹하며 생각했다.

――여기서는 절대 장난을 치지 말자.

이 날, 아이즈에게는 절대 술을 마시게 해서는 안 된다 는 문장이 【로키 파밀리아】의 절대조항에 추가되었다.

그와 동시에 『풍요의 여주인』에서는 결코 고삐를 풀어서 는 안 된다는 불문율이 손님들 사이에 공유되기도 했다.

4장

남은 자,
남겨진 자

Гэта казка іншага свяці.

© Kiyotaka Haimura

아이즈는 뻣뻣이 서 있었다.

그것을 앞에 두고, 움직임을 멈춘 채, 호흡을 잊은 채, 말을 잃은 채.

"이건……."

눈앞에 있던 것은 인간의 몸통만큼 커다란, 칠흑색 비늘.

잘 연마된 흑요석과도 같은 덩어리를 보고, 아이즈의 가슴이 두쿵 소리를 내며 떨렸다.

아이즈 일행이 마을에 체류한 지 사흘째.

오늘 『에다스 마을』에서는 풍요를 기원하는 축제가 열렸다. 비도 그쳐 사람들이 준비에 힘쓰는 가운데, 아이즈와 벨은 도움을 받은 보답으로 이를 돕기로 했다. 리나 일가를 제외하면 처음으로 마을 주민들과 제대로 된 교류를 하게 된 셈이다. 어른들에게는 주목을 받고 아이들에게는 인기를 끌어 처음에야 당황했지만, 착한 마을 주민들과 이내 터놓고 지낼 수 있었다. 준비를 거들며 아이즈도 몇 번인가 웃음을 지었다.

좋은 마을이구나.

진심으로 그렇게 생각한 직후.

아이즈 앞에 그것이 나타났다.

그것은 한껏 장식이 된, 돌로 지은 조그만 오두막 안에 놓여 있었다.

잘려나간 흔적이 있는 우툴두툴한 윤곽.

으스스한 칠흑색 광택에 아이즈는 피부가 술렁거리는 것을 느꼈다.

길가에 뻣뻣이 선 채 아연실색한 아이즈의 시선을 알아본 마을 주민 한 사람이 이해했다는 듯 입을 열었다.

"모험자님, 그건 **흑룡님의 비늘**이랍니다."

아이즈는 귀를 의심했다.

"흑룡, 님……?"

그것은 『애꾸는 용』이라고도 불리는 먼 옛날의 용이다.

『고대』, 지상에 진출했던 몬스터 중에서도 가장 강했던 괴물 중 하나. 육지의 왕 베히모스, 바다의 패왕 리바이어선과 함께 『3대 퀘스트』에 포함된, 세계가 고대하는 토벌 목표. 제우스, 헤라의 위대한 두 파벌에 의해 베히모스와 리바이어선은 토벌되었으나 마지막 한 마리인 『흑룡』은 반대로 당시 세계 최강이던 모험자들을 모조리 격파했다. 그것은 세계를 나락으로 빠뜨릴 정도의 절망을 가져다주었으며, 이블스를 비롯한 『악』의 대두까지 초래했다. 전설의 용은 지금도 대륙 끝에서 살아있다.

현재는 잠이 든 것으로 여겨지는 용이 깨어나는 순간——그것이 종말의 시작이자 파멸의 방아쇠라고도 한다.

『흑룡』 토벌은 하계 전체의 『비원』이었다.

모두가 오라리오에 바라는 책무였다.

아이즈도 알고 있다.

모를 리가 없다.

하지만 어째서 그런 재앙의 상징이 이 마을에서는 숭상을 받고 있는가.

"옛날에 오라리오에서 쫓겨난 흑룡님은 이 마을 상공을 지나면서 비늘을 몇 장 떨어뜨렸다고 하죠."

"……!"

"그 비늘을 두려워해서 몬스터는 다가오질 않아요. 이 비늘이 있기에 우리는 무사히 생활할 수 있는 겁니다. ……이 비늘은 우리 마을의 수호신이에요."

비늘에서 뿜어져 나오는 고룡의 기척. 모든 괴물의 정점에 선 왕의 파동.

몬스터는 이를 본능으로 느끼고 진심으로 두려워하여 다가오질 않는다고, 그 덕에 마을은 평온을 유지할 수 있다고 한다.

아이즈는 충격을 받았다.

이상하다고는 생각했다. 몬스터가 활보하는 『베올 산지』 깊은 곳에 있으면서 이 마을에는 조금도 습격의 흔적이 없다는 사실이.

이 비늘이 『에다스 마을』을 지켜주고 있었다.

"『3대 퀘스트』에 대해서는 물론 알지요……. 흑룡님이 토벌되지 않으면 언젠가 세계가 멸망한다는 사실은, 용의 은혜를 입고 있는 우리가 제일 잘 알고 있습니다. 하지만 숭상하지 않을 수가 없는 겁니다. 기도하지 않을 수 없는 겁니다."

마을 사람은 눈을 감고 습관처럼 손을 모아 기도를 올렸다.

'몬스터가, 지켜준다고……?'

모험자도, 신도 아니고.

흉악하고 추악하며 잔혹한 괴물이.

물컹 소리를 내며 시야가 일그러지는 기분이었다.

몬스터는 인류의 적. 사람들에게 슬픔과 눈물을 가져다주는 절대악. 아이즈는 그렇게 믿고 있었다. 그렇게 믿으며 오늘까지 검을 휘둘러왔다.

하지만 없애야만 할 존재가, 아이즈의 동포를 지켜주고 있다.

아이즈의 가치관이 파괴되었다. 절대 진리가 뒤집히고, 구역질과도 비슷한 충동이 마음을 헤집어놓았다.

──용의 신앙이 뿌리 내린 마을.

아이즈가 몰랐던 세계였다.

알아서는 안 될, 진리의 측면이었다.

'몬스터는, 쓰러뜨려야만 해…… 괴물은, 몬스터는……『용』은……!'

헤집어진 감정이 멈추질 않았다.

『몬스터가 사람들을 지킨다』니, 그런 절대적인 모순은 받아들일 수 없었다.

『사람들과 공존하는 괴물』따위 존재해서는 안 된다.

이를 인정해버리면 아이즈의 존재이유가, 그동안 내세웠던 검의 의지가 흔들린다.

아이즈의 검은, 오로지 괴물의 묘비여야만 하므로.

마음의 둑을 터뜨린 슬픔의 파도가, 증오의 불꽃이 가슴 속에서 밀려 올라왔다.

아이즈는 불타는 『에다스 마을』의 환영을 보았다. 자신의 고향과 겹쳐지며 아이즈의 마음을 엉망진창으로 찢어 발겼다.

"모, 모험자님……?"

"!"

겁을 먹은 마을 사람의 목소리에 정신이 돌아왔다.

어느 샌가 아이즈의 오른손은 데스퍼러트의 자루를 쥐고 있었다.

떨릴 정도로 꽉 쥔 손가락이 달그락달그락 소리를 냈다. 당장이라도 검을 해방하려 했다.

자루에 파고든 손가락을, 아이즈는 의지력을 동원해 겨우 떼어냈다.

"……죄송합니다. 조금, 걷고 올게요."

"아, 네……."

허락을 받고, 아이즈는 그 자리를 떠났다.

목소리를 높이고 웃으며 축제 준비를 하는 사람들에게는 눈길도 주지 않고 마을 안을 걷는다. 칠흑의 비늘은 하나만이 아니라 여럿 존재했다. 수많은 파편을 떨어뜨렸는지, 아니면 마을 사람들이 쪼갠 것인지. 강도나 신앙의 문제를 생각해보면 아마 전자일 것이다. 비늘은 대부분 『에다스 마을』의 바깥쪽 가장자리, 숲과의 경계를 따라 비석처럼 설치되어 있었다.

하나씩 발견할 때마다 꼼짝도 하지 않고 바라보았으며, 주먹을 부르쥐었다.

그때마다 검을 뽑으려 하는 충동을 의지로 억눌러야만 했다.

설령 시커먼 불꽃이 가슴을 태우더라도, 이 마을 사람들을 위해 간과해야만 한다. 용의 비늘이 모셔진 바로 옆에서 웃음이 넘쳐나는 이 마을의 광경을, 괴물의 기척 바로 옆에서 사람들의 생활이 양립하는 모순된 광경을. 자신의 마음과 타협해야만 한다. 아이즈는 몇 번이나 스스로를 타일렀다.

시간이 흐르고, 하늘이 꼭두서니색으로 물들었다.

저녁이 되어 서쪽 산마루로 해가 저물려 했다. 황혼의 빛에 휩싸인 마을에서 아이즈는 처음 발견한 비늘 앞으로 돌아와 있었다.

마을의 거의 중앙.

장식이 된 그 석조 오두막은 제단이었으며, 비늘 앞에 놓인 음식은 공물이었다. 마을 사람들에게 숭상과 외경심을 모으는 용의 일부.

세계를 부수는 재앙의 파편이어야 할 터.

"아이즈 씨?"

벨의 목소리가 등을 두드렸다.

뒤에 멈춰 선 소년의 기척에, 아이즈는 지금만큼은 반응하지 못했다. 그럴 여유를 보일 수 없었다.

소년에게 얼굴을 보이지 않도록 눈앞의 비늘만을 바라보며, 입을 다문 채, 시선을 계속 보냈다.

이윽고 벨은 감상을 그대로 말하듯 이런 소리를 꺼냈다.

"뭔가, 꼭 신 같네요."

그 순간.

아이즈의 시커먼 불꽃이 높이 피어났다.

시야가 깜빡거릴 정도로 격렬한 감정의 파도에 지배당해, 입술이 부정하는 말을 토해냈다.

"저런 건 신이 아니야."

스스로도 놀랄 만큼 그 목소리는 무겁고 차가우며 날카롭게 울리고 있었다.

"_____."

뒤에 있던 벨이 말문이 막힌 것을 알 수 있었다.

한순간 새나온 아이즈의 가감 없는 감정에, 어둠의 편린을 접해 숨을 멈춘 것이.

"…………."

소년의 겁먹은 기척을 느끼고, 아이즈는 살짝 눈을 내리깔았다.

새하얀 그에게 이 시커먼 불꽃을 들이대서는 안 된다는 한 조각의 이성을 되찾았다.

불꽃을 억누르고, 감정을 자제했다.

돌아보았을 때는 【검희】로 있을 수 있도록, 인형의 가면을 다시 썼다.

"가자."

"……네, 네에."

돌아서서, 아이즈는 오두막 앞에서 발을 떼었다.

뻣뻣이 서 있던 벨이 황급히 뒤를 따라온다.

어깨를 나란히 하고 옆얼굴을 슬쩍 살피는 그는 아무 것도 물으려 하지 않았다. 현실과 환상의 경계를 헤매는 것 같은 표정이었다.

그러면 된다고, 아이즈는 생각했다. 아무 것도 묻지 않기를. 지금 물었다간 감정을 이기지 못한 채 말이 넘쳐버릴 것 같으니까.

별것 아닐지도 모르지만 어깨와 어깨의 간격이 멀었다.

숫제 절망적일 정도로.

아이즈는 소년의 존재가 단숨에 멀어져가는 것만 같았다.

아니, 자신이 세계로부터 떨어진 것이다.

황혼에 휩싸인 마을, 조그만 세계 속에서, 아이즈는 자신이 외톨이가 된 감각을 맛보았다.

⊡

흐트러진 마음을 되돌리느라 고생을 했다.

혼자 남은 채, 눈을 감고, 《데스퍼러트》를 만지며 마음 속의 불길을 가라앉혀 겨우 조금 회복되었다.

아직 끝나지 않은 축제 준비에서 빠져나와, 촌장의 저택으로 돌아온 아이즈는 복도의 창가에 기대 선 채 밖을 바라보았다. 광장에는 굵은 통나무가 몇 겹으로 쌓였다. 분명 저기에 화톳불을 피우는 것이겠지.

축제를 앞두고 웃음소리가 끊이지 않는 광경을, 용의 가호를 받는 마을을 조용히 바라보았다.

"이 마을이 싫으십니까?"

"!"

그렇게 말을 건 목소리의 주인은 촌장 캄이었다.

아이즈가 놀라고 있으려니, 딸 리나도 없이 혼자 온 고령의 노인은 옆에 나란히 서서 창밖의 경치와 마주했다.

"오늘 아침까지와는 다른 눈을 하신 것처럼 보여서요."

"그건……."

아뇨, 라든가, 전혀, 라든가.

부정의 말을 입에 담으려 했지만 흘러나오질 않았다.

말문이 막힌 채 필사적으로 대답을 하려는 그런 아이즈

를 내버려둔 채, 캄은 마음에 두는 기색도 보이지 않고 말을 이었다.

"이 마을은 용의 비늘이 지켜주고 있습니다. 외부에서 본다면 지독한 이단으로 비치겠지요."

"저는……."

"생각하시는 바가 있더라도 전혀 이상할 것 없습니다. 몬스터를 쓰러뜨리는 모험자님이나…… 몬스터에게 소중한 것을 빼앗긴 사람의 입장에서는."

"!"

아이즈는 눈을 크게 떴다.

마치 모두 내다보고 있는 것처럼, 느릿느릿 말을 이은 캄은 앞을 본 채 웃었다.

"저도 처음에는 이 마을이 싫었습니다."

"네……?"

자신도 모르게 되묻은 아이즈에게 휴먼 노인이 대답했다.

"부끄러운 말입니다만, 저도 어떤 여신님의 권속이었는데…… 한심하게도 그분을 지키지 못한 채 잃고 말았지요. 실의에 빠진 저는 스스로 목숨을 끊고자 『베올 산지』에 들어왔습니다."

저녁놀에 물든 옆얼굴과 추억에 잠긴 그 눈을 보고, 그가 그 여신에게 사랑을 맹세했던 사람임을 아이즈는 깨달았다.

"하지만 이 마을에 도착하고 말았지요. 저를 구해준 마을 사람들에게, 처음에는 분노하며 길길이 날뛰었습니다. 왜 죽게 내버려두지 않았느냐고."

"그게, 싫어진, 이유……?"

"예. 그러나…… 마을 사람들은 저를 내버려두려 하지 않았습니다. 고독에 붙들린 제 손을 잡아주었죠……."

구원을 받고 말았다고, 세계에 절망했음에도 눈물을 흘리고 말았다고, 캄은 조용한 미소와 함께 그렇게 말했다.

"이 마을 사람들은, 이곳에서 태어난 아이들을 제외하면 모두 『상처』를 안고 있습니다. 그때까지 생활했던 세계로부터 떨어져나와, 절망하고, 말라버릴 정도로 눈물을 흘리고……."

"…………."

"어쩌면 『상처』를 서로 핥고 있는 것뿐인지도 모르지요. 그러나 그들 덕에 생각할 수 있게 되었습니다."

마을의 광경을 바라보며 노인의 눈이 가늘어졌다.

"나는 『혼자』가 아니었다고."

아아, 그건, 마치――.

아이즈의 가슴이 추억의 문을 두드리는 가운데, 캄은 이쪽을 돌아보았다.

"아이즈 씨…… 당신은 저와 비슷한 것 같습니다."

"…………."

"불쾌한 기분이 드셨다면 죄송합니다. 늙은이의 헛소리라고 흘려들어주시면 됩니다."

그리고 아이즈는 깨달았다.

저녁놀의 빛에 물들기는 했지만, 캄의 낯빛이 처음 만났을 때보다도 나빠졌음을.

흠칫 놀라는 아이즈에게 캄은 웃음을 무너뜨리지 않고 말을 이었다.

"아직 치유되지 않은 당신의 『상처』를, 누군가가 메워주기를…… 기도하겠습니다."

아이즈는 한동안 아무 말도 하지 못했다.

황혼에 물든 한 노인에게, 부정하지도 얼버무리지도 못한 채, 그저 바라보기만 했다.

혼자가 아니라고 캄은 말했다.

그러나 그는 누군가를 잃은 아픔을 지금도 안고 있다.

그가 말하는 기도란 자신처럼 되지는 말라는 호소일지도 모른다.

입을 다물고만 있던 아이즈는, 무슨 말을 해야 좋을지 모르는 채, 그저 마음에 떠오른 말을 입술에 얹었다.

"……고맙, 습니다."

해가 저물고 밤이 되어.

예정대로 『에다스 마을』의 축제가 열렸다.

타오르는 커다란 화톳불을 중심으로, 광장에서는 수많은 음식이 나오고, 음료를 손에 든 마을 사람들로 북적거렸다. 어린 아이들은 오늘 이 날을 한껏 고대했는지 들떠

서는 술을 기울이는 어른들 사이를 쪼르르 쪼르르 뛰어다
녔다. 『에다스 마을』에는 온갖 종족의 데미휴먼이 있었으
며, 그 중에서도 하프가 많은 것이 특징이었다.

"저기, 정말 괜찮아요, 주신님? 정말로 무리하지 않으시
는 편이⋯⋯."

"괜찮다고 했잖느냐! 벨이 그렇게 헌신적으로 달라붙어
간병해주었는데 건강해지지 않으면 이상하지!"

걱정스러워하는 기색을 보이는 벨에게 헤스티아가 웃음
으로 대답한다.

사흘 동안 안정을 취해 건강이 회복되었는지, 그녀는 벨
과 아이즈를 끼고 축제에 참가하려 했다. 옷은 리나가 어
렸을 때 입던 것으로, 붉은색을 기조로 한 아이즈의 것과
는 대조적으로 푸른색 의상이었다. 나란히 서 있으니 꼭
자매 같다고 리나가 놀렸다.

'⋯⋯헤스티아 님도 기운을 차렸으니, 내일이라도, 마을
을⋯⋯.'

【헤스티아 파밀리아】 두 사람의 유쾌한 대화를 들으면서
도 아이즈는 멍하니 생각했다.

이 마을에 복잡한 감정을 품고 있었다. 자신이 이상해져
버리기 전에 얼른 이곳을 떠나고 싶다. 그런 생각이 없
었다면 거짓말일 것이다. 하지만 지금은 어떨까.

마음이 술렁거린다거나 그런 것이 아니라, 그렇다, 불안
정한 기분이었다.

자신의 발밑이 휘청휘청 흔들리는 그런 느낌.

캄과 나눈 대화로 조금 진정되기는 했지만, 마음은 자꾸만 딴 곳으로 가려 했다.

어둠 속에 타오르는 화톳불의 광경을 벨과 헤스티아와 함께 보았다.

마석등과는 전혀 정취가 다른 자연의 빛에, 아이즈는 무의식중에 예쁘다고 중얼거리고 있었다.

"아, 여신님!"

"몸은 이제 괜찮아요?"

세 사람의 곁에 주민들이 몰려들었다.

캄에게 이야기를 듣고 걱정했던 사람들이다. 개중에는 저택까지 찾아와 자양효과가 있는 약초 같은 것을 나눠준 사람도 있었다.

『에다스 마을』에는 신이 없으며, 남녀노소를 불문하고 헤스티아를 에워쌌다. 특히 어린 아이들은 그녀에게 흥미진진했다. 처음에는 당황하던 헤스티아도 고맙다며 활짝 웃었다.

그때.

"응······?"

노래가 들려왔다.

마을 사람들의 활달한 노랫소리와 박수가 울리고, 어느샌가 화톳불 주위에서는 남녀가 한 쌍이 되어 춤을 추기 시작했다.

"저건 마을의 춤인가? 어쩐지 젊은 아이들이 많은 것 같다만……."

"아, 저건 말이지요…… 마을의 규칙까지는 아닙니다만…… 결혼하지 않은 남자가 춤을 추자고 제안하는 건 말하자면 고백이고, 여자가 받아들이면 경사롭게 연인이 될 수 있다는, 뭐 그런 관습 같은 것이 있어서요……."

"호, 호오?"

"오늘은 풍요를 기원하는 축제이니, 혹시 괜찮으시다면 여신님도 추고 가십시오!"

"저희에게 부디 풍작의 은총을!"

돌아온 대답에 헤스티아는 안절부절 못하기 시작하는가 싶더니, 여신의 축복을 바라는 마을 사람들에게도 채근을 받아 어흠, 하고 매우 연극적인 태도로 헛기침을 했다.

"아~ 벨? 나는 갑자기 신으로서의 책무를 다해야만 하게 된 것 같다만…… 그래서, 음, 그 뭐냐."

화톳불의 빛을 받으며, 여신은 어딘가 침착하지 못한 기색으로 소년을 흘끔흘끔 보았다.

"나와 함께 춤을 추겠다면…… 그 건은 물에 흘려보내줄 수도 있다만."

'그 건'이 얼마 전에 벨이 말했던 『싸움』을 가리킨다는 것을 아이즈도 알 수 있었다.

헤스티아의 발언에 주위의 마을 사람들이 환호하며 기뻐하는 가운데, 연신 눈을 깜빡이던 벨은 이윽고 멋쩍게 ──풀어지려 하는 뺨을 다잡듯── 고개를 끄덕였다.

"알았어요…… 춤춰요, 주신님."

"제대로 청해다오, 벨. 거기 있는 발렌아무개 군…… 아폴론의 연회에서 저 아이와 추었을 때처럼 말이다."

갑자기 이름이 튀어나와 아이즈는 어리둥절했다. 자기도 모르게 살짝 고개를 갸웃거렸지만, 여신이 무슨 말을 하려는 지는 이해했다.

"안 봐도 뻔하다. 분명 젠체하는 말로 춤을 청했겠지?"

다시 말해 그런 것이다.

전에 어떤 연회에서 아이즈는 벨과 춤을 춘 척이 있다. 그때는 헤스티아가 춤을 추지 못했던 것 같으니, 이번에는 그녀의 차례라고 한다면 그것도 옳은 말이다.

얼굴을 붉히며 당황하는 벨과는 달리 마을 사람들은 환호하며 부추겨댔다.

아이즈는 사태의 추이를 지켜보고 있었다.

빠안히, 눈을 떼지 않은 채.

땀을 삐질삐질 흘리며 아이즈와 헤스티아를 번갈아 바라보던 벨은…… 결심한 것처럼, 여신에게 손을 내밀었다.

"……부, 부디, 저와 춤을 추어주십시오, 여신님!"

"그래!"

얼굴을 새빨갛게 물들인 소년의 손을 잡고, 타오르는 화톳불 앞으로 향한다.

마을 사람들이 손뼉을 치고 갈채를 보낸다. 불똥이 환영하듯 너울거렸다.

두 손을 맞잡은 즉흥 포크댄스. 여신은 웃음을 터뜨리고, 소년도 쓴웃음을 지었다. 어딘가 기뻐하듯.

"…………."

여신과 소년이, 사이좋게 춤을 춘다.

조금 가슴이 시큰해진 것 같았다.

그것은 용의 비늘을 보았던 탓이라고 아이즈는 생각했다.

가슴에 숨겨둔 시커먼 불꽃이 높이 타올라 과거의 사건을 떠올리고 말았기 때문이라고.

하지만 문득 깨달았다.

'아…… 아니구나.'

쓸쓸한 거야.

아이즈는 갑자기 가슴의 공허함이 무엇인지를 이해했다.

'레피야도, 티오나도, 티오네도…… 리베리아나 다른 사람들도 없고, 혼자뿐이라.'

영문 모를 괴물의 비늘까지 놓여있어서. 여기에 지독하게 당황했다.

마을의 성립 배경을 알고, 캄의 이야기를 듣고, 자기 자신을 잃어버릴 정도로 발밑이 휘청거렸다.

그러므로 이것은 그 연장선상에 있는 것이다. 떠들썩한 축제 속에서, 정서가 불안정해진 아이즈만이 녹아들지 못했다. 지금도 인형 같은 【검희】의 가면을 쓴 아이즈는 이물질이었다.

지금 이 때만큼은, 아이즈는 『혼자』였다.

리베리아나 다른 사람들과 만난 후로 1년 남짓, 호되게 느꼈던 고독의 맛을 떠올렸다.

유일하게 기댈 곳이었던 벨과 헤스티아도 사라져서…… 어쩔 줄을 몰랐다.

'나만, 이 자리에, 어울리지 않아…….'

아이즈는 벨과 헤스티아의 춤으로부터 눈을 떼지 못한 채 가만히 이동했다.

'아냐…… 가면, 안 돼.'

마을 사람들의 바깥쪽으로 벗어나, 몸을 숨기듯 가옥에 기대서서 벽을 장식했다.

사람들의 웃음소리. 일렁이는 밝은 불꽃. 아버지와 손을 잡은 휴먼 여자아이, 신이 나서 너무 설치다 어머니에게 야단을 맞는 수인 소년. 이 얼마나 다정한 광경일까. 지금의 아이즈에게는 마치 책 속의 세계 같았다. 가옥의 그늘이 몸을 차갑게 안아주었다.

아이즈에게 말을 거는 이는 없었다. 오히려 이 사람들의 즐거움을 자신 같은 이가 방해하지 않도록 기척을 끊었다.

아무의 눈에도 뜨이지 않는 것은 옛날부터 주특기였다.

『영웅』에게도 들키지 않았을 정도니까.

자신에게서는 보기 드물게도 자학이 들어간 그런 말을

떠올리고 있으려니.

"——저기, 아이즈 씨."

자신에게 건네는 말에 두근, 심장이 놀란 것처럼 뛰었다.

어느 사이엔가 헤스티아와의 춤을 마치고 자신을 찾아낸 소년에게, 동요를 들키지 않도록 【검희】의 가면을 얼굴에 가져다 붙였다.

아이즈는 아무 일도 없었다는 듯, 간격을 두고 대답했다.

"……응."

소년에게 흘끔 시선을 돌린 후, 광장 한복판을 바라보았다.

"다들, 즐거워 보이네……."

곳곳에서 피어나는 마을 사람들의 웃음꽃에 이끌린 것처럼, 아이즈는 문득 그렇게 생각했다.

솔직하게 인정하려 들지 않고, 숨겨놓았던 선망을 내비치며.

벨 탓이다.

벨 탓에 깨닫고 만 것이다.

그 선망의 감정을.

기껏 자기 자신을 숨겨놓았는데.

책 속의 세계를, 눈부신 것을 바라보듯 눈을 가늘게 뜬 아이즈는 결코 벨 쪽을 보려 하지는 않은 채…… 조금 토라진 것처럼 말하고 말았다.

"……춤, 잘 추더라."

"어…… 고맙습니다."

"……응, 잘 췄어."

"어, 네……."

"…………."

"…………."

대화가 끊어졌다.

왜 이런 소리를 해버렸을까. 아이즈도 잘 알 수 없었다.

지금의 자신은 정말로, 조금 이상할지도 모른다.

"저, 저기, 춤 안 추세요?"

"다들, 즐거워하는 것 같고…… 내가 들어가면, 안 될 것 같아서."

"그, 그럴 리가요!"

"게다가…… 같이 출 사람이 없으니까."

──어린아이 같아.

마음속의 또 다른 조그만 아이즈가 그렇게 중얼거렸다.

그야 정말로 어린아이인걸.

아이즈가 눈을 내리깔며 마음속으로 받아치고 있으려니,

"저……저라도, 괜찮다면……."

긴장 어린 그 목소리에, 눈을 크게 뜨면서, 겨우 벨 쪽을 보았다.

소년은 얼굴을 새빨갛게 물들이고 있었다.

"……같이, 출 거야?"

나 같은 사람과?

이 세계에 녹아들지 못하는 인형 같은 자신과?

눈으로 그렇게 묻자, 소년은 새빨개진 얼굴로, 우스울 만큼 갈팡질팡했다.

"어—— 그게, 아이즈 씨가 좋으시다면 말이지만요……?!"

시선을 좌우로 이리저리 떠는 벨은 아이즈를 쳐다보는가 싶더니, 언젠가 있었던 파티처럼 손을 내밀었다.

그 루벨라이트색 눈을 바라본 아이즈는, 쭈뼛쭈뼛, 조심조심 그 손을 잡고자——

"——콰—앙!!"

"아."

"커흑?!"

옆에서 날아든 여신의 태클이 벨의 옆구리에 직격했다.

"어허라발렌아무개군춤상대가없느냐?! 그렇다면나와추자꾸나!!"

"……고맙, 습니다?"

헤스티아는 눈을 깜빡깜빡하는 아이즈의 손을 낚아채듯 잡아당겼다.

날아가버려 끙끙거리는 벨을 내버려둔 채, 따뜻한 빛이 비추는 화톳불 쪽으로 데리고 간다.

"나 원, 정말로 방심할 수 없는 녀석이로구나, 발렌아무개 군……! 나의 벨을 멋대로 유혹하다니, 용서 못한다!"

"죄, 죄송합니다……?"

헤스티아의 험악한 태도에 아이즈는 자기도 모르게 사과하고 말았다.

두 손을 맞잡고 춤을 추는 대열에 합류했다.

"그런데 무얼 그리 고민했느냐."

"어…….."

"벨 대신 간병해주었을 때부터 계속 무언가를 생각했지? 나도 여신이다. 그 정도는 알고말고."

아이즈는 그날 들어 가장 크게 놀랐다.

헤스티아는 부루퉁한 표정을 지으면서도 스텝을 밟았다.

"쓸데없는 짓을 해서 로키에게 한 소리 듣는 것도 아니꼽겠다 싶기는, 하다만……."

"…………."

"지금 너는 꼭 미아 같은 얼굴을 하고 있구나. 애석하게도 나는 그런 아이를 내버려둘 수 없단 말이지. 차, 착각하지 마라. 결코 너를 도와주겠다거나 하는 것은 아니니까!"

헤스티아의 손에 이끌린 아이즈는 위태롭게 몸을 숙여야 했지만 꾹 참았다.

"……저는."

아이즈는 조심스레 입을 열었다.

"저는, 역시 외톨이, 가 아닐까 해서……."

"…………"

"이 마을에 대해 알고…… 그러니까, 무서워졌어요……."

어휘가 부족하고 지리멸렬하다는 것은 스스로도 알 수 있었다.

그러나 그녀의 푸른 눈에 독백하듯, 입을 멈추지는 않았다.

"헤스티아 님은…… 무섭지, 않으세요? 누군가가, 자신을 남겨두고 가버린다는 게……."

"누군가가, 남겨두고 가?"

"……자기 앞에서, 소중한 무언가가 사라져버린다는 게……."

신에게 이런 질문을 한 것은 처음 있는 일이었다.

하지만 신들에게 계속 묻고 싶었던 말이기도 했다.

캄의 얼굴이 뇌리를 스쳤다. 아이즈와 마찬가지로, 잃어버린 아픔을 끌어안은 한 노인의 얼굴이.

그렇다.

『영원』을 살아가는 신들에게는 반드시 『이별』이 약속되어 있으니까.

헤스티아는 잃는 자다. 남겨져버리는 자다.

아이즈는, 잃은 자다. 남겨져버린 자다.

그런 마음의 공백은 영원한 고독과도 비슷했다.

자신을 기다리고 있을 영원한 고통과 슬픔이 무섭지 않느냐고, 아이즈는 묻고 있었다.

"……무섭지 않다면 거짓말이 되겠지. 아니, 쓸쓸하다고 해야 할까. 하계 아이들과의 교류는…… 그들과의 사랑은, 우리에게는 한순간이다."

헤스티아는 그저 몸을 흔들거리기만 하는 춤을 이어나가며 대답했다.

신들의 사랑은 한순간. 그렇게 말하는 헤스티아에게 아이즈는 눈을 크게 떴다.

"하지만 말이다. 우리는 의외로 뻔뻔해서, 아이들과의 인연을 영원한 것으로 만들려 한단다."

"네?"

뺨을 붉히며, 헤스티아는 한껏 활짝 웃었다. 장난꾸러기 어린아이처럼.

"게다가 너희도 누군가와 나눈 인연을 영원한 것으로 만들 수 있단다."

놀라는 아이즈에게, 비장의 『마법』을 가르쳐주는 것처럼 말을 이었다.

"떠올려보거라. 첫 만남으로부터 시작된 수많은 추억들을. 소중한 누군가가 너에게 미소를 지어준다면, 자, 그것이 너의 영원한 인연이란다."

"그런 건……."

헤스티아의 『마법』은 너무나도 간단한 것이어서, 맥이 빠지고, 실망감이 들었다.

게다가 그것은 슬픔과 아픔까지도 수반하는 것이다.

"발렌아무개 군. 나는 말이다, 추억은 살아있는 거라고 생각한다."

"……?"

"너희가 잊어버리지 않은 추억은 행복할 게다. 너희 속에서 계속 살아가고 다가갈 수 있으니. 너희에게 소중한 무언가를 남겨주고 있으니."

"!"

"너희가 슬퍼져버렸을 때, 울음을 그칠 때까지 안아주고, 격려해주고, 웃어주기도 하고. ……그리고 너희가 길을 잃어버렸을 때는, 소중한 것을 떠올리게 해주고."

피어오르는 불똥이 마치 성화(聖火)처럼 헤스티아와 아이즈를 감쌌다.

"반대로, 너희가 잊은 추억은 기뻐할 게다. 계속 슬퍼하던 너희가 앞을 보고, 누군가의 곁에서 웃어주게 되었으니 말이다."

아이즈는 여신의 미소에 빨려 들어갔다.

그것은 신의 시점이기에 가능한 이야기다. 하계 사람들은 그녀처럼 강하지 않으며, 추억을 끌어안아 상처를 입기도 한다.

그러나 모두 틀린 것만은 아니다.

아이즈의 마음속에도, 분명히──.

"마음이 조금 가벼워졌느냐?"

"……네."

"그럼 춤을 추자꾸나! 나는 외톨이라느니 하면서 즐기지 않으면 손해지!"

고개를 끄덕이는 아이즈에게, 헤스티아는 천진난만하게 웃음을 지었다.

두 사람의 춤이 시작되었다.

검은색과 금색의 장발이 파스스 부풀어 오르고 화톳불 불빛을 받아 빛났다. 아름다운 여신님과 소녀의 춤에 오늘 최고의 갈채가 쏟아졌다.

모두가 아이즈와 헤스티아를 보며 웃음을 보냈다. 리나도, 벨도. 수많은 이들이 말을 걸고, 아이즈는 놀랐으며, 고독함 따위 어디론가 날아가 버리고 말았다.

수많은 웃음에 에워싸여, 놀라기만 하던 아이즈의 입술에도…… 희미한 웃음이 떠올랐다.

마을 축제가 끝난 후.

아이즈와 벨, 헤스티아는 마을 한구석에 모여 있었다.

"우~ 너무 설쳤구나……. 몸이 후들거린다아."

"그, 그러게 제가 뭐랬어요…….'

마을 아이들에게도 채근을 받아 헤스티아는 계속 춤을 추었다. 잔소리를 하는 벨과의 대화에 아이즈는 키득 조그만 웃음을 지었다.

광장 쪽에서는 마을 사람들이 취해서 움직이지 못하고 있을 것이다.

"그래서, 앞으로 어떻게 할지 말인데요……."

"그래, 나는 이미 괜찮다. 상당히 폐를 끼쳐버렸다만 이제는 움직일 수 있다마다."

앞일에 대해 벨이 입을 열었다.

제1급 모험자로서 헤스티아에게도 판단을 위임받은 아이즈는, 고개를 끄덕여 대답했다.

"내일 아침…… 마을을 떠나겠어요."

그렇게 말한 아이즈는, 아쉬운 마음이 싹트려 하는 것을 깨달아 놀랐다.

그 심경의 변화가 무엇을 가져다주었는지 아이즈는 알지 못했다.

그러나 아이즈는 아주 조금, 추억에 잠기는 것이 나쁘지는 않다고 느낄 수 있게 되었다.

오라리오에서 검을 잡은 지 약 9년.

노도처럼 흘러갔던 싸움의 나날 속에서 느끼고 잊어버렸던 초조함, 슬픔, 눈물, 웃음, 그러한 모든 것들과 마주할 수 있을 것 같다는 생각이 든다.

입술이 미소를 그리려 했다.

"──여신님!"

그때.

리나가 찢어지는 목소리로 외치며 이쪽을 향해 달려

왔다.

울음을 터뜨릴 것 같은 그 표정에 아이즈는 무언가 불길한 예감을 느꼈다.

마치 이를 긍정하듯, 숲속에서 몬스터의 울음소리가 메아리쳤다.

눈물을 머금은 리나는 가슴을 누르고 떨리는 목소리로 말했다.

"아버지가, 하늘로 떠나려는 모습을…… 지켜봐주실 수 있으신지요?"

"……네?"

그렇게 중얼거린 것이 벨이었는지, 헤스티아였는지, 아니면 자신이었는지 아이즈는 알지 못했다.

그저 생각해버린 것은 하나.

역시 『영원』 따위는 없다고, 아이즈의 마음을 공허한 감정이 잠식했다.

추억
4장

바람이
바란
영원

Гэта казка іншага сям'і.

© Kiyotaka Haimura

모든 것이 순조롭게 돌아가고 있었다.

핀에게 사사하고, 리베리아에게 배우고, 가레스가 타이르는 가운데 아이즈는 많은 것들을 얻었다.

눈물이 마른 아이즈는 싸움의 나날 속에서 시간이 흐를수록 점점 웃음을 지을 수 없게 되었으나, 그래도 자신을 지켜보는 어른들 앞에서 많은 것을 길러나갔다.

도시는 여전히 소란스러웠으며, 파괴와 혼돈의 노랫소리가 들려오기는 하지만, 그런 가운데에서도 아이즈는 자신을 잃어버리지 않은 채 달려왔다.

충실한 하루하루였다.

모든 것이 순조롭게 돌아가고 있었다—— 그렇게만 여겨졌다.

🔥

아이즈 발렌슈타인

Lv.1

힘: D591→D593 내구: D559 기교: B788 민첩: A800→801 마력: I0

아이즈의 눈썹이 일그러졌다.

로키에게 받은 갱신용지를 보고 자기도 모르게 손에 힘이 들어갔다.

"아이즈. 이건 누구나 거치는 길이다. 심각하게 받아들이지 마라."

"『어빌리티』는 높아지면 높아질수록 성장속도가 더뎌지는 거야. 결코 네 성장이 멈춘 게 아니고."

"하모. 【스테이터스】라 카는 건 원래 그렇데이."

리베리아가, 핀이, 로키가 무언가를 말했지만 귀에 들어오지 않았다.

【스테이터스】가 올라가지 않게 되었다. 그렇게나 매일매일 강해져가던 자신의 힘이.

지난 최근의 성장폭은 비슷했다. 전혀 변동이 없을 때도 있었다.

이제 와서, 마치 모든 성장을 다 써버린 것처럼.

아이즈는 조바심이 났다.

이제까지의 아이즈에게는 강해져간다는 실감이 있었다. 여기에는 핀 같은 수뇌진에게 주입받은 『기술과 허허실실』도 포함되지만, 역시 여실했던 것은 【스테이터스】의 수치.

능력치가 올라가면 올라갈수록 빠르게, 강하게 움직여 전진한다는 확신을 얻을 수 있었다.

하지만 지금은──.

'너무 낮아…….'

『기본 어빌리티』의 수치, 다시 말해 숙련도의 한계치는 999.

이것이 종족적으로 아이즈가 가진 상한.

【로키 파밀리아】에 입단하고 딱 1년을 맞으려 하는 겨울.

아이즈는, 벽에 직면하고 있었다.

"……【랭크 업】."

아이즈의 입술이 저절로 그 말을 중얼거렸을 때.

모두의 얼굴이 굳어버렸다.

"어떻게 하면, Lv.을 올릴 수 있어……?"

아이즈도 그 지식은 들어서 알고 있었다.

【랭크 업】.『그릇』의 승화. 규정된 심신의 한계를 초극해, 더욱 높은 단계로 들어가는 유일한 의식.

질문하는 소녀를 앞에 두고, 리베리아가 입을 열었다.

"……【랭크 업】은 쉽게 이룰 수 있는 것이 아니다. 단계를 밟아야 한다."

"너는 여느 때처럼 미궁을 탐색하면 되는 게야. 답답하겠지만 그게 지름길이고."

"여기서 조바심을 내선 안 돼, 아이즈. 천천히, 확실하게 가야지."

가레스와 핀도 리베리아의 의견에 동조했다.

"서둘러봤자 아무 의미도 없다. 지금 너처럼 조바심을 억누르지 못해 자멸하는 모험자를 우리는 이 눈으로 몇 번이나 보았다. 그러니 마음을 가라앉혀라, 아이즈."

무슨 소릴 하는 거야. 웃기지 마.

세 사람의 말이 아이즈에게는 답답하게 들려 견딜 수가 없었다.

나는 강해지고 싶어. 강해져야만 해.

제자리걸음을 하고 있을 때도 아니고, 시간도 없는데.

처음으로 직면한 벽이, 보이지는 않아도 확실하게 지각할 수 있는 그 존재가 아이즈의 초조함을 부추겼다. 그것은 『자신은 이제 앞으로 나아갈 수 없는 것 아닐까』하는 공포와 표리일체이기도 했다.

치미는 불안을 짜증으로 덧씌우며, 아이즈는 세 사람에게서 시선을 떼었다.

갱신용지를 손에서 구기며, 난폭하게 집무실을 나가버렸다.

"……리베리아, 니 아이쭈한테 【랭크 업】방법은……?"

"알려주지 않았다. 어떻게 알려줄 수 있겠나."

아이즈가 떠나간 후.

로키의 물음에 리베리아는 눈을 내리깔며 대답했다.

그것도 그렇다며 주신은 뒤통수에서 두 손을 깍지끼었다.

"【랭크 업】에는 상위 【엑세리아】가 필수. 그건 『위업』의 달성…… 『모험』을 해야만 한다는 뜻이지."

"자신보다 뛰어난 적을 타도하고, 더 깊은 계층으로 들어가 사지를 몇 번이나 넘어서고…… 아이즈에게 그런 일은 도저히 시킬 수 없네. 리베리아의 말대로 조바심을 내막무가내를 저지르다 자멸할 게야."

핀과 가레스의 무거운 목소리가 뒤를 따랐다. 그 말 구석구석에서 고민의 감정이 묻어났다.

최근에는 자취를 감추었다지만, 자신의 몸을 돌아보지 않는 아이즈의 본질에는 변함이 없다. 그녀는 비원을 우선시한 나머지 태연히 상처를 입고 폭주해버린다.

목숨 돌볼 줄 모르는 이가 저지르는『모험』. 틀림없는 지뢰다.

"캐도 마, 이대로 넘어가는 것도 무리 아이가? 아이쭈 스트레스 막 쌓이가꼬 망가질지도 모른데이. 어케 할 생각이고?"

현실도피, 사태의 관망을 용납하지 않는 로키는 아이들에게 물었다.

단원의 육성 및 던전 개척을 일임받은 권속들 중에서도 리베리아는 양보할 수 없다는 어조로 단언했다.

"해야 할 일은 다른 단원들과 다를 바 없다. 집단으로, 같은 수준 내지는 약간 뛰어난 몬스터와 싸우게 할 것이다. 설령 수고와 시간이 들더라도."

리베리아의 말에 가레스와 핀도 고개를 끄덕였다.

"『위업』이라는 조건의 사정상 이것만은 우리도 어떻게 간섭할 수가 없네."

"이런 말은 좀 이상하지만, 안전하게『모험』을 시킬 수밖에 없지."

권속들의 결론에 로키도 어쩔 수 없다는 것을 인정했다.

가느다란 눈을 슬쩍 뜨고 아이즈가 나가버린 문을 바라

보던 그녀는, 생각을 바꾸려는 듯 화제를 변경했다.

"핀, 『원정』 미션 기한이 언제까지였더라?"

"음— 길게 잡아 한 달 아닐까? 어제도 로이만이 재촉하던데."

"길드도 막무가내구먼. 이블스 놈들을 단속해 치안을 유지하면서 『원정』까지 나가 미도달영역을 개척하라니."

가레스가 들으라는 듯이 탄식했다.

【로키 파밀리아】에는 현재의 오라리오를 대표하는 최대 파벌의 사명이 있다. 원래 같으면 소녀 하나에게 정신을 팔 수 없을 정도였다.

"가급적 신속하게 제우스, 헤라의 후계자가 나와 주었으면 하는 거지. 이 혼란기를 제압할 만한…… 도시 안팎을 안심시킬 권위의 상징을. 그리고 그건 제우스와 헤라를 도시에서 몰아낸 우리의 책무이기도 해."

집무용 책상 위에서 두 손을 맞잡으며 핀은 푸른 눈을 가늘게 떴다.

그도 또한 야망을 좇는 자다. 파벌의 단장이라는 입장과, 한 명의 파룸이라는 개인 사이에서 흔들리고 양보하며 최선의 절충점을 찾고 있다. 같은 비원은 있을지언정 그는 역시 소녀보다도 어른이었다.

"아이즈는, 어떻게 할 생각이지? 데려갈 건가, 핀?"

리베리아 또한 부단장과 교사의 입장 사이에 끼어 물어보았다.

"……지켜보겠어. 단순히 전력으로 헤아리느냐 마느냐의 문제도 있지만, 지금 상태가 지속될 것 같다면 지상에 놓아두고 갈 거야."

고개를 가로저은 핀은 눈을 감았다.

"던전 깊은 곳으로 끌고 들어간다면, 우리가 그녀를 죽이게 될 수도 있어."

🔥

검을 휘두르는 아버지의 뒷모습.

금색 눈은 이를 바라본다.

따뜻한 햇살 아래, 나무 그늘에 앉아, 어머니와 함께.

그 사람은 부끄러워해 단련하는 모습을 좀처럼 보여주지 않으려 하지만, 어머니가 아이처럼 조르면 결국 설득당하고 말았다. 처음에는 난감해하던 아버지는 검을 휘두르기 시작하면 하염없이 몰두해, 그 늠름한 옆얼굴에 어머니는 미소를 지었으며, 자신은 뺨을 붉히고 넋을 잃은 채 바라본다.

잔상을 일으키는 검신은 도저히 눈으로 따라갈 수 없었다. 그러나 그 검기가 매우 아름답다는 것은 스스로도 알 수 있었다. 하반신의 움직임은 최소한도로 그치며, 마치 지휘봉을 휘두르듯 종횡무진. 때로는 크게 파고들거나 돌아가기도 하며 은색 원호를 그린다. 검의 선율은 눈을 감으면 언제고 머릿속에 그릴 수 있을 것이다.

그 사람의 검기를 보는 것을 너무나도 좋아했다.

그런 아버지의 검은 무언가를 상처 입히는 것임을 잘 알았다.

가차 없이 피보라를 부르는 검의 광채를, 무섭다고 생각한 적도 있다.

그러나 그것은 모두를 구하기 위한 검이다.

나아가서는 어머니를 지키는 검이다.

그것을 알았을 때, 아버지는 자신의 자랑이 되었다. 동경이 되었다.

소녀가 꿈꾸었던 『영웅』. 어머니가 사랑하는 검사.

이윽고 단련을 마친 아버지가 나무그늘로 돌아왔다.

활짝 웃으며 맞아주자, 그는 산들바람에 흔들리는 앞머리 아래에서 입술에 미소를 띠었다.

『아이즈.』

이름을 부르고, 그는 칼집에 담은 검을 내밀었다.

눈을 크게 뜨고 망설인 후, 쭈뼛쭈뼛 두 손으로 받았다.

손에 걸리는 묵직한 무게. 그러나 어째서인지 푸근하다는 생각이 들었다.

아버지는 이를 보고 웃었다.

『아이즈.』

뒤에서 들린 목소리에 돌아보니, 미소 짓는 어머니도 있었으며.

마치 아버지를 따라하듯, 한손을 들고 검지를 세우며 소리를 자아냈다.

『_____.』

그 순간 자신의 몸을 바람이 부드럽게 감싸주었다.

간질거리는 바람의 속삭임에 몸을 꼬며 깔깔 웃었다.

어머니는 활짝 웃음을 지으며 바람과 자신을 함께 안아주었다.

『언제까지고, 함께.』

나도, 이 사람도.

그녀의 그 말에 고개를 끄덕였다. 웃으며 몇 번이고 끄덕였다.

아버지와 어머니의 온기와 함께, 행복에 감싸였다.

검이 몸을 바짝 붙이고, 바람이 미소를 짓는 가운데.

──그리고 과거의 기억은 그곳에서 끊어졌다.

"………."

넘쳐난 눈물을 뺨에 느끼며 눈을 떴다.

아이즈는 말없이 몸을 일으키고, 침대 위에서 눈가를 북북 문질러 닦았다. 혼자만의 방에서, 모든 온기가 사라져버린 꿈의 잔재가 싸늘한 현실을 가르쳐주었다.

왜, 지금.

이 꿈을 보여주는 거야.

아이즈는 자신을, 기억을, 과거의 정경을 저주했다.

© Kiyotaka Haimura

『한계』라는 벽에 부딪쳐, 모든 것을 잊고 하염없이 달려 갈 수 없는 지금, 왜?

"…………."

창밖은 꿈속의 경치와는 완전히 다른 회색 아침 하늘을 드리우고 있었다. 마치 지금 아이즈의 심상을 나타내듯.

한동안 이를 바라보던 아이즈는 침대에서 내려와 냉큼 옷을 갈아입었다.

방 한구석에 있는 거울이 비추는 것은 웃음이 사라진 소녀의 옆얼굴이었다. 감정을 억누른 인형의 얼굴.

──전부 꿈이었으면 좋았을 텐데.

마음속으로 소녀가 중얼거렸다. 어둠 속에서 무릎을 끌어안고 쪼그려 앉은 약한 아이즈가.

그 속삭임을 무시하고, 아이즈는 검을 들었다.

"……싸워야 해."

과거의 광경은 이미 돌아오지 않는 것이므로.

그로부터 며칠, 조바심에 물든 나날이 흘러갔다.

던전에 내려가 평소보다도 귀기 어린 기세로 더 많은 몬스터를 물리쳤지만 벽은 넘어설 수 없었다. 【스테이터스】가 정체되는 시간이 이어졌다. 숨 쉴 틈도 없이 싸우고자 하는 아이즈와 함께 내려온 수뇌진은 몇 번이나 꾸지람을 하고, 몇 번이나 헌신적으로 진정하라며 달랬다. 세 사람은 이 무렵부터 다른 하급단원과 아이즈를 함께 편성했다.

파티로 미궁을 공략하게 되었다. 그것이 자신의 폭주를 막기 위한 『족쇄』라고 억측해버린 아이즈는 더욱 불안정한 정서에 시달렸다.

아이즈는 불꽃이 신음하는 목소리를 들었다.

마음속에 깃든 시커먼 불꽃이 일렁이는 소리를.

강해져야 해. 더. 안 그러면 너는——.

비지땀이 쏟아졌다. 심장이 떨렸다. 앞을 가로막은 벽 앞에 우두커니 서서, 지침을 잃어가는 자신은 이대로는 단순한 미아가 되고 만다. 그리고 발을 멈춰버리면 그 순간 나타나는 것은 얼어붙을 듯한 『고독감』이었다.

어둠 속에 쪼그리고 앉은 외톨이의 감각. 소중한 사람들은 자신을 놓아두고 떠나버려, 현실을 깨닫고, 세계에 버림받고, 폭포 같은 눈물과 함께 맛본 망가질 정도의 적막감. 비원을 추구하는 전의로 얼버무리던 비참함이 조그만 몸을 옭아매려 한다. 수뇌진 덕에 잊어버렸던 일들이 지금의 아이즈를 끌어안은 채 놓아주질 않았다.

어떻게든 해야 한다. 자신의 손으로 길을 열 수밖에 없다.

왜냐하면 아이즈는 도와줄 이가 오지 않는다는 사실을 알기 때문에.

자신의 앞에 『영웅』이 나타나지 않는다는 사실을 이해해버렸기 때문에.

필요하다면 이 끔찍한 시커먼 불꽃에 몸을 태워버릴 것

이다. 감정이 뚝 떨어져나갈 정도로 울었던 그 날로 역행할 수는 없다.

아이즈는 발버둥을 쳤다. 결별했던 『약한 아이즈』에게 따라잡히지 않도록.

매일같이 몬스터의 피를 뒤집어쓰는 애검은 아이즈에게 아무 말도 해주지 않았다.

🔥

모험자로 넘쳐나는 이 장소를 찾아온 것은 오랜만이었다.

전리품 교섭은 함께 와준 수뇌진이 해주었으며, 환전소를 포함한 공공시설은 모두 바벨의 것을 이용하므로.

던전에서 돌아오는 모험자로 넘쳐나는 『길드 본부』. 『악』의 대두 때문에 수많은 【파밀리아】가 치안유지에 내몰리면서도 오라리오의 산업을 지탱하는 『마석』 획득을 위해 미궁탐색은 늘 권장된다.

어른 동종업자들에게 떠밀려 넘어지지 않도록 주의하면서, 아이즈는 리베리아의 눈을 피해 혼자 이 장소에 왔다. 【랭크 업】의 비밀을 캐기 위해서였다.

아이즈는 리베리아가 『그릇』의 승화에 관해 숨기는 것이 있음을 눈치 챘다. 이대로 【랭크 업】의 구체적인 방법을 하나도 밝혀주지 않고 가르쳐주지 않으리라는 것도. 입막음을 당했는지 【로키 파밀리아】의 다른 단원들도 마찬가지였다.

전혀 상관없는 사람이나 동종업자에게 물어볼 수도 있겠지만, 아이즈는 자신이 루키로서 시샘을 산다는 사실을 안다. 더 높은 경지로 올라갈 힌트를 주지 않는 정도가 아니라 속일 가능성도 높다. 후자의 악의는 큰 사건으로 이어질지도 모른다. 아무리 조바심이 나더라도 어리석고 경솔한 짓을 할 수는 없었다. 리베리아에게 배운 모험자인 자신이 그런 짓을 용납해서는 안 된다.

그렇기에 【파밀리아】 이외의 사람과 교류가 없는 아이즈가 의지할 장소는 이제 이곳밖에 없었다.

"저기……."

"네, 여기 왔습니……아, 너는…… 아이즈 발렌슈타인?"

창구에 있던 붉은머리 접수원, 웨어울프 로즈 파넷은 생각도 못한 방문객을 보고 놀라움을 드러냈다. 파룸 모험자라도 왔나 생각했던 그녀는 첫날 그랬듯 접수원의 태도를 내팽개쳤다.

"오랜만이네. 너 대단해졌더라? 담당 어드바이저가 됐으면 지금쯤 월급도 올라갔을지 모르겠는데…… 쳇, 아깝게 됐어."

"…………."

"몬스터한테 당해 금방 죽을 줄 알았더니…… 리베리아 같은 사람들이 단단히 챙겨주는 모양이지. 사랑받고 있구나."

그녀의 기질인지, 로즈는 생각을 그대로 솔직하게 입에 담았다.

능률적으로, 혹은 모험자를 내치듯이 대하는 그 모습은 어쩌면 그녀가 접수원으로서 나름대로 익힌 처세술인지도 모른다.

붉은 머리 미녀는 잡담을 나눠도 전혀 표정을 바꾸지 않고 입을 다문 아이즈를 보고 어깨를 으쓱했다.

"그래그래, 알았어. 용건이 뭐야?"

로즈의 채근에 아이즈는 말을 꺼냈다.

"【랭크 업】이란 거…… 어떻게 하면 돼요?"

그 질문을 받은 순간 로즈는 꿈틀 한쪽 눈썹을 치켜올렸다.

올려다보는 아이즈의 시선을 받아들이며, 한편으로는 금색 눈을 들여다보았다.

팽팽하고, 여유가 없으며, 시커먼 불똥이 피어나는 두 눈 깊은 곳을.

"……던전에서 탐색하다 보면, 조만간 되는 거 아냐?"

"큭……! 거짓말, 제대로 가르쳐줘요!"

"거짓말 아니야. 정말로 다른 모험자들도 그렇게만 하는걸."

몸을 내미는 아이즈의 험악한 태도에도 로즈는 경박한 태도를 무너뜨리지 않았다.

그런가 싶었더니 표정을 다잡으며, 진지한 눈빛으로 이쪽을 내려다본다.

"게다가 만약 안다 해도…… 지금 너한테는 가르쳐줄 수 없어."

"!"

"난 살인자가 되기 싫거든."

인형의 가면이 떨어져나갈 정도로 조바심을 내는 소녀에게, 그렇게 들이댔다.

아이즈는 입술을 깨물었다.

그때.

"이야~ 겨우 긴 여행에서 돌아왔지 뭐야! 내가 없어서 쓸쓸했지, 소피?"

"……?"

다른 창구 방향에서 공연히 잘 울리는 웃음소리가 들려왔다.

쳐다보니 등황색 머리카락의 남성── 아니, 남신이 접수원에게 말을 걸고 있었다.

"없다는 것도 몰랐는데요. 아니, 평생 안 돌아오셔도 됐는데."

"아아 역시 쌀쌀맞은 미소녀 엘프는 좋아! 어때 소피, 지금 나랑 데이트 가지 않을래?!"

"업무에 지장이 있으니 제발 돌아가 주세요. 하염없이 방해되네요."

헌팅으로도 보이는 여리여리한 남신의 제안에 쌀쌀맞은 인상을 주는 은발의 엘프 접수원은 이상할 정도로 난폭하게 대응했다. 이제는 완전히 익숙하다는 느낌마저 준다.

"아, 저 신은 늘 저래. 하기야 장난스러운 신들은 대개 저런다고 할 수 있겠지만. ……자자, 볼일 다 봤으면【파밀리아】에 가봐. 요즘 이블스가 움직이는 게 영 수상하니까 혼자 싸돌아다니지 말고."

시끄러운 대화에 시선을 돌렸던 아이즈는 로즈에게 쫓겨나듯 그 자리를 떠야 했다. 다른 모험자를 상대하기 시작한 그녀를 보며 입을 꾹 다물고, 길드 본부를 나왔다.

최근, 화창한 날이 별로 없는 날씨는 마치 소녀의 심상을 드러내주는 듯했다. 회색 하늘이 내려다보는 가운데, 마지막 기댈 곳에도 의지할 수 없었던 아이즈는 한층 큰 조바심이 치밀었다.

『길드 본부』의 광대한 앞뜰을 가로지르고 있으려니.

"네가『인형공주』니?"

귀에 익은 목소리가 등 뒤에서 들려왔다.

돌아보니, 바로 조금 전 우스꽝스러운 모습을 보였던 남신이 아이즈를 따라오고 있었다.

"여행을 오래 하다 보니 오라리오의 정세에는 둔해지지 뭐야. 너 같은 루키가 나타났을 줄이야."

머리카락과 같은 색깔의 눈은 틀림없이 아이즈를 향하고 있었다. 여리여리한 남신은 머리에 쓴 여행모의 챙을 손가락으로 훑으며 웃음을 지었다.

오락을 좋아하는 신들의 성미 때문인지 일부러 따라온 남신을 아이즈는 무시하려 했으나,

"아까【랭크 업】에 대해 얘기하지 않았어?"

그 말에 멈춰서서, 다시 한 번 돌아보고 말았다.

"혹시【스테이터스】가 상한을 쳐서 성장이 더뎌졌다거나?"

"!"

"그런 너에게 아무도【랭크 업】방법을 가르쳐주지 않았다……거나?"

속사정을 알아맞히는 말에 아이즈는 아연실색할 뿐이었다.

남신은 조금 전과 다를 바 없는 웃음을 두르고, 마침내 눈앞까지 다가왔다.

다음으로는 우두커니 선 아이즈에게 얼굴을 가까이 들이대며 빤히 바라본다.

"역시 그렇구나……. 네가 제우스가 말했던——."

동요도 한몫 거들어 의미를 알아들을 수 없었던 중얼거림이 툭 떨어진 직후.

자세를 바로 잡은 남신은,

"【랭크 업】방법, 내가 가르쳐줄까?"

그렇게 말했다.

"?!"

"그렇게 경계하지 마. 아이들을 이끌어주는 건 당연한

신의 역할이잖아?"

"……정말, 가르쳐줄 거야?"

"내가 관장하는 사상에 걸고, 거짓말을 하지 않겠다고 약속할게."

눈앞의 신이 왜 다가왔는지, 목적은 무엇인지, 지금의 아이즈에게 그런 것은 이미 아무래도 상관이 없었다.

힘차게 몸을 내밀었다.

"가르쳐줘!"

"그래, 좋고말고. 『약속의 시대』를 짊어진 영웅…… 가능성은 조금이라도 올려두는 게 좋겠지."

뒷말을 독백처럼 중얼거린 남신은 웃음을 더욱 짙게 머금었다.

"자기소개는…… 관두기로 할까. 로키에게 들키면 귀찮아질 것 같으니."

그러니 나에 대해서는 비밀로 해줘.

남신은 그런 말을 교섭조건으로 제시했다.

애간장이 탄 아이즈는 두말없이 승낙했다.

인적이 뜸한 넓은 앞뜰 한복판에서, 남신은 속삭이듯 말했다.

"우리 신들의 『은혜』가 내려주는 승화의 조건—— 그건 『위업』을 달성하는 거야."

"아이즈, 어디 있나?!"

자신을 부르는 목소리가 들려온다.

그것이 리베리아의 것임을 아이즈는 이내 알아차렸다.

처음 만난 날로부터 이제 곧 1년. 늘 엄격하게, 때로는 자상하게, 이따금 따뜻하게. 몇 번이나 귓전을 두드렸던 방울 같은 목소리는 항상 아이즈의 곁에 있었다. 그러므로 그녀가 어떤 표정인지도 알 수 있었다. 하지만 알면서도 소녀는 모르는 척했다.

어둠에 덮인 밤, 소리를 내며 비가 쏟아지는 오라리오.

겨울비를 맞는 싸늘한 몸을 끌며, 아이즈는 마석 가로등이 비추는 빛을 향해 걸어갔다.

"리베리아……."

"아이즈! ……웃?!"

길에서 나타난 자신을 보자마자 리베리아는 말을 잃었다.

붉게 물든 방어구에, 찢어진 배틀클로스. 비 때문에 피는 씻겨 내려갔지만 피부에 새겨진 깊은 상처는 감출 수 없다. 마석등 빛에 드러난 그 모습은 그야말로 망가져가는 인형 같았다.

손바닥의 껍질이 벗겨질 정도로 휘둘러댔던 애검을 칼집에 담는 것조차 잊었던 아이즈는, 평소보다도 한층 무감정한 표정으로, 아연실색한 리베리아를 올려다보았다.

"포션, 좀 줘……."

저택에서 혼자 사라져서는 심야가 되어도 돌아오지 않는 아이즈를 계속 찾아다녔는지 길게 기른 아름다운 비취색 머리카락이 얼굴에 달라붙어 있던 리베리아는 그 부탁에 말문이 막혔다.

"**다시**, 던전에 갈래……."

이제까지 무엇을 했는지 고백한 아이즈에게, 리베리아의 얼굴이 크게 일그러졌다.

"뭘 하는 거냐!! 무슨 소리를 하는 거냐!!"

고함을 지르며 리베리아는 아이즈에게 달려가 눈앞에서 무릎을 꿇었다.

그녀는 포션을 주지는 않았다. 그 대신 내던지듯 회복마법을 퍼부었다.

하이엘프의 심경을 말해주듯 마인드가 과도하게 담긴 비취색 마력광은 금세 아이즈의 상처를 치유하고 체력까지 회복시켜주었다.

"혼자 던전에 갔다고?! 얼마나 싸웠던 거냐?! 아니, 무엇과 싸웠지?!"

"……『인펀트 드래곤』."

인펀트 드래곤.

제11, 12계층에 출현하는 레어 몬스터이며 『상층』에 유일하게 나타나는, 몬스터 중에서도 최강의 퍼텐셜을 가진── 용종.

『몬스터렉스』가 존재하지 않는 상층영역에서는 사실상의 계층 터주다.

그녀가 중얼거린 그 괴물의 이름을 듣고, 리베리아의 경악은 분노에 뒤덮여버렸다.

"해치웠지만…… 그래도, 분명, 아직, **모자라**……. 더, 해치워야 해."

그런 리베리아를 무감정한 눈으로 바라보며 아이즈는 담담히 말했다.

강박관념에 사로잡힌 것 같은 전의를 털어놓는 소녀에게, 리베리아는 울부짖었다.

"바보놈, 멍청한 소리 마라!! 그런 짓을 허용할 것 같으냐!"

"…………."

"혼자 던전에 가지 말라고 그렇게나 말했거늘! 어째서 우리의 말을 어겼지?!"

"…………."

"왜 그런 짓을 했나?!"

분노와 슬픔이 배어나오는 두 손으로 어깨를 붙들었다.

고개를 숙인 아이즈는 질끈 이를 악물고, 어깨에 파고드는 손가락을 떨쳐냈다.

"……않았어……."

"……아이즈?"

"가르쳐주지, 않았어……."

당황하는 리베리아에게, 아이즈는 눈을 부릅뜨며 외쳤다.

"리베리아랑 다들, 가르쳐주지 않았어! 말 안 했어! 【랭크 업】방법!"

"!!"

"『위업』이라는 조건, 속였어!!"

크게 뜬 비취색 두 눈을 향해 규탄한다.

어디에 담아두었는지도 모를 격정을 담아 목소리를 높인다.

"내 비원이 뭔지 다 알면서!"

아이즈의 감정은 그칠 줄 몰랐다.

지금 자신이 하는 말이 그저 명분임을 알면서도, 눈앞에 있는 리베리아를 책망하지 않을 수 없었다.

아이즈는 자신이 강해졌다고 생각했다. 그들의 가르침을 지키고, 그들이 지켜보는 가운데, 잘 크고 있다고. 그들에게 인정받을 수 있게 되었다고 생각했다.

하지만 아니었다.

리베리아도 다른 이들도 아이즈를, 아이즈의 강함을 믿어주지 않았다. 위험하다고 판단해 속이기만 했다.

【랭크 업】의 조건이 다른 것이었다면 분명 이렇게까지 마음이 흐트러지지 않았다. 『강함』은 지금 아이즈의 전부인데도, 그것을 믿어주지 않는다면 아이즈에게 존재가치 따위 없다. 기댈 곳은 아무 데도 없다. 그들의 선의가 아이

즈의 모든 것을 내쳐버리고 있었다.

왜 이렇게까지 상처를 입었는지 아이즈도 알 수 없었다.

다만 확실한 것은, 그들에게 인정을 받지 못했다는 사실이 마음에 균열을 새겨버렸다는 것이다.

"너, 그걸 어디서……."

『그릇』의 승화방법을 알아낸 소녀에게 리베리아는 아연실색 중얼거렸다.

부정하지 않는 그녀를 보고 한층 가슴이 옥죄어드는 것을 느끼며 노려보았다.

"다시 던전에 갈래! 가서, 【랭크 업】 자격 얻을 거야!"

오른손으로 검을 쥐는 아이즈에게 리베리아가 몸을 내밀었다.

"진정해라. 기다려, 아이즈! 아직 그럴 때가 아니야!"

아이즈의 감정은 진폭의 한계를 맞았다.

자신에게 다가오는 리베리아의 손을 쳐내고, 그녀의 가슴을 퍽 떠밀었다.

놀란 리베리아에게서 뒷걸음질 치며 아이즈는 외쳤다.

"그럼 『그때』가 언젠데?!"

감정이 시키는 대로 고함을 질러댔다.

"난 강해져야만 해! 시간낭비하며 지내는 건 싫어, 못해!"

"아이즈……."

"나한테 『영웅』은 나타나지 않아! 내가 강해질 수밖에 없어!"

과거에 보았던 어머니의 웃음이, 아버지의 말이 뇌리에 되살아났다.

이내 그 광경은 균열을 일으키고, 남은 것은 어둠 속에서 외톨이가 된 소녀뿐이었다. 울면서 자신의 앞에 꽂힌 검을 뽑을 수밖에 없는, 소녀의 외침만이.

"아이즈, 들어다오. 나는⋯⋯."

"싫어, 싫어! 나 방해하지 마!"

일어나서 다가오는 리베리아의 말을 가로막는다.

거부하며 아이즈는 내뱉었다.

"난 당신의 『인형』이 아니야!"

다음 순간──

짜악!

뺨에서 요란한 소리가 났다.

그 바람에 손에 쥐었던 검을 땅에 떨어뜨렸다.

멍한 표정을 지은 아이즈는, 뺨의 열기가 그녀에게 맞았기 때문임을 이해했다.

굳어버린 것은 몇 초였다.

시선을 앞으로 보내자, 비에 젖은 리베리아가 이제까지 본 적이 없는 표정으로 아이즈를 노려보고 있었다.

"내 마음도 모르고, 어떻게⋯⋯!"

화를 내는 듯, 슬퍼하는 듯, 괴로워하는 듯.

비에 젖은 뺨을 타고 흐르는 그 물방울이 아이즈에게는 눈물처럼 보이고 말았다.

"내가 너를 생각하는 것이 잘못된 것이냐?! 내가! 내가 너를 걱정하는 것을 왜 모른단 말이냐!"

리베리아의 외침이 터졌다.

그것은 그녀가 처음으로 드러낸 격정이었다. 아이즈에게 굴하지 않을 만한 감정의 덩어리.

아이즈의 각오가 흔들렸다. 어떤 희생을 치러서라도, 자신을 죽여서라도 이루고자 했던 비원에 대한 결의가.

비취색 눈이 똑바로 바라보는 금색 눈동자가 겁을 먹고, 일그러졌다.

"우리는…… 가족이다."

아이즈는 당황하고 말았다.

그 눈빛에, 그 호소에.

──그리고 분노를 품고 말았다.

어리석은 자신에 대해.

아버지와 어머니를 추억으로 바꾸고, 과거를 버리고, 『지금』에 뛰어들려 했던 약한 아이즈에게.

충동과 분노, 공포가 한데 뒤섞인 감정이 소용돌이쳤다.

"아이즈, 나는 너를──."

"그만해!!"

아이즈는 외쳤다.

"아니야, 당신은 아니야! 이상한 소리 하지 마, 날 유혹하지 마!"

아니라고, 아니라고 몇 번이나 외치고 몇 번이나 고개를 가로저었다.

인형 가면이 떨어져나가자 나이에 어울리는 어린 소녀가, 머리카락을 흐트러뜨리고, 자신을 엄습한 감정에 이리저리 흔들렸다.

아이즈는 거부하고 저항했다. 뇌리에 되살아나는 리베리아와의 온갖 추억에 등을 돌리고, 시커먼 불길에 휩싸인 자신의 사명으로 도망쳤다.

"당신은 ……가 아니야."

아이즈의 눈꼬리가 곤두서고, 우두커니 서 있는 눈앞의 여성을 노려본다.

그 떨리는 입술을 억지로 벌려, 결정적인 말을 내뱉었다.

"당신은 우리 엄마가 아니야!"

그 거부를 내던진 순간, 시간이 멎어버린 것처럼 두 사람의 세계에서 모든 소리가 멀어져갔다.

터져 나온 절규가 도시에 울려 퍼지고, 이내 빗소리에 지워져간다.

비에 젖은 정적이 귀를 꿰뚫었다. 어깨로 숨을 쉬던 아이즈는 흐느끼려 하는 목을 열심히 억누르고 있었다.

어째서인지 말을 입에 담은 아이즈가 더 상처를 입었다.

쏟아지는 비 때문에 지금도 시야가 뿌옇게 흐려지려

했다.

"…………."

금색 눈에 비치고 있던 여성의 얼굴이, 가면처럼 『무(無)』를 둘렀다.

표정을 지운 리베리아는 조용히 대답했다.

"그렇다…… 나는, 너의 어머니가 아니다."

"!!"

"너의 어머니는, 없다."

긍정된 순간, 아이즈는 달려 나가고 있었다.

등을 돌리고, 떨어진 검을 주워, 지면을 부술 듯이 필사적으로 박차면서.

눈꼬리에서 비와는 다른 물방울이 넘쳐났다. 투명한 입자를 등 뒤로 뿌리며 아이즈는 한손으로 몇 번이고 눈가를 닦았다.

아무 것도 달라진 것은 없다. 아무 것도 달라지지 않았다.

자신이 외톨이였다는 사실도, 오래 전부터 알고 있었다.

아이즈가 사랑했던 사람들은 자신을 놓아두고 사라져버렸다. 그 행복한 하루하루는 이미 과거의 잔재로 전락했으며, 추억의 파편이 되어 아이즈에게 상처를 준다.

영원 따위 없다. 모두 한순간이다. 대신 이어지는 이 영원의 아픔은 그 무엇으로도 메울 수 없다. 로키도, 리베리아도.

그렇다. 아이즈는 혼자다.

이제까지도, 앞으로도, 계속.

『인형』이라 멸시당하고, 제지하는 목소리도 듣지 않은 채 괴물을 죽이고 또 죽인다. 누구에게도 사랑받지 못하고, 누구에게도 이해받지 못한 채.

그 사실을 알고 있었을 텐데도, 눈물은 이미 말라버렸을 텐데도, 눈을 적시는 이 감정은 사라져주질 않는다.

아이즈는 모든 것을 덧칠하려는 듯, 큰 목소리로 고함을 지르며 어둠 속의 도시를 무아지경으로 달려 나갔다.

"…………."

리베리아는 빗속으로 소녀가 사라진 후에도 전혀 움직이지 못했다.,

몇 분이나, 몇 시간이나.

그 조그만 등을 따라가지도 못한 채, 비를 맞고만 있었다.

"리베리아!"

"아이즈는?! 찾았나?"

비를 맞고만 있는 리베리아에게 들려온 목소리가 있었다. 핀과 가레스였다.

두 사람 모두 비옷 따위 걸치지 않은 채, 꼼짝도 하지 않는 리베리아에게 달려왔다.

리베리아와 마찬가지로 소녀의 행방을 좇던 두 사람은

그곳에서 그녀의 상태가 이상하다는 사실을 깨달았다.

잠시 침묵하던 하이엘프는, 입술을 떨며 말했다.

"핀, 가레스…… 나는 어떻게 하면 좋을까."

결코 타인에게 결단을 맡긴 적이 없었던 리베리아의 약한 소리.

소녀와 말의 칼날로 서로에게 상처를 주었던 자신을 주체하지 못하고 후회와 고뇌를 토로한다.

함께 싸워왔던 종족이 다른 전우들은, 그녀의 옆얼굴만을 보고 모든 것을 이해한 듯 입을 다물었다.

이렇게나 약한 모습을 보이는 리베리아는 오랜만이었다.

아니, 처음인지도 모른다.

"내가 어떻게 하면 좋을까?"

핀이 초연한 리베리아의 얼굴을 가만히 올려다보는 가운데.

곁에 선 가레스는 요란하게 눈살을 찌푸렸다.

다음으로는, 얼굴 가득 분노를 드러냈다.

자신보다 키가 큰 리베리아의 멱살을 힘껏 쥐고는 그녀의 눈을 자신에게 돌리도록 했다.

"정신 못 차리겠나, 이 바보 천치 같은 것!!"

쩌렁쩌렁 울려 퍼진 가레스의 진심 어린 노성에 리베리아는 흠칫 놀랐다.

"자네들 엘프는 생각이 너무 많다고 옛날 옛적부터 그

랬지! 전보다 좀 나아졌다고 생각했더니 아무 것도 변한
게 없구먼!"

"뭐라고······?!"

"선생이니 부모 행세를 할 거면 좀 더 듬직하게 굴어
야지!"

이내 분노로 얼굴을 물들인 리베리아가 가레스의 손을
쳐냈다.

그녀의 불같은 안광을 받으면서도 드워프는 전혀 위축
되지 않고 콧방귀를 뀌었다.

"뭔고, 그 표정은?"

"드워프인 네놈이 뭘 안다고······! 나도, 얼마나 망설였
는지······!"

"망설여? 하, 멍청한 소리 집어치워!"

그는 잇달아 노성을 터뜨려댔다.

"자네가 망설일 동안 헤매는 건 그 아이야!"

"!!"

그 일갈에 리베리아의 눈이 크게 뜨였다.

"뻔하지. 자네는 아이즈를 무서워했던 게야! 상처 입
히지 않도록 말을 고르고, 그럴듯한 명분을 늘어놓을 뿐
자기 본심은 말하지 않았을걸!"

"············."

"겉치레만 생각하는 엘프의 말 따위 들리겠나! 망설임
때문에 입이 돌아가지 않는다면 그냥 잡아끌어서 안아주

기나 해!"

가레스의 고함에 반론이 나오지 않았다.

리베리아는 한 마디도 받아치지 못한 채 주먹을 쥘 뿐이었다.

"가레스, 말이 지나쳤어."

"……미안하이. 나도 너무 열이 올랐구먼."

리베리아 탓이 아니다. 아이즈의 상태를 알아주지 못했던 자신들 전원의 잘못이라고 행간으로 말하는 핀에게 가레스도 한숨을 토해냈다.

"리베리아, 아이즈를 다시 찾아보자. 네가 없으면 아무것도 할 수 없어."

"……하지만 그 아이에게 거부당한 지금의 나에게, 그럴 자격은……."

"리베리아."

이번에는 핀이 조용히, 그러나 힘이 담긴 어조로 말했다.

"자격 같은 멍청한 소리는 하지 말자. 이제까지 아이즈와 함께 지냈던 너 자신을 모욕하는 발언이야. 아니면 오늘까지 지내온 시간이 전부 거짓이었어?"

이번에야말로 리베리아는 고개를 푹 숙였다.

"——찌~끔은 맛깔나게 변했다고 생각했더니, 니들 하나도 성장한 게 없데이."

그때, 말다툼 소리를 들었는지 세 사람의 주신이 나타났다. 질리도록 오래 알고 지내다보니 이제는 그런 것까지

닮느냐고 유쾌하게 말하면서.

"리베리아, 고개 들어라 마."

"지금의 아이즈에게 필요한 건 우리 목소리가 아니야."

"제일 가까운 곳에서, 가장 오래 함께 해주었던 자네의 손일세."

로키의 채근에, 핀의 단언에, 가레스의 타이르는 목소리에.

고개를 든 리베리아는 그들을 돌아보았다.

"가출한 딸내미 델꼬 오는 건 언제나 엄마 아이었나!"

그렇게 놀리듯 말하는 주신에게.

리베리아는 반론하려다 실패하고, 힘이 빠진 듯 '훗' 하고 웃음을 지었다.

🔥

리베리아가 그들과 합류하기 전.

빗속을, 검을 든 소녀가 달리고 있었다.

그런 그녀를 짙은 보라색 눈동자가 바라보고 있었다.

어둠에 잠긴 어떤 건물 속에서, 그 신물은 웃음을 지었다.

"야, 바레타. 너 『인형공주』라고 알아?"

"뭐래, 타나토스. 당연히 알지. 핀 녀석이 키우는 계집애 아냐. 엄청난 속도로 강해지는 시건방진 루키…… 진짜 마음에 안 들어."

어둠에 스며든 그들은 이블스의 주신들과 간부였다. 【타나토스 파밀리아】를 비롯해 사신의 사도를 자청하는 다른 파벌의 권속들이 오늘도 도시에 파괴와 혼란을 초래하고자 암약하고 있었다.

"그 『인형공주』가 어쨌는데?"

"나 말이야, 우연히 걔 봤을 때부터 신경이 쓰였거든. 멀리서도 알아볼 수 있을 정도로 눈 속에서 이글거리는…… 그 시커먼 불꽃이."

넝마 같은 흑의의 후드 속에서 신의 눈동자가 소녀를 따라갔다.

눈 아래의 시내를 달려가는 그 모습에 눈을 가늘게 뜨며.

"**죽음의 향**이 말이지, 풀풀 풍겨. 향이 너무너무 진해서…… 사신인 난 도저히 내버려둘 수 없을 정도로."

퇴폐적인 분위기를 풍기며 남신, 타나토스는 웃음을 지었다.

"있지, 바레타. 오늘 일정 변경하지 않을래?"

"아앙?"

"좀 요란하게 설쳐봐. 【로키 파밀리아】…… 아니, 훼방꾼이 한동안 던전에 다가오지 못하게."

길을 따라 달려가버린 금발금안의 소녀가 향한 곳, 도시 중앙의 『바벨』을 바라보며 사신은 그런 제안을 했다.

"다른 파벌 주신이 어디서 명령질이야? 계획을 변경할

거면 다른 신들한테 허가나——."

"【로키 파밀리아】의 【브레이버】를 골탕 먹일 수 있을지도?"

"————…………."

【브레이버】라는 단어를 듣고, 이블스의 간부 바레타 그 레데는 입을 다물었다.

이윽고 신의를 깨달았다는 듯 입가를 씨익 쪼갰다.

"이 변태 자식. 그딴 꼬맹이를 노리다니."

"아니야, 아니야. 그런 흑심은 없어."

부하에게 변경 지시를 날리기 시작하는 바레타에게 등을 돌리며, 소녀의 뒷모습을 눈으로 좇은 타나토스는 입술로 초승달 모양을 그렸다.

"길 잃은 아이를 도와주는 것도 신이 할 일이잖아?"

아이즈는 던전 안을 나아가고 있었다.

이곳으로 발이 향한 이유는 알 수 없었다. 그러나 이제 자신에게는 이곳밖에 남지 않았다는 양, 이 어둡고 추운 지하미궁으로 향하고 있었다.

달리고, 달리고, 달리고, 달렸다.

리베리아의 곁에서 도망쳐, 던전으로 뛰어들었다.

휘두르고, 휘두르고, 휘두르고, 휘둘렀다.

자포자기한 것처럼 검을 계속해서 휘둘러, 괴물들을 해

치웠다.

아이즈는 눈이 새빨갛게 부은 채 달려 나갔으며, 몬스터가 앞을 가로막으면 격정을 내던지듯 《소드 에일》을 휘둘렀다. 인기척이 전혀 없는 것이 다행이었다. 지금 당장이라도 울음을 터뜨릴 것 같은 얼굴을 보일 일도, 목에서 터져 나오는 어린아이의 오열 같은 절규를 들려줄 일도 없을 테니까.

"허억, 헉, 헉⋯⋯!"

이내, 그 감정이 수습되기도 전에 몸이 먼저 비명을 질렀다.

제대로 숨을 쉬는 것도 잊고 있었다. 폐가 비명을 질러댔다. 손발 끄트머리까지 열기를 띠었다. 눈앞에 있던 마지막 몬스터를 쓰러뜨린 후, 아이즈는 흐트러진 호흡을 그대로 둔 채 검을 지면에 꽂았다.

지팡이처럼 기대 서 있기를 한동안.

폼멜에 가져다댔던 이마를 떼어내듯, 고개를 들었다..

"여기는⋯⋯ 12계층?"

주위에는 하얀 안개가 끼어 있었다. 계층 그 자체도 아침 안개를 방불케 하는 어스름에 휩싸였으며, 그 속에 네이처 웨폰으로 변하는 고목이 무수히 돋아나 있었다. 눈에 익은 지형과 지금 있는 룸의 규모를 통해 아이즈는 현재 자신의 위치를 파악했다.

무턱대고 달려온 끝에 도착한 곳은 던전 상층영역 중의

최하층.

"……나, 는."

네가 있을 곳은 여기.

마음속에 눌러 살고 있는 또 한 명의 아이즈—— 시커먼 불꽃에게 그런 말을 들은 것 같아, 아이즈는 몸을 끌어안았다.

——강해지고 싶어. 어떤 것보다도 강해지고 싶어. 그 외에는 아무 것도 필요 없어.

——무서워. 쓸쓸해. 추워. 계속 혼자. 나에게는 역시 아무 것도 남지 않았어. 그게 슬퍼.

상반된 두 가지 목소리가 서로 맞버텼다. 어느 쪽의 아이즈도 아이즈였다. 가만히 있으면 다시 눈시울이 뜨거워졌다.

몬스터의 기척이 끊어진 정적의 룸 속에서, 아이즈가 치밀어 오르는 것과 열심히 싸우고 있으려니.

"——괴로워하느냐, 길 잃은 아이여."

"!"

장엄하면서도 간드러지는 목소리가 귓전을 두드렸다.

흠칫 놀란 아이즈가 돌아보니, 하얀 안개 너머에서 떠오른 그림자 하나가 있었다.

흑의를 두른 인물이었다.

눈가 깊이 뒤집어쓴 후드 속에서 드리운 진보라색 머리카락은 여성처럼 길었으며, 몸의 선도 가늘다. 지나치리만치 곱디고운 얼굴은 요염함을 뿜어냈다. 무엇보다도 이제까지 아이즈가 본 적이 없을 정도로, 그 자가 두른 분위기는 퇴폐적이었다.

……신?

지나치게 단아한 용모와 인간 같지 않은 분위기를 보고 짐작을 했지만, 의문이 느껴졌다.

우선 틀림없이 신의 일원일 텐데도, 어쩐지 분위기가 다른 것이다. 신을 신으로 만들어주는 조각이 부족하다고 해야 좋을까. 그런 생각이 들어 마음속으로 당황했다.

던전에 침입하기 위해 『신위』를 억누르고 있음을 알 방도가 없는 소녀를 보며, 그 신물, 타나토스는 요사스러운 미소를 지었다.

그의 뒤에서는 호위로 보이는 여러 명의 그림자가 어른거렸다.

로브를 두른 자들을 보고 아이즈는 흠칫했다.

'설마…… 이블스?'

아이즈는 눈앞의 신물을 경계했다.

신이 던전에 있다는 시점에서 이 상황은 이상했다.

목적을 알 수 없었지만 검을 겨누려 하자,

"몬스터가 밉더냐, 아이여."

"!"

그 말에 눈에 경악이 깃들었다.

"또한 자신의 약함을 용서할 수 없으며…… 약한 채로 머

무는 너를 용납하는 세계가 마음을 뒤흔들고 있구나…….”

“……!”

아이즈는 동요했다.

요염한 웃음과 함께 들이대는 신의 말이 마음속을 파헤쳤다.

“부자유스러움을 느끼는도다. 갈등하고 있도다. 쥐어뜯고 싶어질 정도의 충동을 안고 있도다. 너는 힘을 추구하는 복수의 사도…… 강함에 굶주린 타고난 검사. 그 마음은 좀처럼 치유될 줄을 모르는도다. ……내면에 감춘 칠흑의 겁화를 억누를 방법을 모르는도다.”

막힘없이 아이즈의 심상을 맞혀나간다.

아이즈는 갈팡질팡했다. 신의 아름다운 음성에는 하계의 이를 끌어들이는 불가사의한 울림이 있었다. 귀를 막고 싶어도 막을 수 없는 마력이.

“너는 누구에게도 이해받지 못하나니…… 너는, 혼자일진저.”

그 말에 마침내 아이즈의 얼굴이 균열을 일으켰다.

“밉지 않으냐? 슬프지 않으냐? 불안하지 않으냐?”

그리고 낯빛을 바꾼 소녀를 앞에 두고, 타나토스는.

심연을 방불케 하는 보라색 눈을 후드 속에서 내비치며, 스윽 가늘게 떴다.

“내가 그 모든 괴로움에서 해방시켜줄 수 있노라.”

“!!”

금색 두 눈이 흔들렸다.

"아이여, 너는 아름답구나. 죽음에 반한 채 싸우고 또 싸우는 너를 나는 사랑스럽게 여기노라. 구해주고 싶노라."

"……?!"

"힘을 주겠노라. 강해질 수단을, 비원을 반드시 성취시킬, 네가 있을 곳을. 그것은 망설임을 품지 않아도 되는 장소, 네가 바라는 검과 불꽃의 세계일지니."

혼란스러운 지금의 상황에서 벗어날 방법을, 싫증나지 않을 투쟁의 무대를, 이 괴로움에서 벗어날 구제를 주겠노라고.

그런 감미로운 울림을 띠고 아이즈의 마음을 흔들어댔다. 타오르는 시커먼 불꽃이 환희했다. 부자유스러운 【로키 파밀리아】의 환경을 버리고, 앞으로 나아가기를 바랐다.

고독이라는 이름의 고통에서 해방되어, 힘만을 추구하자고 호소한다.

"그 눈동자의 불꽃에 몸을 맡기라. 그리하면 세계는 경치를 바꾸고 너를 축복하리라."

신의 주문이 아이의 마음을 환혹시켰다.

그것은 하늘의 구제이자 파멸로 가는 이정표였다. 자신을 위해 수많은 『죽음』을 뿌려대는, 살육자를 낳기 위한 저주받은 의식.

『죽음의 검사』로 성장할 병아리에게, 타나토스는 사신의 눈을 크게 뜨고 손을 내밀었다.

"나와 함께 가자꾸나. ──네가 바라는 것 모두를 베풀어주겠노라."

아이즈는, 그 아름다운 신의 손을 보았다.

온갖 괴로움에서 해방될 구제의 상징을.

더 이상 아무 것도 생각하지 않고 힘만을 추구할 수 있는 수라의 길을.

바라마지않던 세계로 가는 입구를.

'나, 는……'

시야가 구물텅 일그러지고, 신의 손이 형태를 바꾸었다.

아이즈가 도달해야만 하는 장소, 쌓아올린 괴물의 주검 꼭대기, 그 너머에 있는 강대한 목표로 변모했다.

나는 계속 혼자. 바뀔 수 없다면 이제는 아무 것도 느끼고 싶지 않아. 속세의 어떤 일에도 시달리지 않고, 그저 힘만을 탐식하는 아귀가 되고 싶어.

시커먼 불꽃에 불타는 마음과, 화상을 입을 정도로 열기를 띤 등이 아이즈를 떠밀었다.

이윽고 소녀의 손이 미동하더니, 꼭 쥔 검의 손잡이에서 떨어지려 했다.

시커먼 불길에 휩싸여, 충동이 시키는 대로 하려던──그때였다.

한 하이엘프의 눈빛이 아이즈의 마음속을 스치고 지나갔던 것은.

'───.'

마지막 작별할 때, 아이즈와 마찬가지로 괴로움에 일그러졌던 그녀의 얼굴.

그녀와 이제까지 보낸 시간이, 아이즈를 지켜봐주었던 이들과의 추억이 마음속에 떠올랐다가 사라졌다.

애검이 광채를 뿜어내며, 무언가를 호소하려는 듯 아이즈의 눈을 비추었다.

어째서 그런 생각을 했는지는 알 수 없었다.

왜, 검에서 손을 떼지 못했는지 알 수 없었다.

그러나 아이즈는, 오늘까지의 과거를 도저히 부정할 수가 없었다.

시커먼 불꽃을 대신할, 하늘을 내달리는 바람과도 같은, 리베리아나 다른 이들과의 격렬하고도 다정한 나날을.

"……나는, 힘을 원해."

멈췄던 시간을 부수며, 아이즈의 입술이 떨렸다.

타나토스의 눈을 올려다보는 금색 눈동자는 시커먼 불꽃을 밀어내고 검과도 같은 광채를 되찾았다.

"하지만 당신을 따라가는 건…… 아니야!"

힘찬 의지로, 신의 유혹을 내처버렸다.

"외톨이가 돼도, 그 사람들을 배신하는 건, 잘못이야!!"

마음을 고함으로 바꾼 아이즈는 눈앞의 신을 노려보았다.

지금 눈앞에 서 있는 것은, 검은 옷을 입은 어둠의 상징이다.

환영이 무산되었던 것처럼, 『악』의 신이 추악한 웃음을 희미하게 지으며 손을 내밀고 있었다.

갈등이라는 이름의 구름이 걷힌 눈으로 쏘아보자, 타나토스는 웃음을 거두고는 침묵을 둘렀다.

이내 어깨를 으쓱하고는.

"——아깝게시리."

장엄한 신의 태도를 뒤집고 금세 얄팍한 공기를 두른다.

여기에 위엄이라곤 티끌만큼도 없었다. 요염한 분위기가 흩어져 날아가고, 한 경박한 신이 나타났다.

아이즈가 눈을 의심하고 있으려니 타나토스는 헤죽 웃었다.

"소문 난 『인형공주』 아가씨를 포섭할 수 있을 줄 알았는데 말이야……. 성장하면 수많은 목숨을 하늘로 돌려보내 줄, 내 사랑하는 죽음의 권속으로."

"웃……?!"

"야~ 실패했네 실패했어. 너, 생각보다 훨씬 강하구나."

본성을 드러낸 타나토스를 보며 아이즈는 목덜미를 싸늘한 것이 훑고 지나가는 느낌을 받았다.

분위기는 달라졌지만 이 퇴폐적인 본질은 전혀 흔들림이 없었다.

경박하면서도 말 구석구석에 흉흉한 기운을 내비치는 눈앞의 존재에게 두려움을 느꼈다.

이것이 로키나 핀이 말했던 『사신』이라고 아이즈는 확신했다.

"당신. 누구야!"

"손을 거절한 너에게 이름을 댈 수는 없지이. 자기소개를 하고 싶은 마음은 굴뚝같지만. 아~ 이블스는 귀찮아."

후드 자락을 잡아당겨 눈가를 가린 타나토스는 입가를 구부러뜨리며 아이즈에게 웃음으로 대답했다.

"어디보자…… 스카우트에 실패하면 처치하겠다고 바레타랑 약속해버리긴 했는데……."

처치. 그 말에 반응한 아이즈는 재빨리 자세를 잡았다.

이에 따라 타나토스의 호위병인 이블스의 권속들도 움직였다. 안개 속에 숨어있던 두 명의 전사가 아이즈 앞을 가로막고 섰다.

'2대 1……! 이길 수 있을까?'

핀이나 가레스와의 모의전을 몇 번이나 되풀이했다지만 아이즈는 진짜 대인전을 제대로 체험한 적이 없다. 피와 절규가 오가는 살육으로 발전해 겁을 먹지는 않을까 하는 우려가 남았다.

그러나 적의 존재감은 핀이나 가레스보다도 훨씬 작았다. 아마 자신과 같은 하급 모험자. 그렇다면. 아이즈는 생각했다. 승산은 있다고.

하지만 아이즈의 그런 생각 따위 무시한 채, 타나토스는 분위기에 어울리지 않는 목소리를 냈다.

"맞아. 좋은 생각이 났어."

마치 어린아이가 천진난만한 장난을 떠올린 것 같은 목소리로 손가락을 딱 튕겼다.

후드 안에서 입술이 으스스한 초승달 모양을 그렸다.

"『인형공주』아가씨, 너한테 선물을 줄게."

"……?"

"한번 해보고 싶었거든."

의아한 표정을 짓는 아이즈와, 당황하며 흘끔 쳐다보는 이블스 단원들의 시선 너머에서, 타나토스는 한쪽 팔을 머리 위로 들었다.

암반에 가로막힌 천장을 가리키며, 진한 보라색 눈을 가늘게 뜨고 웃었다.

"받아줘."

다음 순간.

신에게서, 억눌려 있었던 『신위』가 해방되었다.

"우웃?!"

눈에 보일 정도의 흑자색 여울이 ——사신 타나토스의 『색』이—— 가느다란 빛의 기둥이 되어 미궁의 천장으로 꽂혔다.

그 직후, 『그것』이 찾아왔다.

우선 일어났던 것은, 지진.

신음하듯, 으르렁거리듯, 분노하듯, 미궁의 대지가 명동했다.

던전에 발을 들인 후로 경험한 적이 없는 『미지』의 현상에 아이즈가 눈을 깜빡이는 가운데, 다음으로 발생한 것은 미궁벽의 포효였다. 하얀 안개 너머, 합계 세 곳, 룸의 출입구가 있는 모든 방향에서 눈사태 같은 소리가 발생했다.

설마──── 입구가 막힌 거야?!

머릿속에 내달린 직감의 빛에 아이즈는 아연실색했다. 이블스의 사도들도 마찬가지였다.

경악한 아이즈와 사도들을 내버려둔 채 타나토스의 웃음은 끊어지지 않았다.

몸을 계속해서 엄습하는 지진을 기분 좋게 받아들이던 남신은, 느긋하게, 머리 위를 우러러보았다.

"아하──── **이렇게 되는구나.**"

아이즈가 그 시선을 따라간 직후.

쩌적.

"────────."

미궁 천장에 균열이 발생했다.

비처럼 파편을 뿌리며, 던전에 소환된 『그것』을 본 순간.

아이즈의 눈은 얼어붙었다.

같은 시각.

"웃──────."

길드의 지하 신전에서 노신이 신음했다.

"왜 그래, 우라노스?"

"……신이, 던전에 침입했다."

흑의의 종자에게 질문을 받은 그는, 미간에 깊은 주름을 지었다.

"프레이야 님……."

"……이러지 말았으면 좋겠는데. 귀찮은 일을 늘리는 건."

백색 거탑에서도.

"지금 흔들리지 않았소, 주신님? ……주신님?"

"어느 멍청이가 해방한 거야……."

무구 상점이 세워진 대로에서도.

"야 야 야…… 이건 불장난 레벨이 아닌데?"

"헤르메스 님, 왜 그러십니까?"

도시 중앙에서 떨어진 저택에서도.

"가네샤 님! 이블스입니다, 북동쪽 마석제품 공장을 습격했습니다!"

"……그래, 알았다. 가라, 애들아!"

헌병이 모여드는 시내 한곳에서도.

오라리오에 있는 모든 신들이 이를 느끼고, 그 이유를 깨달았다. 지상에 가까운 『상층』에서 뿜어져 나왔기에 감지할 수 있었으며, 확실히 전해졌다.

그리고 당연히, 그녀들의 곁에도.

"로키, 왜 그러나?"

"이 타이밍은, 설마……."

지금도 미세하게 흔들리는 지면을 로키는 험악한 눈빛으로 노려보았다.

가레스의 물음에 얼른 대답하지 못하고 있으려니,

"핀 단장님! 이블스가 나타났습니다! 공업지구가 습격을 당했다고 합니다. 【가네샤 파밀리아】가 속히 응원을 바란다고!"

【로키 파밀리아】의 단원 한 사람이 나타나 핀과 가레스에게 화급한 소식을 전했다.

"에잇, 하필 이럴 때! 핀!"

"……그래, 가자. 아무리 그래도 공장 습격은 내버려둘 수 없지."

세계 유일의 마석산업을 자랑하는 오라리오에서 마석제품을 생산하는 북동쪽의 공업지구는 도시의 심장부다. 이곳이 파괴되면 미궁도시 그 자체에 큰 타격이 온다.

엄지를 핥은 핀은 로키의 옆얼굴을 흘끔 본 후, 재빨리 지시를 내리기 시작했다.

"가레스, 발이 빠른 부대를 편제해서 먼저 가줘. 전체의

지휘는 내가 맡을게."

"그래!"

"전원에게 출동명령을 내려라!"

"알겠습니다!"

재빠른 지시에 가레스와 전령 단원이 달려나갔다.

그 뒤를 따르려던 찰나, 핀은 뒤에 있던 리베리아를 돌아보았다.

"핀…… 나는."

"리베리아, 너는 아이즈를 찾아."

"!"

"안 좋은 예감이 들어. 반드시 데리고 돌아와 줘. 반드시, 네가 맞이하러 가는 거야!"

하이엘프에게 단언한 파룸 두령은 지체하지 않고 달려나가, 비의 장막 속으로 사라졌다.

리베리아는 그 자리에 우두커니 서 있었으나, 로키에게 한쪽 팔을 붙들려 흠칫했다.

"던전이데이."

"뭐?"

"아이즈는 분명, 던전에 있을기라. 아니, 거기밖에 없다. 냄새가 풀풀 난데이."

얼굴에 달라붙은 주황색 머리카락에서 빗물을 뚝뚝 흘리며, 로키는 리베리아의 두 어깨를 잡았다.

"내 감이 확실하믄 아이즈는 지금 위험한 상황일기라."

"……!"

"가그라, 리베리아. 망설일 시간도 없데이── 그 아이를 구하러 가그라."

너밖에 할 수 없다고, 크게 뜨인 주황색 눈으로 그렇게 말하는 로키에게 입을 다물고 있던 리베리아는…… 주먹을 부르쥐었다.

고개를 끄덕여 대답하는 그녀에게 주신은 웃음을 지었다.

"고맙다, 로키. 다녀오겠다."

망설임을 떨친 표정을 지으며, 리베리아는 달려 나갔다.

도시 중앙, 어둠 속에 우뚝 솟은 백색 거탑을 향해.

그것은 무수한 파편을 날리며 미궁에서 태어났다.

날카로운 발톱, 긴 송곳니, 수많은 비늘, 우툴두툴한 피막을 가진 날개.

그리고 온몸은 칠흑색.

위아래가 뒤집어진 자세로, 그 긴 목을 들어올린 존재를 보고, 아이즈의 심장이 비명을 질렀다.

저것은.

저것은.

저것은……!

칼자루에서 뿌득뿌득 소리가 울렸다. 요란한 심장 고동이 가슴을 터뜨리려 했다.

아이즈의 눈이 『그것』에 못 박힌 것도 아랑곳 않고, 타나토스는 품에서 마도구로 보이는 은백색 구체를 꺼내들었다.

"그럼 『인형공주』 아가씨, 잘 해봐. 난 찢겨나가기 전에 먼저 갈게."

천장에서 솟아난 존재에게는 눈길도 주지 않고, 마치 남의 일처럼 발을 돌린다.

몸을 떨며, 겁을 먹고, 당황하는 이블스의 권속들을 이끈 채 안개 속으로 향한다.

"한 발 먼저 하늘로 돌아가 있어줘—— 사랑스러운 아이야."

흑의를 걸친 뒷모습과 그런 말이 하얀 안개 속으로 사라진 직후.

부서진 암반에서 완전히 모습을 드러낸 칠흑의 존재는, 천장에서 떨어져, 날개를 펼친 것과 함께 허공에서 포효를 터뜨렸다.

『——오오오오오오오오오오오오오오오오오오오오오오!!』

룸에 피어난 안개를 뒤흔들 정도의 음성이 뿜어져 나왔다.

쩌렁쩌렁 고막을 뒤흔드는 목소리에, 아이즈는 귀를 막는 것도 잊은 채 그 위용을 눈에 새기고 있었다.

그것은 『용』이었다.

인펀트 드래곤을 제외하면 『상층』에는 출현할 리가 없는, 한 쌍의 날개를 가진 익룡.

『와이번』.

중층영역에 서식하는 몬스터. 긴 꼬리를 합치면 전장은 가뿐히 5M에 이른다. 안개에 뒤덮였음에도 확실하게 존재를 인식할 수 있는 그 모습은 틀림없는 용종이었다.

원래 연분홍색을 띠는 체구는 칠흑색의 강인한 비늘에 뒤덮여 있었다. 한눈에도 알 수 있는 『이상사태』, 통상종보다도 훨씬 강력한 힘을 감춘 『아종』이었다.

검은 용.

아이즈가 꼼짝도 못하고 지켜보는 가운데, 날개를 펼치고, 아득히 머리 위에 머문 칠흑의 와이번은 시뻘건 두 눈을 아래로 돌렸다.

시야를 차단하는 일대의 안개를 노려보는가 싶더니, 입안에 돋아난 무수한 이빨을 위아래로 들며 입을 벌린다.

입 속에서 타오르는, 광채를 뿜어내는 불덩어리.

아이즈는 눈을 한껏 뜨고 있었다.

그리고,

『━━━━━━━━━━━━━━━━━━━━!!』

불의 숨결이 방출되었다.

수직으로 내리꽂힌 화염류가 흙먼지를 피워올리며 지면에 굉음이라는 이름의 절규를 솟아나게 했다. 흉악한 붉은색 빛줄기가 태어난 가운데, 용의 목이 옆으로 움직였다.

끊임없이 솟아나는 화염의 탁류는 분출구의 움직임에 따라 룸 전체로 퍼져나갔다.

"우웃?!"

밀려드는 화염의 파도에 아이즈는 온 힘을 다한 이탈을 시도했다. 단차가 있는 조그만 언덕에 몸을 날리자, 고열량의 불덩어리는 아슬아슬한 차이로 소녀가 있던 곳을 지나갔다.

『오오오……』

가공할 화염방사로 룸의 안개는 싹 날아가 버렸다.

아니, 불타 없어져버렸다.

언덕 뒤에서 비틀비틀 일어난 아이즈는 그 광경에 흠칫 숨을 멈추었다.

불타오르는 고목과 초원. 몸이 불탄 거목이 소리를 내며 쓰러져 땅을 울렸다. 안개의 계층은 눈 깜짝할 사이에 불똥을 흩뿌리는 초토로 변했다.

화염의 파편을 이빨 사이에서 피우는 와이번은 의아한 표정을, 고개를 꼬는 몸짓 속에 드러냈다.

시야가 맑아진 붉은 세계 속에서, 그가 정말로 노렸던 존재가 사라지고 없었기 때문이었다.

안개 속에 숨어있어야 할 타나토스 일당은 홀연히 사라져버렸다. 던전이 가로막았던 출입구의 장벽은 아직도 건재할 텐데. 어머니 미궁의 의지를 받아 태어난 말살의 사도는, 방법은 알 수 없으나 **던전 밖으로** 이탈한 신에게 낯을 일그러뜨렸다.

금세, 용의 눈은.

자연스레 홀로 남은 한 마리의 사냥감—— 아이즈를 조준했다.

『오오오오오오오오오오!』

"윽?!"

하늘에서 급강하하는 용을 보고 금색 두 눈이 흔들렸다.

이제까지 조우했던 어느 몬스터보다도 흉악한 존재감을 뿜어내는 와이번은, 아이즈에게는 뒤도 돌아보지 않고 도주를 선택해야 할 대상이었다. 위협의 포효가 소녀의 피부를 파르르 떨게 했다.

그러나 아이즈는 제지가 불가능한 혼신의 힘으로 검을 부르쥐었다.

시시한 공포를 능가하는 것은, 무시무시할 정도로 끓어오르는 전의였다. 몸이 떨릴 정도의 감정이 지금의 아이즈를 지배하고, 모든 일을 잊게 만들었다.

날아오는 와이번을 향해, 아이즈는 질주했다.

"으아아아아아아아아아아!!"

어디에 그런 것을 숨겨두고 있었는지, 소녀라고는 생각할 수 없는 포효를 터뜨리며 애검 《소드 에일》을 쳐들었다.

쑥쑥 커지는 와이번을 향해, 날카로운 참격을 날린다.

『！』

"크윽?!"

엇갈려 지나가며, 무시무시한 기세가 실린 돌격의 여파에 아이즈의 몸은 불타버린 지면 위로 굴러갔다. 적의 발톱을 아슬아슬하게 회피했음에도 몸이 갈기갈기 찢겨져나가는 듯한 충격이 엄습했다. 즉시 지면에서 몸을 떼어, 하늘로 돌아간 적의 모습을 시선으로 좇았다.

한편 와이번도 마음에 들지 않는 듯 자신의 몸을 훑어보았다.

위대한 날개가 뻗어나간 어깨의 뿌리께, 칠흑의 용린 일부가 갈라진 것이 보였다. 어떤 공격도 튕겨내야 할 용의 수비가, 한 조각이라고는 하지만 깨진 것이다. 와이번은 아래에서 날카로운 시선으로 쏘아보는 왜소한 계집아이를 마주 노려보았다.

날카로운 빛을 뿜어내는 푸른 검을, 살기에 가득 찬 눈으로 내려다보며, 다시 급강하를 감행했다.

"──웃!"

이에 아이즈는, 땅을 박찼다.

향한 곳은 자신의 몸 정도 크기를 가진 암석. 초원에서 튀어나온 그 바위 앞에서, 질주의 기세를 이용해 몸을 한 바퀴 돌리고 《소드 에일》을 있는 힘껏 수평으로 휘둘렀다.

비스듬히 위쪽 대각선 방향에서 날아든 와이번에게 바위의 산탄을 퍼부은 것이다.

『!』

강인한 다마스커스 검신이 암석을 멋들어지게 분쇄해 무수한 팔맷돌을 날렸다. 용은 경계하지도 않았던 장거리 공격을 고스란히 맞았다. 자기 자신의 속도가 화근이 된 꼴이었다.

두두두두두! 연속으로 이어지는 격렬한 충돌음.

용린에 싸인 몸은 상처 하나 입지 않았지만 시야를 빼앗을 수 있었다. 크고 작은 바위조각에 와이번은 한순간 눈을 감았으며, 미미하나마 속도가 떨어졌다.

아이즈는 그 순간을 훔쳤다.

'날개 달린 몬스터를 쓰러뜨리는 정석——.'

재빠른 도약. 자신의 위를 차지한 소녀를 보고 용의 눈이 경악을 머금었다.

'날개를 노려—— 땅에 떨군다!'

눈꼬리를 틀어 올린 아이즈는 자신이 할 수 있는 최고의 검격을 꽂았다.

『쿠오오오오오?!』

날에 물결무늬를 머금은 검이 휘둘러져 용의 날개를 베고, 붉은 핏줄기를 뿌렸다.

혼신의 일격이 용린의 방어를 관통하고 와이번의 살점에 미친 것이다.

그것은 『기술』이었다. 로키를, 핀이나 가레스, 리베리아를 몇 번이나 놀라게 했던 소녀의 검기—— 기억 속에 남은 아버지의 절기. 가공할 정도로 날카로운 기술이 압도적인 【스테이터스】의 차이를 넘어 용종에게 상처를 입힌 것이다.

아이즈는 무의식중에 자신의 모든 것을 이끌어내고 있었다.

핀과 가레스, 리베리아의 가르침을.

어린 자신이 언제나 보았던 『영웅』의 칼놀림을.

쳐야 할 강적을 앞에 두고, 지금의 자신을 형성하는 요소를 총동원해 쓰러뜨리려 했다.

'얕았어! ──아냐, 아직 할 수 있어!!'

균형을 잃은 와이번이 불시착했다. 한순간 늦게 땅에 발을 디딘 아이즈는 지체하지 않고 달려들었다. 그녀가 노린 곳은 한쪽 날개. 없애서 하늘을 날 수단을 차단한다. 솟아나는 분노의 포효에도 아랑곳 않고 검광의 난무를 펼쳤다.

감정의 불꽃에 그을린 아이즈는 모든 검기를 동원했다. 자신이 아직 깨닫지 못했던 아버지의 잔영을. 그녀에게 남아있던 것을. 적의 발톱이며 이빨이 날아들었지만 그것마저도 검기로 아슬아슬하게 막아냈으며, 배틀클로스가 찢겨졌지만 공세를 그치지 않았다.

측면, 후면, 적의 시야 밖으로 계속 돌며 퍼붓는 검.

검광이 번뜩일 때마다 날아가는 비늘의 파편. 이제는 자신의 것인지 상대의 것인지도 알 수 없는 선혈.

소녀는 홀린 듯이 싸웠다.

『──우우우…….』

그러나.

그것이 용의 역린을 건드렸다.

하등한 종족의 분수도 모른 채, 몇 번이나 대드는 조그만 짐승을 보고, 와이번은 눈꼬리를 틀어 올렸다.

날개를 노리고 아이즈가 달려든 직후, 바람을 가르는 기세로 몸을 뒤집고,

비늘에 싸인 꼬리가 소용돌이를 일으키며 다가오는 모든 것들을 쓸어버렸다.

"아윽?!"

아이즈의 가슴에 꼬리의 일격이 꽂혔다.

강인한 용린에 싸인 꼬리는 모험자의 상급 무기에도 뒤지지 않는 흉악한 둔기다. 그야말로 거대한 곤봉에 얻어맞은 듯한 충격이 아이즈를 엄습해 피를 토했다. 창졸간에 검을 끼워 넣어 막았음에도 갑옷의 판금 부분이 찌그러지고 떨어져나갔으며, 그녀의 몸은 무시무시한 기세로 뒤를 향해 날아갔다.

"컥, 으으~~~~~~~~~~~~~~~~……?!"

다마스커스 검으로 막은 덕에 간신히 즉사는 면했으나, 이제까지 경험한 적이 없는 대미지가 아이즈에게 새겨졌다. 소드 에일에도 균열이 생겼다. 컥컥 피 섞인 침을 토해내고 경련을 되풀이하며 아이즈는 땅바닥에서 괴로움에 몸부림쳤다.

그런 그녀에게 아랑곳 않고 와이번은 너무나도 쉽게 머리 위로 날아올랐다.

번뜩이는 두 눈이 아이즈와 함께 미궁의 지면을 노려본다.

분노에 타오르는 와이번은 자신의 최대 무기를 행사하고자 그 입을 벌렸다.

『아아아아아!!』

"!!"

필살의 숨결이 땅에 쏟아졌다.

보통 와이번이 뿜어내는 화염구와는 차원이 다른 화력, 사나운 불길이 아이즈를 휩쓸었다.

주먹을 땅에 내리쳐 데굴데굴 몸을 굴리며 필사적으로 도망쳤지만 그 공격의 규모는 하급 모험자가 저항할 수 있는 것이 아니었으므로.

금세.

"웃……?! 불이……."

고개를 들자, 아이즈의 주위는 불의 벽에 덮여 있었다.

연옥과도 같은 광경은 퇴로를 완벽히 차단했다. 도망칠 곳이 없다.

자신을 상처 입힌 인간을 와이번은 더 이상 용서하지 않았다.

생물의 정점에 군림하는 용은 눈 아래에 존재하는 모든 것들을 내려다보며, 모든 것들을 태워버리고자 잔혹한 붉은 광채를 뿜어냈다.

『오오오!!』

터져나온 것은 직경 5M이 넘는 화염구.

크게 아이즈의 시야가 새빨갛게 빛을 냈다.

"~~~~~~~~~~~~~~~~~~~~~~~~~~~~~~~~?!"

붉은 세계에 휩싸였다.

없는 힘까지 쥐어짜내 직격은 면했으나, 화염의 벽에 간혀버린 영역 속에서 미친 듯이 날뛰는 열파와 충격은 아이즈를 날려버리고 몸에 착용한 갑옷을 금세 녹여버렸다.

피부도, 머리카락도 타들어가는 것을 느끼며 필사적으로 저항했지만 화염의 소용돌이는 이를 비웃었다. 무시무시한 열기가 깃든 숨결을 훅 불어 소녀의 몸을 땅바닥에 짓눌렀다.

"아, 아아아아아아아……?!"

지면에 검을 꽂고 필사적으로 일어나려 하지만 숨조차 제대로 쉴 수 없었다.

목과 폐가 타들어가 아이즈는 한쪽 무릎을 꿇은 자세로 움직이지 못했다.

지옥의 불가마로 변한 룸이 소녀를 단숨에 재로 바꿔버리고자 타올랐다.

'나는…….'

아이즈는 자신의 몸이 타는 소리를 듣고 있었다.

불똥이 쏟아져, 팔다리가 타들어가는 절망의 소리를.

'여기서…… 죽는, 거야?'

용납 못해.

그런 일은 용납할 수 없다. 나는, 너는 아직 아무 것도 하지 않았어. 일어나. 검을 들어. 외쳐. 모든 것을 증오로 바꿔서 저 머리 위의 용을 쳐. 비원을 이뤄.

아이즈의 마음이 외치고 있었다. 일어나라고.

등이 뜨겁다.

등이 뜨겁다.

시커만 불꽃이 타오른다.

눈 속의 불꽃이, 아이즈를 투쟁으로 몰아붙이는 겁화가 증오의 소리를 내고 있다.

하지만.

그 원천인 시커먼 불꽃조차도 적의 불꽃에 타버리려 했다.

적의 불꽃이 더 뜨거웠다. 아이즈의 시시한 각오 따위 형체도 없이 지워버릴 정도로.

'이젠, 여기서…….'

흉악한 열파에 몽롱해지려는 의식. 시간이 느려지는 붉은 세계.

애검조차도 용해되기 시작하는 가운데, 아이즈의 자아가 녹아내리려 했다.

이제는 편해질 수 있겠구나. ——어디선가 계속 품고 있던 체념과 절망이 메마른 목소리로 속삭였다.

싫어! 싫어! ──시키면 불꽃이 필사적으로 거절하려 했다.

하지만, 이제. ──불꽃에 타들어가는 몸이 굴하려 했다.

결국, 아무 것도 바꾸지 못한 채.

아무 것도 얻지 못한 채.

아이즈는 홀로, 불꽃에 타, 죽는다.

이 얼마나 어리석은 말로일까. 이 얼마나 어이없는 종막 일까. 이 얼마나 슬픈, 최후일까.

마음속의 목소리가 한데 녹아드는 가운데, 아이즈는 고 개를 들었다.

익룡이 천천히 입을 벌렸다. 숨통을 끊을 생각인 것 이다. 특대 화염구로 아이즈와 함께 미궁의 지면을 불태우 려 한다.

일어나지 못하는 아이즈는 마음을 새하얗게 물들인 채, 빛을 내는 불꽃에 휩싸이려 했다.

"아이즈!"

그때였다.

폭발음과 함께 룸의 출입구 한쪽이 터져나가고, 자신의 이름을 부르는 목소리가 들린 것은.

"_____."

그 하이엘프, 리베리아를 본 순간 아이즈의 시간이 멈춰버렸다.

그때까지의 절망과는 다른, 영문 모를 감정이 찰나의 순간 몸을 휩쓸었다. 어둠 속에 쪼그리고 앉은 어린 아이즈를 비추는 빛이, 가슴에 다가오는 비취색의 광채가.

사신의 『신위』에 이끌려 나온 상층영역의 몬스터를 지표로 삼아 이곳까지 달려온 리베리아는 『마법』으로 출입구의 장벽을 날려버리고 발을 들인 순간, 작열하는 초토로 변모한 룸── 불꽃의 영역에 갇힌 소녀를 보고 목소리를 잃었다.

와이번은 당장이라도 소녀에게 무자비한 특대의 화염구를 쏘려 한다.

"아이즈! 말해라, 불러라!!"

불덩어리가 터져나가기 전, 리베리아가 외치고 있었다.

자신에게 밀려드는 홍련의 불꽃에 시야가 타들어가던 아이즈는 그 목소리를 들었다.

"『눈을 뜨라 폭풍』이라고!"

그리고 화염이 작열하기 직전.

아이즈의 입은 그 소리를 따르고 있었다.

"【눈을 뜨라, 폭풍】!!"

다음 순간.

© Kiyotaka Haimura

아이즈의 안에 있던 『마법』이 해방되었다.

"!!"

『?!』

솟아나는 대폭발.

리베리아와 와이번에게도 밀려드는 『마법』의 굉음.

착탄한 대형 화염구는 불꽃의 파편을 흩뿌리며 그 광경을 드러냈다.

분명히 직격했음에도, 불타버리지 않고 있는 소녀의 모습을.

"이건……."

땅에 무릎을 꿇은 아이즈를, 『바람』이 지켜주고 있었다.

그 조그만 몸에 부여되었던 것은 기류였다. 무엇보다도 강하고, 무엇보다도 아름다우며, 무엇보다도 고결한 『바람의 갑옷』.

아이즈의 몸에 새겨져 있었던 그녀의 『마법』.

외톨이 소녀를 지켜주던 바람의 가호였다.

"아——."

자신의 몸을 감싸고 춤을 추는 『바람』을 보고, 아이즈는 이것이 무엇인지, 설명을 듣지 않고도 이해했다.

"엄마의…… 바람."

어린 아이즈가 늘 보았던 바람이다.

"……언제까지고."

언제나 느끼고 있었던, 어머니의 다정한 숨결이다.

"……언제까지고…… 함께……!"

한시도 떨어지지 않고 곁에 있어주었던,『정령의 바람』
이다.

"──!!"

힘이 넘쳐났다.

눈물과 함께, 몸이 떨려올 것 같은 마음의 힘이.

무릎을 채찍질해 일어난 아이즈에게 호응하듯,『바람』의
목소리가 더욱 커졌다.

『……?!』

눈 아래에서 몰아치는 바람에 와이번은 분명히 경악과
전율을 드러냈다.

자신의 화염구를 막아낼 정도의 풍압. 용인 자신을 능가
할 정도의『마력』. 왕의 위엄을 잃은 한 마리 용은 체면 가
리지 않고 이번에야말로 소녀를 불태우고자 했다.

특대 화염구를 입 속에 모으며, 붉은 빛을 뿜었다.

"흐읍!!"

아이즈는 그『기회』를 놓치지 않았다.

자신의 몸에 부여된『바람』의 출력을 모두 전개하여 자
신을 맹렬한 폭풍으로 바꾸었다.

리베리아가 창졸간에 팔로 얼굴을 가릴 정도의 회오리
바람이 주위에서 일렁이는 불꽃의 벽을 날려버리고, 소녀
를 가둬놓았던 붉은 결계를 파괴했다.

그 직후, 질주.

『?!』

바람의 갑옷이 낳은 맹렬한 가속력으로 와이번의 곁까지.

아이즈를 놓친 몬스터를 내버려둔 채, 그때까지도 쓰러지지 않고 남아있던 거목을 한달음에 타고 올라가, 다음 한 걸음으로 박차고 날아올랐다.

『바람』의 힘을 빌려 아이즈는 선풍의 화살이 되었다.

"으아아아아아아아아아아아아아아아아아아아아아아아!"

준비태세에 들어간 특대 숨결이 화근이 되었다.

고출력 공격을 충전하느라 와이번은 그 자리에서 이동할 수 없었다. 방어도, 회피도, 반격도 불가능했다. 모든 것은 용의 예측을 배신할 정도의 속도가 되어 육박을 감행한 아이즈의 판단과 그 『바람』이 가져다준 것.

용의 두 눈이 초조함에 충혈 되고 입 속의 광채가 부풀어 올랐다.

아이즈는 거듭 포효하며, 두 손으로 든 애검에 기류를 부여했다.

등이 뜨거웠다.

등이 타들어간다.

용을 치라고 시커먼 불꽃이 타오른다.

하지만 그 이상으로.

아이즈를 감싼 『바람』이 울부짖는다.

소녀를 지키려는 듯, 자신의 자식을 안아주려는 듯.

괜찮아.

그렇게 속삭였다.

눈물을 뿌리며, 모든 힘을 쏟아부어, 아이즈는 치켜든 검에『회오리바람』을 낳았다.

『──으으으으으으으으으으으으으으으으으으으으으?!』

밀착 간격.

충전을 마치고 뿜어져 나가려 하던 숨결.

시야에서 찬란하게 빛나는 폭염을 앞에 두고,

아이즈는 바람의 검을 내리쳤다.

"【에어리얼】!!"

바람과, 분쇄.

용의 안면을 후려친 검이 바람의 힘을 해방했다.

내리꽂힌 거대한 소용돌이가 위턱과 함께 입을 부수고, 갈 곳을 잃은 화염의 탁류가 대폭발을 일으켰다.

"아이즈?!"

머리 위에서 피어난 꾕연한 화염에 리베리아가 고함을 질렀다.

계층 천장마저 불태우고 균열을 일으킨 폭쇄의 충격에 몸을 내밀자, 불똥과 시커먼 연기를 가르고 소녀의 몸이 계층 안쪽으로 떨어지고 있었다.

기류의 파편을 흩뿌리며 간신히『마법』을 제어해, 아이즈는 착지했다.

충격으로 너덜너덜해진 몸이 쓰러지려 했지만, 간신히 버티고 섰다.

리베리아가 달려왔을 무렵, 아이즈의 손은 한계를 알리듯 검을 땅에 떨어뜨렸다.

그러나 그 『바람』은 아직도 소녀의 몸을 감싸주고 있었으며.

"아, 아아……."

바람이 쓰다듬어주는 두 손을 내려다보며, 바람의 입술이 닿는 어깨를 안으며, 아이즈는 그치지 않는 눈물을 흘렸다.

자신에게는 아무 것도 남지 않았다고 생각했다.

계속 외톨이라고 생각했다.

영원한 아픔과 괴로움을 안고 살아가야 한다고 단정 짓고 있었다.

하지만 아니었다.

『어머니』의 숨결은, 그녀와의 유대는 분명히 남아 있었다.

다른 곳도 아닌 아이즈의 몸속에 깃들어, 언제까지고 함께 해주었던 것이다.

발밑의 검도 광채를 뿜어내며, 몰랐던 사실을 가르쳐주었다.

아버지의 검기는 아이즈의 안에서 살아있었다고.

어머니의 『바람』은 아이즈와 함께 있었다고.

"으, 아아아아아아아아……!"

나는.

나는.

나는, 외톨이가 아니었어.

"아이즈……."

억누를 수 없는 오열을 흘리며 돌아보니, 리베리아가 눈앞에서 걸음을 멈추었다.

그 눈빛은 지금 아이즈가 깨달은 사실을 계속 호소하고 있었다.

너는 혼자가 아니라고.

상처투성이 아이즈를 앞에 두고 후회에 젖은 비취색 눈은, 숨겨두었던 자애를 고스란히 드러냈다.

"아이즈, 나는 너의 어머니는 될 수 없다…… 하지만, 네 곁에 있고 싶다."

그녀의 눈에서 눈물이 굴러 떨어졌다.

"너를, 사랑하고 싶다."

리베리아와 겹쳐 보이는 어머니의 잔영을, 아이즈는 이번에는 거부하지 않았다.

머리와 등에 가만히 팔을 감고 끌어안았다.

자신의 몸에 와 닿은 손의 온기가, 아이즈의 눈에서 더욱 눈물을 불러냈다.

리베리아의 배에 얼굴을 비벼대며, 말라붙은 줄로만 알았던 눈물을 흘렸다.

"리베리아, 리베리아아……! 자, 잘모…… 잘모했……!"

"그래, 괜찮아, 괜찮다…… 다 괜찮아……."

넘쳐나는 눈물이 방해가 되어 제대로 된 사과를 하지 못하는 아이즈의 목소리에, 말을 잘 할 수 없는 리베리아는 그저 울면서 웃음을 지었다.

대신 그녀의 몸을 더욱 꽉 끌어안았다.

아이즈는 목을 놓아 크게 울기 시작했다.

불타버린 던전 속에서 두 그림자가 겹쳐졌다.

소녀의 눈물 섞인 목소리는 어디까지고 울려 퍼졌다. 언제까지고 요정의 귀를 두드렸으며, 그녀의 마음을 유발했다.

남아있던 소녀의 마법이 조용한 바람을 낳고, 두 사람의 몸에 달라붙었다.

웃음을 짓듯, 안심한 듯, 어머니와 자식을 감쌌다.

"……벨. 우리와 너희는 같은 시간을 살아가진 못할지도 모른다."

영원한 사랑이란 무엇일까.

여신의 목소리를 들으며, 아이즈는 누군가에게 물었다.

"그래도 나는 언제까지고 네 곁에 있을 게다."

캄은 떠나갔다.

사랑하던 리나와 아들들——— 피가 섞이지 않은 가족들이 지켜보는 가운데, 눈물을 흘리며.

"설령 죽음이, 우리를 한번은 갈라놓는다 해도…… 나는 반드시 너를 만나러 갈 거다."

자책과 후회에 시달려왔던 그는, 그러나 마지막에 구원을 받았다.

자신의 안에 살아있던 여신과의 추억 덕에.

헤스티아가 되살려주었던, 브리이드와의 인연 덕에.

잃어버렸던 캄의 마음속에도, 고독을 치유하는 『영원』이 존재했던 것이다.

그것은 분명 그를 괴롭혀왔던 것이지만.

마지막에는, 그 여신이 남겨주었던 것에 구원을 받아, 떠나갔다.

"수백 년, 수천 년, 수만 년이 걸리더라도, 다시 태어난 너를…… 더 이상은 벨이 아닌 너를, 만나러 갈 거다."

캄은 여신과의 추억을 『영원』으로 바꾸었던 것이다.

"그리고 말할 게다. 나의【파밀리아】가 되지 않겠느냐고."

지금의 헤스티아와, 마찬가지로.

"———아."

울지 않으려 하던 벨의 오열이 차츰 커지고, 아이즈의 귓전을 두드렸다.

어두운 숲속, 캄의 죽음을 직접 보았던 그는 이곳으로 도망쳤다. 다른 이에게 주고 마는 영원의 괴로움을 두려워한 소년은 지금, 헤스티아의 말에 감싸여 울고 있었다.

"나만이 아니야. 다른 신들도 너희와의 유대를 영원히 이어나갈 수 있다."

소소한 영원의 사랑을 맹세하는, 그녀와의 약속에.

"우리는 영원을 살아갈 수 있는 신이 아니더냐?"

그들 근처의 나무줄기에 등을 기댄 채 아이즈는 그 말을 들었다.

아이즈와 벨은, 헤스티아처럼 불변의 존재가 아니다.

잃어버리지 않는 것, 사라지지 않는 것은 없다.

역시 『영원』은 없다.

그러나.

남겨지는 것이 있다.

그 사람에게 『영원의 유대』로 새겨지는 것이 분명히 있다.

그것은 추억이기도 하고, 온기이기도 하고, 마음이기도 하다.

아이즈의 가슴속에서 살아가는 이 『바람』처럼.

아이즈의 손에 새겨진 아버지의 검처럼.

어머니와 아버지가 남겨준 것은 아이즈와 함께 계속해서 살아간다.

"주신님…… 저는 언제까지고, 주신님이랑, 함께 있고 싶어요……!"

"응……."

아이즈의 뒤에서 소년의 눈물이 떨어졌다.

"언제까지고 함께 있으마, 벨."

여신의 가슴에 안긴 소년의 울음소리가 들려왔다.

아이즈는 눈을 내리깐 후, 가만히 고개를 들어 위를 우러러보았다.

"언제까지고, 함께……."

소년의 마음과 여신의 말을 입술에 얹어보았다.

몸에 깃든 『바람』이 마음을 감싸준 것 같았다.

"엄마……."

숲의 천장을 넘어선 저 멀리, 푸른 밤하늘과 금색 달을 바라보며 중얼거렸다.

가슴에 손을 얹은 아이즈는, 다음으로는 강한 눈빛으로, 어디까지고 이어지는 하늘을 바라보았다.

세계의 끝까지 이어지는 이 하계의 하늘을.

"기다려……."

마음속에 생겨난 영원의 유대와, 남겨진 『바람』에 맹세한 것이었다.

"반드시…… 엄마를 되찾을 거야."

바람이 바란 지금

Гэта казка іншага сям і.

© Kiyotaka Haimura

동쪽 하늘이 뿌옇게 밝아오기 시작했다.

안개는 끼었지만 이른 아침의 공기는 맑았다. 비구름은 사라지고, 작은 새들이 지저귀는 소리가 숲속에 울렸다.

아이즈는 회복된 헤스티아와 벨을 데리고 『에다스 마을』 앞에 있었다.

"헤스티아 님, 벨 씨, 또 놀러 오세요."

"네, 리나 씨. 꼭 올게요."

"고맙다, 리나 군. 마을 사람들 모두. 이 은혜는 절대 잊지 않으마."

"그건 저희도 마찬가지인걸요. 헤스티아 님과 두 분이 계셔주신 덕에 아버지가 구원을 받으셨어요."

벨과 헤스티아에게, 눈가에 눈물 자국이 남은 리나가 웃음을 지었다.

결국 세 사람은 축제가 있었던 날로부터 하루를 더 『에다스 마을』에서 체류했다. 캄의 매장을 거들고, 명복을 기는 기도를 올리기 위해서였다.

『베올 산지』에서 조난한 지 닷새째, 리나를 비롯한 마을 사람들은 입을 모아 감사의 말을 전했다.

"아이즈 씨도, 또 오세요……!"

"네…… 또."

손을 잡고 눈물짓는 리나에게 아이즈는 살짝 웃음을 지었다.

바깥세상에서 생긴 친구에게 재회를 약속했다.

잠시 후, 이른 아침인데도 모여준 마을 사람들의 배웅을 받으며 세 사람은 『에다스 마을』을 출발했다.

　동쪽 산자락에서 태양이 고개를 내밀고 수많은 계곡과 숲을 비춰주었다. 나무가 무성한 곳을 빠져나와, 절벽 틈새를 따라, 이제는 조용해진 강물 소리를 들으며 『베올 산지』에서 하산했다.

　"좋은 마을이었지……."

　"또 놀러가고 싶네요."

　"……간다면, 나도, 같이……."

　"어, 그, 그래도 될까요?!"

　"응."

　"아, 이놈! 어디서 마음대로 약속을 잡고 있느냐, 발렌 아무개 군?! 너희 【파밀리아】와 같이 가면 될 게 아니냐——!"

　헤스티아나 벨과 대화를 나누며 웃음을 지었다.

　옆에 나란히 선 그들의 얼굴은 밝았다. 그 마을에서 있었던 일은 각자의 마음에 특별한 감정을 남기고, 그와 동시에 무언가를 깨닫게 해준 것 같았다.

　떠올린 추억의 광경을 가슴에 깃들인 채, 아이즈는 그렇게 생각했다.

　'자, 돌아가자——.'

　모두가 있는 곳으로.

　나를 『사랑하고 싶다』고 말해주었던 그녀에게.

　도시를 떠나, 바깥세상을 조금 여행한 지금, 정말로 하고 싶은 말이 있으니까.

남쪽 산자락 너머, 하늘을 향해 어렴풋이 우뚝 솟은 백색 거탑에 눈을 가늘게 뜨며 아이즈는 도시로 이어지는 산길을 따라 내려갔다.

❧

투명할 정도로 푸른 하늘이 펼쳐져 있었다.

오라리오의 하늘은 며칠에 걸쳐 쏟아진 비가 거짓말이었던 것처럼 맑게 개어 구름 한 점 없었다. 그런 창공 아래, 손님을 부르는 목소리며 마차 바퀴 소리, 길에서 떠들고 뛰어노는 아이들의 천진난만한 목소리가 울려 퍼졌다.

"아레스 그 문디는 벌써 산속에서 붙잡아다 길드 본부로 연행시켰데이. 주신이 붙잡혀갖고 마, 민페스러웠던 전쟁도 곧 끝날기라."

"『베올 산지』에 상당한 수의 모험자를 투입했으니까. 적의 위치를 밝혀내고 원군을 불러온 【페르세우스】는 수훈상감 아닐까?"

"그 김에 아이즈와 벨 크라넬, 신 헤스티아도 데리고 돌아와줬으면 좋았겠지만."

창밖에서 들려오는 평소의 오라리오와 다를 바 없는 평온한 소리에 귀를 기울이며, 로키, 핀, 가레스가 대화를 나누었다.

【로키 파밀리아】의 홈, 『황혼관』의 집무실.

주신을 포함한 수뇌진은 겨우 수습 단계에 들어선 라키아 왕국군과의 전쟁을 주제로 이야기를 하고 있었다. 현재의 정황을 하나하나 들은 핀은 문득 고개를 들었다.

의견을 말하지도 않은 채 가만히 서 있던 하이엘프를 쳐다본다.

"리베리아?"

"음…… 아, 미안하다. 계속해다오."

"걱정돼, 아이즈가?"

"……아이즈도 이제는 아이가 아니니, 걱정할 필요는 없지."

무슨 말을 하냐고 되받아치는 리베리아. 그러나.

"그런 것치고는 아까부터 생각에 잠겨있지 않았나."

"리베리아, 니 요즘 혼자 있음 멍때리는 시간이 늘었데이."

"멍청한 소리 하지 마라 가레스, 로키."

드워프와 여신은 그녀를 보며 웃음을 지었다. 비난하듯 노려보아도 두 사람은 어디서 바람이 부느냐는 식이었다.

"딱히 숨길 것 없잖아? 우리도 닷새나 소식이 두절되면 불안할 수밖에 없는데."

"내 『은혜』의 숫자는 줄지 않았데이. 단디 살아있는 건 분명하구마."

"가출 소동은 몇 번이나 있었지만 도시 밖으로 나간 건 처음이니 말일세. 자네의 보호자 버릇이 되살아나도 놀랄 일은 아니지."

제멋대로 떠들어대는 악연의 동료들에게 리베리아는 무뚝뚝한 표정을 지었다.

그러나 그들의 말을 부정하려 들지는 않았다. 조그만 입술로 한숨을 토해내고, 무의식중에 가만히 금색 머리장식을 매만졌다.

"……이따금 지독하게 불안해질 때가 있다. 아직도 사라지지 않은 아이즈의 불꽃이, 언제 어디서 다시 그 아이의 몸을 집어삼킬지 모른다고. 그 아이를 멀리 데려가 버릴지 모른다고."

"…………."

"아이즈는 성장했고, 간부가 되었다. 【파밀리아】도 커졌다. 피차 자립해야겠지. 스스로를 그렇게 타이르기는 하지만…… 아무래도, 말이다. 자꾸만 그 아이의 모습을 찾게 되는군."

조용히 속내를 털어놓는 리베리아에게 핀과 가레스, 로키는 입을 다문 채 듣고 있었다.

『너는 혼자가 아니다』. 아이즈에게 했던 리베리아의 말은, 사실은 자기 자신에게 들려주기 위한 것이 아닐까 하고.

자조까지는 아니지만 서툰 웃음을 짓고 있었다.

"이렇게 한동안 얼굴을 보지 못한 것만으로도, 불안이 치미는군."

"그기 어무이라 카는 거다. 뭐가 잘못이고."

"그러니까 누구더러 어머니라는 거냐."

리베리아는 로키에게 미소를 지었다.

"──단장님, 단장님!"

그리고 그때.

노크도 잊고 문을 벌컥 열어젖히며 라울이 집무실로 뛰어들었다.

"아이즈 씨가 돌아왔습다! 지금 북문에서 홈으로……!"

핀이 입을 열기도 전에, 라울의 말이 다 끝나기도 전에 비취색 머리카락이 움직이고 있었다.

자신의 바로 곁을 지나쳐 방을 나가버리는 리베리아를 보고 라울은 눈을 껌뻑거렸다. 핀과 가레스, 로키는 시선을 나눈 후 웃음을 참았다.

긴 복도와 계단을 거쳐, 정면 현관으로.

눈부신 햇살에 싸인 그곳에는 인파를 이룬 단원들과, 그들에게 환영받는 금발금안의 소녀가 있었다.

"아이즈 씨~! 걱정했다구요, 다행이다아~!"

"와~ 아이즈가 울렸대요~."

"레피야가 너 없다고 엄청 불안해했어."

"미안해…… 레피야."

"쳇! 걱정할 필요가 어디 있었다고."

"베이트도 꼬리는 계속 안절부절 못했던 주제에~."

"누가 그랬대?! 헛소리 할래, 바보조네스?!"

기쁨에 찬 목소리와 온기가 감도는 그 광경에 리베리아

는 눈을 가늘게 떴다.

조그맣고, 너덜너덜했으며, 외톨이였던 소녀는 이제 어디에도 없다.

돌아올 장소를 찾아내, 웃음을 지을 수 있게 된 아이가 있다.

그것이 마음에 안도를 가져다주고, 행복이라는 이름의 사랑스러움을 안겨주었다.

이윽고 이쪽을 알아본 소녀가 다가왔다.

마치 꾸지람을 기다리는 아이처럼 리베리아를 올려다보며 눈치를 살피던 아이즈는, 리베리아의 미소를 보고서야 웃음을 머금었다.

"다녀왔어…… 리베리아."

"그래. 어서 와라, 아이즈."

두 사람의 얼굴이 활짝 피어났다.

희미하게 흔들리는 금발과 비취색 머리.

웃음을 나누는 두 사람 사이에 바람이 흐르며 미소를 짓고 있었다.

아이즈 발렌슈타인

소속	로키 파밀리아		
종족	휴먼	도달계층	12계층
직업	모험자	무기	단검
소지금	320,000발리스		

Status Lv.1

힘	C609	내구	D580
기교	B798	민첩	A818
마력	H100		

마법	에어리얼	·부여마법(인챈트). ·바람 속성. ·영창식【눈을 뜨라, 폭풍】

스킬	???	·???

장비　　소드 에일

·아이즈의 오더메이드. 형태는 단검.

·【고브뉴 파밀리아】제작. 1,000,000발리스. 아이즈에게 오더메이드를 들려주기로 결심한 수뇌진이 자금 대부분을 부담했다.

·무기 소재는 광산국가 삼이 원산지인 다마스커스. 강인하면서도 튼튼하다. 하급 모험자가 다루는 무구 중에서는 최고 수준의 예리함을 자랑하지만 중량이 나간다. 공격력과 내구력에 무게를 둔 강검.

·명칭은 소녀의 첫 무기에 축배를 든다는 뜻에서.

장비　　암 드레스 로키 커스텀

·《파룸의 아머드레스》에 로키가 취향을 가미한 스페셜 사양.

·아이즈의 성장에 따라 갑옷을 새로 맞춰야 하는데도 굴하지 않고 개량 지시를 내리다 지금의 형태에 이르렀다.

·앞으로도 아이즈의 방어구는 변모하겠지만, 그때마다 주신의 신의로 노출도가 점점 늘어난다는 사실을 소녀는 아직 모른다.

·기존 방어구를 개량한 것이므로 가격은 오더메이드에 비해 파격적으로 싼 42,500발리스.

·건틀렛 부분을 비롯한 백색 판금에는 『라이트메탈』과 『화이트우드』가 쓰여 경량성과 내구성이 늘어났다.

© Kiyotaka Haimura

AIS WALLENSTEIN

후기

　시간축으로 보자면 본편 8권의 이면에 해당하는 외전 9권입니다.

　구성 때문에 현대편을 스킵해버린 감이 있어 마음이 아픕니다만, 본편 8권을 읽고 보시면 더욱 재미있을 거라고 생각합니다.

　이번 권에서 제2부가 끝났습니다.

　최강이라 불리는 파벌의 던전 어택과 그들의 활약을 담았던 제1부와는 달리, 제2부는 주로 각 등장인물의 과거에 초점을 맞추었습니다. 그리고 마지막은 외전 주인공으로 장식하고 싶었으므로 이번 에피소드를 맡겼습니다(아직 이야기가 나오지 않은 캐릭터들도 좀 있지만요).

　개인적으로는 본편에서 밝히고 싶었던 외전 주인공의 과거를 어디까지 묘사할지, 이쪽 시리즈에서는 그 점을 늘 고민했습니다. 하지만 이번에는 묘사하는 동안 신기하게도 주인공의 과거, 라기보다는 가족과의 유대가 주제가 되었던 것 같습니다.

　장난스러운 신도 그렇고, 한 발 물러난 위치에서 주인공들을 지켜보는 파룸도 그렇고, 호쾌하지만 영감처럼 웃는 드워프도 그렇고…… 그리고 또 다른 어머니라 할 수 있는 하이엘프도 그렇고. 자신이 생각한 것 이상으로 주인공을

에워싼 캐릭터들이 본편의 이야기에 빛을 더해주었던 것은 아닐까 합니다.

특히 주인공과 함께 갈등하던 하이엘프는, 묘사하지 못할 거라 생각했던 스토리의 근간까지 작가를 데려가주었던 것 같습니다. 『사랑하고 싶다』는 말이 나왔을 때는 정말로, 정말로 놀랐습니다. 독신이라고 설정해버려서 미안해. 아무튼 현대보다도 표정이 풍부하고 싸움만 하는 주인공과 하이엘프의 에피소드는 또 어디선가 그릴 기회가 있으면 좋겠습니다.

그러면 감사의 말씀을.

담당 타카하시 님, 키타무라 편집장님, 골 직전에 급브레이크를 걸어버린 작가를 지탱해주셔서 정말 고맙습니다. 과거편이니 마을 아가씨니, 평소와는 다른 귀여운 외전 주인공을 그려주신 하이무라 키요타카 선생님, 작가 때문에 처참한 스케줄이 되어버렸는데도 멋진 일러스트를 더해주셔서 감사 감격했습니다. 관계자 분들께도 깊은 감사 말씀 드립니다. 그리고 독자 여러분, 이 책을 읽어주셔서 고맙습니다.

다음 권에서 또 뵙게 되었으면 좋겠습니다.

고맙습니다. 실례합니다.

오모리 후지노

DUNGEON NI DEAI WO MOTOMERU NOWA MACHIGATTE IRU DAROKA
GAIDEN SWORD ORATORIA 9
Copyright © 2017 by Fujino Omori
Illustrations Copyright © 2017 by Kiyotaka Haimura
Original Characters Designed by Suzuhito Yasuda
All rights reserved.
Original Japanese edition published in 2017 by SB Creative Corp.
Korean translation rights arranged with SB Creative Corp.
through Eric Yang Agency Co., Seoul.
Korean translation rights © 2018 by Somy Media, Inc.

던전에서 만남을 추구하 면 안 되는 걸까 외전
소드 오라토리아 9

2018년 3월 1일 1판 1쇄 발행
2018년 11월 30일 1판 3쇄 발행

저   자 오모리 후지노
일 러 스 트 하이무라 키요타카
캐릭터 원안 야스다 스즈히토
옮 긴 이 김민재
발 행 인 유재옥
본 부 장 조병권
담당편집 정영길
편   집 김다솜 김민지 김혜주 이문영 이성호 정영길 조찬희
미   술 강혜린 박은정
라 이 츠 박선희 오유진
디 지 털 최민성 박지혜
발 행 처 ㈜소미미디어
제 작 처 코리아피앤피
등   록 제2015-000008호
주   소 서울시 마포구 토정로 222, 403호 (신수동, 한국출판콘텐츠센터)
판   매 ㈜소미미디어
마 케 팅 한민지 한주원
전   화 편집부 (070)4164-3962, 3963 기획실 (02)567-3388
           판매 및 마케팅 (070)4165-6888, Fax (02)322-7665

ISBN 979-11-6190-330-9 04830
ISBN 979-11-5710-021-7 (세트)